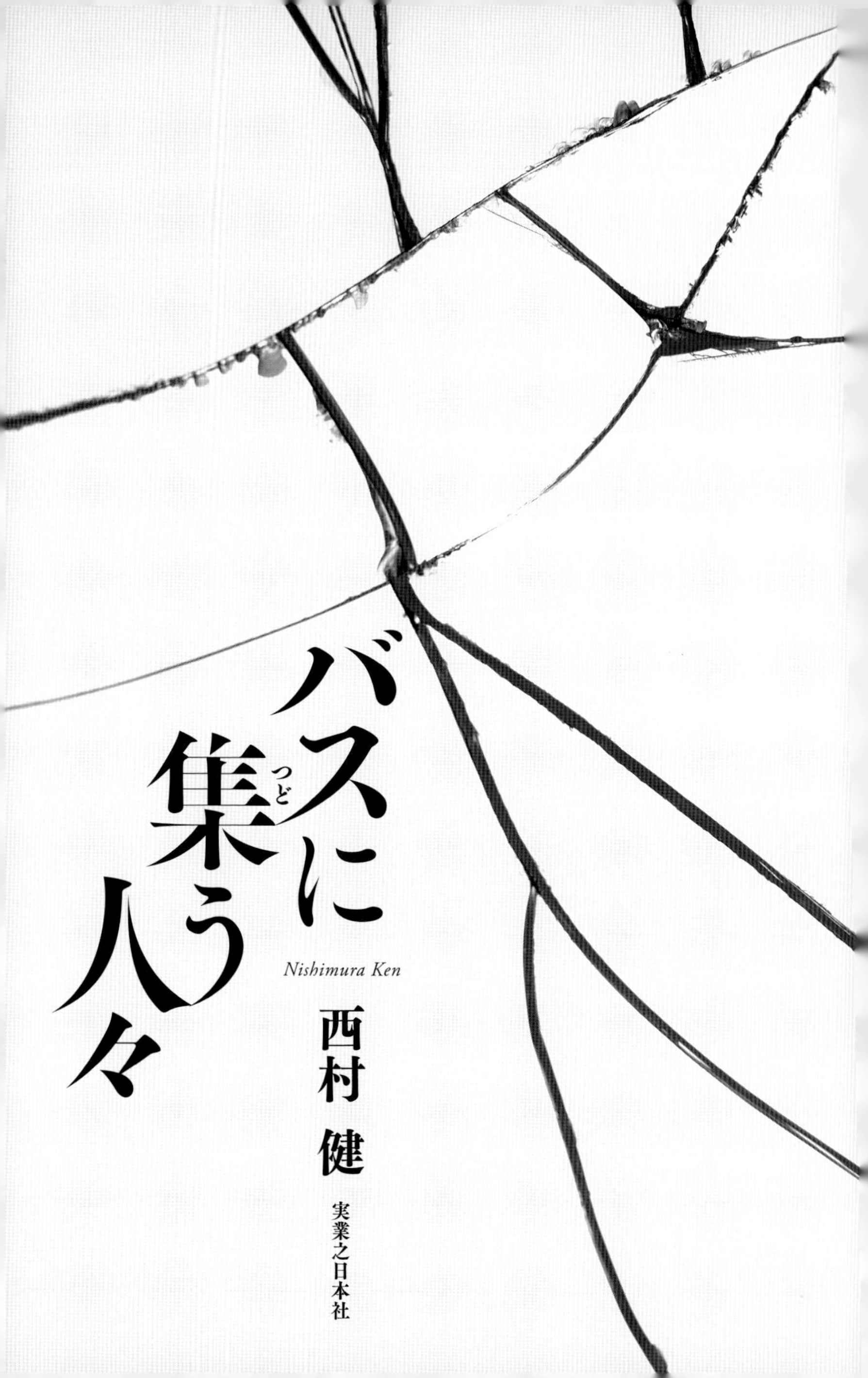

バスに集《つど》う人々

Nishimura Ken

西村 健

実業之日本社

目次

主な登場人物

炭野《すみの》……………元警視庁刑事部捜査第一課刑事
炭野まふる……炭野の妻。名探偵
吉住《よしずみ》……………元不動産屋
郡司《ぐんじ》……………元警視庁刑事部捜査第一課刑事
須賀田《すかだ》…………路線バス旅のコーディネイター
小寺《こでら》……………未亡人
枝波土《しはど》…………元警視庁生活安全部サイバー犯罪対策課所属

バスに集う人々

第一章　芝浜不動産

北区王子《おうじ》は路線バスを乗り継ぐ際、二十三区北部の重要なターミナルだ。

ただしそれはあくまで、「北部」に限っての話。南部の品川《しながわ》方面へ向かおうとすれば、それなりの労力を強いられる。今更、改めて思い知った。

「遠いなぁ」特に今回は、連れがあったから尚更《なおさら》、だった。その感を強くした。「毎回、こんなことやって楽しんでるの、父さん」息子の、雄也《おのや》だった。

「都内の移動は極力、こいつを使おうと決めているんだ」私は言った。東京都シルバーパスを取り出して、示した。都内在住で七十歳以上になれば、これを購入できる資格を得る。都バスや都営地下鉄といった都交通局の運営する交通機関、及び民営のバスは乗り放題となる。「それにこうしてのんびり現地へ向かえば、頭の整理にもなる。その土地のある位置、歴史的意味合いなんかにも自然に思いが及ぶだろう」

「普通に山手線《やまのて》で行っても、その土地の位置くらいは自然に分かるよ」

「うるさいな。だから別行動にして現地で合流してもいいぞ、と私は提案しただろ。なのにつき合う、と言い出したのはお前の方だったじゃないか」

「いつも父さんが路線バスの旅のことを楽しそうに話してるの、聞いてるからね。せっかくの機会だからつき合ってみようかと思ったんだ。でもなぁ、やっぱり」

「うるさいな。それならこのバスはずっと乗ってれば最終的に、渋谷《しぶや》に着く。そこでお前だけ、山手線に乗り換えればいい」

「分かった。分かったよ。せっかくここまで同行したんだ。最後までつき合いますよ」

私達は王子の自宅を出るとまず、「王子駅前」バス停から「草64」系統に乗った。浅草《あさくさ》と池《いけ》袋《ぶくろ》とを繋《つな》いでいる。全線のかなりの部分を、明治通りに沿って走る。乗っていてなかなか興味深い路線である。

終点の池袋で「池86」系統に乗り換えた。息子にも言った通り、渋谷まで行く路線である。これもまたほぼ全線と言ってよいくらい、明治通り伝いに走る。

だが今日は、終点までは行かない。渋谷からは「田87」系統の都バスが出ており、それで田《た》町《まち》に向かうという手もないではなかったが、今回は品川の方へ先に行くことにした。まずは現地を見ておこう、と思ったのだ。落語『芝浜《しばはま》』所縁《ゆかり》の場所へ足を運ぶのは、それからでいい。今夜はとある居酒屋へも赴く予定なのだが、そこも『芝浜』所縁の地を回った後での方が、距離的に近い。

「新宿伊勢丹前《しんじゅくいせたん》」停留所で降りた。明治通りを渡り、新宿通り沿いにある「新宿追分《おいわけ》」バス停まで歩いた。大した距離ではない。あっという間に着く。むしろ着いた後、大波のように行き交う通行人の中でじっと次の便を待つ方が大変なくらいだった。

幸い、そう待たされることもなかった。目的の「品97」系統がやって来たので乗り込んだ。もっとも新宿通りを走る路線バスは、この系統しかない。だから「新宿追分」バス停で待っている限り、他の路線に誤って乗る心配もない。

バスは四谷《よつや》三丁目の交差点に至ると、右折した。外苑《がいえん》東通りを南下し始めた。

「へぇえ。こんなところを走るのかぁ」

「なかなか面白いルートを辿る路線なんだよ。乗っていて、飽きないぞ」

「でもそれ、バス好きにとっては、って話だろ」

一々、興趣《きょうしゅ》に水を差す。ならばやっぱり降りろ、と言ってやりたかったが、遅かった。今しがたJR信濃町《しなのまち》駅を過ぎてしまったからだ。こんなところでバスを降りても、乗り換えられる鉄路がない。青山《あおやま》一丁目駅まで行けば地下鉄に乗れるが、そこから品川へは行き難《にく》い。

「やぁでもしかし、外苑東通りを通るのも久しぶりだなぁ」雄也が窓外を眺めながら、言った。「右が神宮外苑。左が赤坂《あかさか》御所。その間を走ってるんだね。普段は車なんで運転に集中して、あんまりそんなこと意識してなかったけど。こうしてのんびり外を眺める余裕があると、確かに面白いなぁ」

「だろ。そしてこのまま青山通りを突っ切ると、だ」

「やぁそうか。今度は青山霊園か。確かに色んなところを掠《かす》めるように走る路線だね」

正確に言うと実は今、走っている道は既に「外苑東通り」ではない。青山霊園の手前でクランク状に折れ、六本木《ろっぽんぎ》方面へと向かう道がそうだからだ。青山霊園の東を走るこの道はこの先、墓地の南で外苑西通りと合流する。

そう言えば、と思い出す。共に路線バスに乗って楽しむ仲間、炭野《すみの》が以前、この路線を使って青山霊園を訪れた、と言っていた。彼は元、警視庁の刑事。殺人事件の捜査に長年、携わって来た。多くの事件被害者と接して来た。だから時折、彼らの眠る土地を訪ねて冥福を祈るのを習慣にしているのだという。

彼らしいな。聞いてしみじみ、感じた。義理堅い男なのだ。彼が路線バスを使って都内のあちこちを回る際も、かつての事件の記憶を辿《たど》ったり、その被害者の墓に参ったりの行動を伴うことが多かった。

ついつい炭野のことに思いが及んだ理由も、自《おの》ずと予想がついていた。どうせこんな謎、自分で解き明かすことなんてできない。最終的には彼に頼ることになるだろう、と分かっているからだ。まぁ正確に言えば謎を解き明かすのは、彼本人ではないのだが……

バスは外苑西通りを走り始め、西麻布《あざぶ》の交差点で六本木通りを横切った。広尾《ひろお》の街を走り抜け、天現寺《てんげんじ》橋の交差点で明治通りに左折した。

「結局また、明治通りに戻って来てしまったわけだね」雄也が笑った。彼もそれなりに、バスの旅を楽しみ始めているようだ。このまま行けば彼も仲間に加わることになるのだろうか。想像を膨らますと、可笑しかった。

明治通りを東に向かったバスは古川《ふるかわ》橋の交差点で、右折。間もなくの分岐点を左に行って、

魚藍《ぎょらん》坂を駆け上がる。このまま乗っていれば伊皿子《いさらご》の交差点で二本榎《にほんえのき》通りに右折し、グランド
プリンスホテル新高輪《たかなわ》などの立つ高台を裏から回り込むようにして、品川駅前に至る。最後ま
で飽きさせない路線である。
だが私達は、終点まで乗ることはしなかった。品川まで行ってしまうとかえって遠回りにな
るからだ。「高輪一丁目」の停留所で降りた。
バスを見送ると今、述べた通り伊皿子で二本榎通りに右折し、後ろ姿が我々の視界から消え
て行った。
「あれ、あっちへ曲って行くの」雄也は不思議そうだった。「このままこっちの坂を下って第
一京浜《けいひん》に出、右折して品川駅前に向かうのか、と思ってたのに」
「それなら我々もこんなところで、降りる必要はなかった筈《はず》だろ」私は指摘した。「バスが伊
皿子坂を下ってくれれば、より目的地に近くなってくれるわけだから」
この後、高輪のプリンスホテルの裏側を回り込むようにして走るんだ、と説明すると雄也は
興味深そうに吐息を漏らした。「へぇえ、変わった行き方だなぁ。何故そんなルートを採るん
だろう」
「品川駅前にスペースがあまり確保できず、ロータリーが作れなかったんだろう。バスの巨体
では、駅前でUターンができない。だからこんな行き方になったんじゃないかな。逆に向こう
から新宿方面行きに乗ると、この坂を上って来ることになるんだ。行きと帰りとでルートがち
ょっと違うんだよ」

「へえぇ。じゃぁ行きと帰りでこの一画を、ぐるりと一周する形になるわけだ。へえぇ」

満更でもなさそうな表情だった。これは本当にこいつ、我々の仲間に参加することになるのかも知れないぞ。思うとこちらも、満更ではなかった。

「さぁさぁ、バスの話題はもうそれくらいにして」息子が自分と同じものに興味を持ってくれたのだ。本来ならもうちょっと、話を続けたかった。が、そういうわけにもいかない。今日の親子旅にはちゃんと、目的があるのだ。「ここからは歩きだ。まぁ下り坂だから、楽なモンだろう」

伊皿子坂を下ると道は右に緩やかにカーブし、泉岳寺《せんがくじ》の前で鋭く直角に左折する。赤穂《あこう》浪士の墓があることで有名な古刹《こさつ》である。いつも歴史ファンが押し寄せ、人の流れが絶えることはない。

九十度曲がって更に坂を下れば国道15号、通称「第一京浜」にぶつかる。都営地下鉄浅草線の泉岳寺駅の入り口が左手にぽっかり空いている。

「いやはや、これは」第一京浜に出ると左右にぱっと視界が開けた。右手を見て思わず、声を上げた。「あんなことになってるのか。いやはや。久しぶりに来たもので、驚いてしまったよ」

ＪＲ山手線（京浜東北線にも）に新たに完成した、高輪ゲートウェイ駅だった。山手線の新駅としては一九七一年の西日暮里《にっぽり》以来、ほぼ五十年ぶりの開業ということになる。

田町駅と品川駅との間にあった広大な車両センターの、設備や留置線の見直しによって13haもの土地を創出し、そこを再開発用地として利用したという。

具体的にどこまでが元々の車両基地で、どこが鉄道用地以外の土地だったのか今となってはよく分からない。

ただ先程、降りて来た伊皿子坂は以前は、第一京浜にT字型にぶつかってそこで終わりとなっていた。今は第一京浜を渡り、新駅の前を回り込むような道に繋がっている。こうしたことができるようになったのも車両基地の設備や留置線を、見直したお陰なのだろう。

そして新たに完成した駅前のスペースでは、大規模な再開発工事が進行中なのだった。あそこに何ができるのか。具体的なことは何も知らない。だが新駅前の一等地だ。建てられる高層ビルにオフィスやホテル、レストランにショップといったどこにでもあるものが詰め込まれるのであろうことは、容易に予想がついた。日本の駅前はどこに行っても同じ光景ばかり。デジャブを感じるために行くようなもの、との皮肉がここでも繰り返されるようになるのだろう。

「さぁさぁ。ここでいつまでもぼんやりしていても始まらないよ」雄也が促すように、言った。「目的の物件は、あっちの方」

私もこの歳《とし》ながら、足にはいささか自信がある。ちょっとした距離を歩いたが、疲れを覚えることはなかった。

ほら、ここ。息子が指差す物件を見て、ほほぅ、と溜息《ためいき》が漏れた。「これか、いやはや。一等地じゃないか、紛れもなく」

「だろ」

元々は古い建物が立ち並んでいたであろう一画だった。ただ前述の通り、山手線には新駅が誕生したばかりである。その前から田町から品川の海側は、再開発が著しい。天を突くようなタワーマンションが林のごとく立ち並び、近未来都市のような景観を呈し始めている。この辺りもその余波で、再開発の嵐が吹き荒れていることは間違いなかった。現に周囲ではあちこちで工事が始まっていた。広大な敷地にボーリングマシンが立てられ、ここも高層ビルになるのだろうことが一目瞭然の区画もあった。

そんな中にぽつんと残された物件だった。肩くらいの高さの塀に囲まれており、道から中を覗《のぞ》き込むことができた。小さいながらも庭のスペースがあった。建物は敷地を贅沢《ぜいたく》に使った二階建てだった。

「一階が居住用。二階をアパートとして貸し出していたんだろうな」

「そうだと思うよ」

外から直接二階部分に上る階段があり、共用の廊下に繋がっていた。屋根付きの廊下沿いにはドアが並んでいるのが見えた。それぞれ中が貸し室になっているのだろう。個々はスペース的に1LDKくらいかな、と踏んだ。造りはかなり古い。トイレと風呂は同室、ユニットバスかも知れない。

「独り暮らしなら充分、快適に住めたんじゃないのかな」

「場所も便利だしね。古くてもそれなりの家賃をとっても、希望者は多かったと思うよ」

「ふぅむ」

ただ、今は無人のようだった。二階のアパート部分だけではない。一階にももう暫《しばら》くの間、人は住んでいないように見えた。

ただし郵便受けに突っ込まれているチラシの類いは、そう多くはなかった。庭の土の部分も草ぼうぼう、というわけではない。定期的に人は通って、手入れは欠かしていないのが見て取れた。住んではいないがずっと無人のまま、というわけでもなさそうだ。

「ふぅむ」私は繰り返した。「確かに建物は古いが、住み辛《づら》いというわけではなさそうだな。私のような人間はむしろ今風の設計より、こうした造りの建物の方が居心地がいい。古くなったところをちょっと改装すれば、まだまだ充分に住めそうなのに、な」

「だろ。なのに何故、住んでないのか。そこのところも不思議なんだよ」

促して、公図を取り出してもらった。当然、雄也は法務局に出向いて物件の登記簿と、公図の写しを手に入れて来ていたのだ。地番が分かっている以上、最初にやって然《しか》るべきことだった。不動産屋である以上、常識である。

「成程」公図と、目の前の物件とを交互に見比べた。「勘違い、ということはあり得ないな。やはりここだ。間違いない」

「そりゃぁそうだよ。それくらいはとっくに確認してるよ。俺だってこの仕事に就いて、もう長いんだぜ」

実際、私が家業の不動産会社を息子に譲って、もう何年になるだろう。完全に引退したのはまだ数年前だが、そのずっと前から彼には、仕事を手伝ってもらっていた。正式に二代目になる前から実質、中心になって切り盛りしていた。

だから経験は既にかなり長い。なのにこうして、親父《おやじ》が目の前で確認なんかしたら確かに、まだ半人前と軽んじているようにも映るだろう。期せずしてプライドを傷つけてしまった、かな。少なからず内心、反省した。

「そりゃぁ、そうだ」だから、言った。取り繕っておく必要があった。「お前を疑ったわけじゃないよ。ただ、まぁ。こういうことは何度、確認してみても悪いことはない、ってことさ。大した手間でもないんだし」

「そりゃ、まぁね。謎を解き明かすには不審な点を、一つずつ確実に潰しておくべき、ってのは分からないではないけど」

「何だ」笑った。「お前もすっかり探偵、気取りじゃないか」

「探偵どころじゃないよ。どうにもお手上げだから父さんにこうして、出向いてもらったわけだし」

「まぁ私も、自分で解き明かせるとは夢にも思ってはいないが。ただまぁ状況は、できるだけ正確に伝えられた方がいい。だからこうして一々、念を押しているわけだが」周囲を振り仰いだ。「しかしこれじゃぁ、周りに聞き込みもできそうにないな」

前述の通り、周囲では再開発の風が吹き荒れている。あちこちで工事が始まっている。逆に言うと古くから住んでいるご近所さんは、なかなか見当たらなさそうだった。この家の住民は、どうなったのか。今、どこに住んでいるのか。尋ねるに相応《ふさわ》しいと思われる相手がいないのだ。

工事現場で働いている人に訊《き》いてみたところで、「さぁ」と首を捻《ひね》られるだけなのは目に見えている。

いかにも建ったばかりの新しいマンションの住民だって、同じことだ。さぁ、何せ我が家は最近ここに越して来たばかりなもので、と突き放されるだけ。工事現場の作業員と何の変わりもない。

「まだ昔のままで残っていて、ここの素性を知っていそうな住民はいないのか」

「こないだ、周りを歩き回って探してみたよ。でもねぇ」

直《す》ぐ近所では、これはと思えるような家は見当たらなかったそうだった。ちょっと歩いたところで一軒、古そうな民家を見つけたのでチャイムを鳴らしてみた。ところが——

出て来たのは中年の女性だった。この人なら話が聞けるかも知れない。期待した。ところが

——

「あぁ、済みません。私、母の介護でここに通ってるんですよ。もうすっかり足腰が不自由になって一日一回、誰かが介護に来なきゃ生活もできなくなってしまいましたんで、ね。なのに住み慣れたこの家がいい、って言うんで私としても一緒に住もう、ってあまり強くは言えなくって。え、あっちのお宅ですか。さぁ。そんなわけで私、普段はここに住んでませんので。ご近所さんの近況なんて、存じ上げませんねぇ。え、母ですか。いやぁ、知っているとはとても思えないんですけども。はぁじゃぁちょっと、念のために訊いてみますね。ちょっとお待ち下さい」

いったん、家の中に引き下がって直ぐに戻って来た。結果は、案の定だった。

「昔はおつき合いもあったけど、もう何も分からない、って申してます。お役に立てなくてどうも済みませんでしたねぇ。ええ。ご免ください」

古い町である。かつては、昔ながらの近所のおつき合いもあっただろう。醬油《しょうゆ》がなければお隣から借りる、なんてこともあったかも知れない。

だが今となってはすっかり、古い住民は高齢化してしまった。そしてその子供の世代は、もう昔のようなつき合い方はしない。その前にここに住んでもいない。以前は町全体で共有されていた情報が、今は分断されているのだ。新しくこの地に住み着いた住民は、そうした交流の輪に最初から関わらない。

「新しいマンションであっても」私は指摘して言った。「元は古い家だったところを建て直して、上階を人に貸したりしているだけかも知れない。自分は相変わらず一階あたりに、住み続けていたりするケースだってあるだろう」

「それは大いにありそうだけどね」雄也は小さく首を振った。「でもそんなの、どうやって探すのさ。実際問題として」

「まぁ近所の不動産屋に、知り合いでもいたら尋ねることもできるかも知れないが」頷《うなず》いて、認めるしかなかった。「残念ながらこの辺には、そういう同業者の心当たりはないなぁ」

「知り合いでなくても『これこれこういう人を探してます』と素直に事情を打ち明けて、協力を仰ぐことはできないではないだろうけど」小さく首を振り続けた。「でも、なぁ。今回の場合」

　その通りなのだった。事情が事情なのだ。あんまり周りに知られたくはない。同業者の間では特に、だった。

「まぁ、ない物ねだりをしてみてもしょうがない、か」私は言った。さばさばとした表情を敢《あ》えて浮かべた。「周囲の住民に話を聞いて、突き止めることはできない。推理の材料も仕入れられない。そこのところは諦めるしかない、か」

「そうそう。まぁこれも、置かれた状況の確認の一つ、というわけだね」

「あぁ、そうだ。念のためと言えば、もう一つ」人差し指を一本、立てた。「この周りに、住民が避けるような施設はないんだろうな」

　例えば葬儀場なんかが近所にあると、「近くで毎日お葬式なんて、縁起でもない」などと避けたがる人もいないではない。老人だと尚更、その傾向は強いだろう。嫌がる人がいれば自然、相場は下がる。相対的に、土地代が安くなるケースは実際にある。

「ないんだよねぇ、それも」今度は大きく首を振った。「そりゃ『子供の声がうるさい』なんて保育園を嫌がるような人もいないわけじゃないけど」

　実際、住民が反対運動をして保育園の建設を撤回させたケースもあった。世間には色んな人間がいる。あんなに可愛《かわい》い子供の声を、うるさいと感じるような人も。が、決して多数派ではないだろう。逆に既に保育園があったから、と土地代が低くなったという話も耳にした覚えはない。

「まぁここだって泉岳寺まで歩いて行けるし、他にもお寺は近所に結構ある。お墓が縁起でもない、などと嫌がる人もいないではないだろうさ。でもあまり、寺を迷惑施設と見なしたなんて話も聞かないしなぁ。やっぱりそっちのセンも、あまり考える必要はないってことかな」

「そうだと思うよ」


現地で確認できることはもうこのくらいの筈だった。次の場所に向かうべく、私らは品川駅の港南《こうなん》口に向かった。

「ここからもバスに乗るわけ」雄也が笑った。「山手線に乗れば、次の駅なのに。おっと今は高輪ゲートウェイ駅が出来たから、二つ目か」

「嫌ならつき合わなくていい、って言っただろ」

「分かった分かった。もう文句は言いませんよ」

「田92」系統に乗り込んだ。品川と田町駅とを結ぶ路線である。東京タワーの足元まで行く「浜95」という系統もあり、田町駅前まで同じルートを辿るが、こちらは本数が少ない。時間を合わせて来ない限り、「田92」に乗ってしまう確率の方が高い道理だった。

品川駅ビルを背にして走り出し、旧海岸通りに出ると左折した。近未来的なビルばかり立ち並ぶようになった中を抜け、いくつかの運河を渡って「八千代《やちよ》橋」で左折。直ぐに「藻塩《もしお》橋」で鋭角に右折して、芝浦《しばうら》運河通りに入る。港芝浦郵便局の前を通り、次の信号で左折すれば、そこはもう田町駅芝浦口である。

「やっぱり何とか橋、ってところをいくつも抜けるなぁ」バスを降りながら、雄也が言った。

「埋立地だなぁ、って実感するね」

「今、走って来たところも『運河通り』だったからね」応じながら、周りを見渡した。溜息が出た。「いやしかし、ここも凄《すご》いなぁ。高層ビルばかり立ち並んでるじゃないか」

「埋立地、昔は海だった筈なのに、ね」息子は笑った。「地盤は大丈夫かな、って心配になっちゃうよね」

「まぁ一応、杭《くい》は深く岩盤まで打ち込んでいるんだろうけどな。でも建物自体は地震に耐えられても、周囲の地盤が液状化してしまうだろう。これまでの震災でどんな被害が出て来たか、知らないわけじゃないだろうに」

「それから停電。断水。いくらタワマンで夜の眺めは素晴らしい、ったって、電気が止まってエレベーターが動かなくなったら大変だ、って分かってる筈なのにね。懲りないモンだね、人間、って」

互いに古い感性の人間である。近代的な街並みはどうにも性に合わない。ぶつぶつ零《こぼ》しながら、歩いた。

東京モノレールの高架が見えて来ると、目的地はもう直ぐだ。モノレールのガード下を抜け、鹿島《かしま》橋を渡った。

「あっここは」雄也が目を見張った。橋は運河を跨《また》ぐものであり、左手は堀が行き止まりになっている。そこは同時に船溜《ふなだま》りにもなっているのだった。「屋形船が舫《もや》ってあるぞ」

「ここ、屋形船と釣り船を未《いま》だに営業してるんだ。ここから客を乗せて、運河から海へ出て行くのさ」

「でも、ここ」渡り終えて、橋の下を覗いた。「潮が満ちてる間は、出られそうにないじゃない」

そうなのだった。潮が満ちると水面が上昇し、船の頭が橋の下に支《つか》えてしまう。潜《くぐ》って海へ出られなくなってしまう。

「営業時間も潮の満ち引きを気にしなければならない、ってわけだな。昔ながらの商売を続けようとするには、こんな近代的な街並みだと何かと不自由、ってことか」

生まれ変わった街にまたもぶつぶつ零してから、信号のところで左折した。船溜りを行き過ぎたところで、足が止まった。あっ、と思わず声を上げてしまった。

「ない。消えてしまってる」

「え、何。ここには何があったの」

「公園だ。芝浦公園と言って、堀の跡を偲《しの》ばせるものだったんだが」

「『芝浦公園』なら、あっちにあるよ」

道の向かいを指差した。

「いや、あんなのじゃない。モノレールの高架下に、ＪＲの線路にぶつかるように伸びる細長い公園があったんだ。それが堀の痕跡だったんだ。なのに」

線路の目の前に、巨大なビルがでんと聳《そび》え立っていた。どうやら駅からも繋がっているらしい。中はショップとレストランと、オフィス。今や主要な駅前にはどこにもある、何ら珍しくもない複合ビルだった。

その横の自由空間として整備されているのが、かつての公園跡だった。今も多くの通行人が行き交い、疲れれば座ることのできるベンチもそこここに設置されてはいる。頭上を見上げればモノレールが走り抜ける。ほっと一息のつける空間ではあるだろう。

だがしかし、だった。ここは落語の名作『芝浜』の舞台を偲ぶ貴重な遺構だったのだ。こんな風になってしまっては、往時に思いを馳《は》せるのも叶わない。その前に今、歩き過ぎている通行人の何人がここがそんな場所だったと意識しているだろうか。説明板の一つもありはしない。私から見ればまるで、そんな過去を拭い去ろうとしているかのようにも映った。

衝撃で足が重くなった。ここまでは街の変貌に悪態をつき、憂さを晴らす心の余裕もあった。だが今、目の当たりにした光景は大きかった。精神的に打ちのめされた。

足を引き摺《ず》るようにして線路の下を潜った。雄也も私にどう声を掛ければいいか、分からないでいるようだった。黙って後からついて来た。ここは歩行者だけが通れる、小さな高架になっている。住民や通勤者が引っ切りなしに行き交っている。地元の大切な通行路なのだ。

「あっ、こっちには」線路を潜り終えた先には、公園があった。「こっちにはまだ残されていたか。あぁ、よかった」

私の様子に、息子も胸を撫《な》で下ろしたようだった。明るい声で、話し掛けて来た。「こっちの公園は線路と並行に、横長になっているね、父さん」

「そうなんだ。ここが『芝浜』の舞台。雑魚場《ざこば》の跡なんだ」

「本芝公園《ほんしば》」だった。こちらにはあちこち、説明板が立てられていた。旧町名について由来を解説したものや、昔の地図と参照すると現在地がどこに当たるか説明したものもあった。ここが雑魚場の跡であることを明確に示していた。「芝浜の記憶」として船の形を象《かたど》ったモニュメントも立てられていた。

「あぁ、こういうのがあると、いいな。知らない人も、土地の由来について学ぶことができる。さっき、通行人は何も知らずに歩いてるんだろうなんて毒づいたが。こっちを通れば、そんなこともないわけか」

港区立の公園である。区が、歴史を大切にしようとしていることが伝わった。民間に任せると、商売にしか目が行かなくなる。再開発して稼ぎはいくら、の感覚に占められる。やはりそういう価値観からちょっと離れられる、公的機関が有難かった。ここを民間に売り渡してしまったら、あっという間に線路の向こう側と同じになってしまうことだろう。

「あっちに神社があるよ」

御穂鹿嶋《みほかしま》神社だった。ほっと息がつけたので、心静かに神前に手を合わせる余裕も蘇《よみがえ》った。

「そっちに」第一京浜の方を指差した。「『西郷南洲《さいごうなんしゅう》・勝海舟《かつかいしゅう》会見の地』の碑もある。江戸城無血開城が決められた、薩摩《さつま》藩邸がここにあったんだ。歴史的に何かと重要なところなんだよ」

だがその場所も大規模な工事中らしく、背の高い矢板で囲まれていた。またも気分が塞ぎそうになったのを見透かしたのか、雄也が話題を換えて来た。こちらの話なら私が乗って来る、と知っているのだ。

「さっきの鹿嶋神社の前にも石碑があったね。『芝浜囃子《はやし》の碑』と書いてあった」

「あぁ」私は頷いた。「寄席文字の、橘右近《たちばなうこん》の筆によるものだ」

「父さんは本当に落語が好きだからね」

「あぁ。中でも『芝浜』は大好きだな。江戸落語を代表する人情噺《ばなし》の一つ、と言って過言じゃあない」

貧乏魚屋の勝五郎《かつごろう》が女房に急《せ》かされて芝浜の魚河岸に行くが、まだ時間が早過ぎて開いていない。煙草《たばこ》を吹かしながら待っていて、波打ち際でずっしり重い革財布を見つける。中身は八十二両。これだけあれば遊んで暮らせる。仕事なんかすることはないと家に帰り、酒を呑《の》んで寝てしまう。

ところが翌朝になってみると、女房から「財布を拾って来たなんて、何を馬鹿なこと言ってるのさ」と笑われる。何だあれは酒に酔った上での夢だったのか。勝五郎は心を入れ替え、人が変わったように働き始める。大好きだった酒も止《や》めて働いたお陰で三年後、表通りに店を持てるまでになる。

その大晦日。女房が勝五郎に頭を下げる。実は嘘《うそ》をついていた。財布はちゃんと拾って来ていた、というのだ。

ところが使い込んだら罪になるし、亭主の怠け癖も治らない、と番所に届け出た。それが結局、三年経《た》っても落とし主が現われなかったので下げ渡された、と財布を見せる。

「腹が立つだろうねぇ。女房に嘘をつかれて。さぁ、ぶつなり何なりしておくれ」と詫《わ》びる女房に勝五郎、「怒るなんてとんでもねぇ。お陰で真人間になれて、こうして店も持てるようになった」と感謝する。

さぁお祝いだ、と酒を勧められ、盃《さかずき》で受けようとするが勝五郎、ふっと手を止める。「どうしたのさ。お祝いじゃないか」と訝《いぶか》る女房に、「いや、止《よ》そう。また夢になるといけねぇ」

「有名な噺だからね。さすがに俺もストーリーくらいは知ってるよ。最後の、そのセリフも有名だね」

「元々は名人、三遊亭圓朝《さんゆうていえんちょう》が『酔っ払い』『芝浜』『革財布』で作った三題噺と言われているね」

「でも」と雄也は首を傾《かし》げた。「その時代、江戸で魚河岸と言えば日本橋《にほんばし》じゃなかったの。どうして舞台はこの芝浜だったんだろうな」

思わず膝を打ちたい心地だった。「いや、そこに疑問を持ったか。さすがは私の息子だ」

雄也も指摘した通り江戸時代からこっち、関東大震災の被害に遭うまで東京で魚河岸と言えば、日本橋だった。江戸に入った徳川家康《とくがわいえやす》は摂津国佃《せっつのくにつくだ》から連れて来た漁師を佃島（これが島の名前の由来）に住まわせ、城に新鮮な魚を届けさせた。江戸湾内を縦横に船で漕《こ》ぎ回り、網で魚を獲《と》る大規模な漁法だった、という。

ところが実はそれ以前から、沿岸で獲れる小魚、エビ、貝類などを扱う河岸がこの芝浜にあったのだ。関西由来の漁法で獲れる魚と扱う種類が違うため、こちらは「雑魚場」と呼ばれ庶民に重宝されていたという。

「だから一つだけ、落語にはおかしな点があるんだよ。日本橋の魚河岸は朝に開くから、勝五郎が早く行き過ぎてまだ開いてない、と嘆くのは分かる。だが雑魚場はその日に獲れた魚を出すから、開くのは夕方からなんだ。だから朝なんかに行っても元々、開いているわけがない」

「ははは、そうか」

「この線路が通ったのは明治五年、新橋《しんばし》と横浜《よこはま》を結んだ日本初の鉄道だが」目の前の線路を指し示した。「この辺りは軍部の指示で、遠浅の海岸に杭を並べて堤防上を走らされた。それでも雑魚場はガード下から海に繋がって残されたんだ」

海は次々と埋め立てられ、この辺りが最後まで残された江戸時代の海岸線だった。だから古い写真を見ると、船がびっしりと並んで係留された直ぐ上を列車が走っている様子が写されている。

「だが海の側が埋め立てられると海水が滞留して、水質が悪化する。悪臭も放つようになる。そんなわけでとうとう昭和四十三年、ここも埋められ公園として整備されたんだ」

「こことガードを潜ってさっきの、今は失われてしまったという細長い頃の芝浦公園。両方を合わせてT字形のそれが、最後まで残った雑魚場の痕跡だったわけだね。昔はさっきの船溜りを抜けて、海まで繋がっていたんだね。成程。さっき父さんが憤った意味が、分かり掛けたような気がするよ」

「開発に最後まで抗《あらが》おうとした、その名残《なごり》のような気がしてね。何とかいつまでも残しておいて欲しかったんだが」

「開発への抗い、か。何だか今回の件にも繋がるような気がして来たなぁ」

「成程、あぁそうだな」大きく頷いた。「確かに、そうだ」

「ここか」居酒屋の前まで案内された。まだ早い時刻だがもう開いていた。「地元の人が通う、店のようだな」

息子と中に入った。まだ早いせいか客はあまりいない。あの時もここに座った、という席に着いた。

「いらっしゃいませ。あっ、どうも」息子は来るのがこれで三回目である。店員ももう顔を覚えているようだった。「まだ、分からないままですか」

事情も知っている。「えぇ、まぁ」と頷いて雄也は生ビールを注文した。私も同じものを、と頼んだ。

「せっかく雑魚場跡に行って来たんだ」私は提案した。「今は目の前では獲ってないとは言え、やっぱり往時を偲びたい。江戸湾、ならぬ東京湾で獲れたものを頼まないか」

息子も賛同したので、ハゼの甘露煮や焼きハマグリ、アサリの酒蒸しといったものを注文した。

「あぁ、美味《うま》い」

「いい仕事をしているな。素材のよさが上手《うま》く引き出されている」

「ねっ」雄也が盃を持ち上げた。既にビールから、日本酒に切り替えていた。また海の幸は、米を材料とした酒に最も合う。日本人が長年、積み上げて来た味覚に適しているのだろう。

「いい店だろ」

「あぁ」店内を見渡した。「落ち着くな、本当に」

「お陰でついつい、杯を重ねてしまったんだ。不覚にも、寝入ってしまうくらいに」

「あぁ」繰り返して、頷いた。「分かるような気がするよ」


十日ばかり前のことだったらしい。不動産関係で知人の相談を受け、雄也はこの地に来た。先祖代々、受け継いで来た土地をどうするかという相談だった。

あちこちで再開発の波が押し寄せる一帯である。売ってしまえばかなりの収入になるのは間違いない。受け継いだ兄妹間には、意見の対立が生じていた。

兄の方は売却には反対だった。売ってしまえばこの土地との縁が切れる。金を手にして他の場所に移ることはできたにしても、もうここに帰って来ることはできない。

売るのに賛成なのは妹夫婦だった。先祖代々の土地と言ってもそんなもの、後生大事にするのは今のご時世にもそぐわない。さっさと売却して利益を上げ、他の場所で新しい生活を始めればいいではないか。この辺りは再開発が進んでいる。売却することで広い敷地が生まれれば、大型施設も造り易《やす》くなるだろう。町の再生に資《し》することにもなるではないか。

雄也の知人というのは、兄の方だった。不動産のプロとしての意見を聞かせて欲しい、と頼まれた。暗に妹夫婦を論破するのに手を貸して欲しい、と言っているに等しかった。

「部外者である私などが、あまりしゃしゃり出たことを言う資格はありませんが」家族会議にオブザーバーのような立場で参加して、息子は言ったという。「土地は売ってしまえば縁が切れる、というのはお兄さんの仰《おっしゃ》る通りです。判断は、慎重にされた方がいいと思います」

「再開発に資することに繋がるのなら」妹の方が言った。「それはそれでいいことだと私共は思うんですけど」

「不動産屋の私が言うことではないでしょうけども」苦笑して、続けた。「再開発なんて言ったってどうせ、どこでも同じようなものが出来上がるだけです。町の個性がなくなってしまう。原則として、それだけは言えると思います」

「町の個性、なんて言われてもよく分からないわ」

「それなら、どうなんでしょう」知人の方を向いた。「隣ご近所さんは、どうお思いなんでしょう。皆で土地を売って一つに纏《まと》め、再開発を望んでいるのか。もしそうであるのなら、ここ一軒だけで抗するのは現実的ではありますまい。逆に昔ながらの町並みを残したい、というご意見の方が多いのなら、ここだけ勝手に売却しても逆に恨みを買うことになってしまうのでは」

「あっ、そうか」

「周りのご意見をまず、聞かれてみられたらいかがです。再開発は望まない、という方が多かったら、それだけ土地を愛している住民がおられる、ということです。それこそがまた、町の個性だと言ってもいいのではないでしょうか」

　熱心さが伝わったのだろうか。妹夫婦の物腰もどことなし、柔らかく転じたように感じられた。売却ありき、ではない。先祖伝来の土地、という価値観も無下にするべきではない。一度、失ったらもう戻っては来ないのだ。周りの住民の意見も聞いて、もっと慎重に判断すべきではないか。滔々《とうとう》と説くと、納得してくれたようだった。

　考えてみれば急ぐ必要はない。もっとじっくり話し合い、考えてみる、と妹夫婦は答えた。かなりの前進、と言っていい。

　勿論《もちろん》やはり売りたい、と言うのならそれは駄目だとなおも抗する権利はない。最終的な判断は、兄妹の中でするべきだ。だから部外者としては、立ち入られるのはここまでだろう。まずまずの成功、と前途を楽観的に受け止め、その場を辞した。知人は、感謝してくれているようだった。玄関まで送り出す際、何度も頭を下げられた。

　気分がよかった。どこかで一杯、引っ掛けたい心地だった。歩いている途中でこの店を見つけ、ふらりと中に入った。高揚していたお陰か酒が進んだ。頼んだつまみもどれも美味く、杯を重ねた。

「ご機嫌がよろしいようですね」話し掛けられた。後から入って来た客だった。既に店内は満席であり、相席でも構わないかと店から尋ねられたのだ。どうぞどうぞと頷き、その客は真向かいに着いた。年配の男だった。「何か、いいことでもあったのですか」

「あぁそれが、その通りなのですよ」普段、息子はあまりこんな風には呑まない。知らない客と深く話し込んだりもしない。だが当日の成果に満足して、気分が昂《たかぶ》っていたのだろう。酔った勢いで話し始めた。「とてもいいことがありまして」

　概要を説明した。

「ははぁ」男は感想を漏らした。皺《しわ》だらけの顔に柔和な笑みが浮かんだ。「それは、とても有意義なことをなさいましたね」

「私は、ね。土地を大切にしない世間の風潮が我慢ならんのですよ。今は直ぐに金銭欲ばかりが幅を利かせて、商売商売が先に立つ。この土地でいくら稼げる、なんて話ばかりになる。そうじゃなくてまず、この土地はどんな役に立つのか、という観点が大切なんです。商売の話は、その後でいい」

「それは、とても素晴らしいお考えだと思います」

　息子は名を名乗った。名刺が渡せればよかったのだが、あの妹夫婦に差し出して切れてしまっていたのだ。他にも人に会うことになるなんて夢にも思ってはいなかったのだから、仕方がない。

「吉住《よしずみ》さん、と仰るのですか」男は言った。「『住むのが、吉』。不動産屋さんとして、とても縁起のいいお名前ではないですか」

「親父もそう言うんですよ。この仕事をするためにあるような苗字《みょうじ》だ、とね。おまけに私の名前は、雄也。『おのや』と読んで、『己《おの》が家《や》』にも繋がる」

「ははぁ」男は感心してくれた。「まさかお父様はそこまで考えた上で、お名前をつけなさった、と」

「そうなんです」大きく頷いた。「我が家に住んで、吉。この仕事をする者にとって、最高の名前ですよねぇ。親父には感謝してます。そしてそんな名を持つ人間として私は、一人でも多くの人に住んで幸せになる物件をご紹介したい。天命のようなものだ、と任じています」

「いやぁ、ますます素晴らしい」

男は聞き上手だった。息子は調子に乗って好き放題、喋《しゃべ》ってしまったらしい。またそういう席の酒は、美味い。進むに決まっている。ついつい呑み過ぎてしまった。気がつくとテーブルに突っ伏して、寝息を立てていた。

はっ、と気がついた。目の前の客はとうにいなくなっていた。おまけに店の人に聞くと、こちらの分まで払ってそそくさと帰って行ってしまった、という。

「いやぁ、それは申し訳ないことをしたなぁ」息子は頭を掻《か》いた。「こちらの話に延々、つき合わせたばかりか、お代まで。そこまで甘えるわけにはいかない。あのお客は、どういう方ですか。どこのどなたか、分かりますか」

「いやぁ、それが」店員は申し訳なさそうに答えた、という。「ここのところ、ちょいちょいお見えになるようになったお客さんなんですけどね。何杯か静かにお呑みになって、さっと帰って行かれる。ですからお顔は存じ上げてます。でもどこの何という方か、はちょっと」

「誰かと連れ立って来られることは」

「いやぁ、それもないんですよねぇ。いつもお一人で、静かにお呑みになってる。あまりお話もされないんで、こっちとしてもよく分からないんですよ」

ちょっと考えた。だがいい知恵も浮かばない。「仕方がない」連絡先をメモして、店に渡した。「お手数を掛けて申し訳ないけど、またあのお客が来られたらここに連絡してもらえませんか。そしてできるだけ、素性を聞き出しておいて欲しい。このまま甘えているわけにはいかない。お礼と、お返しもしないと。面倒、掛けて済まないけどどうかよろしくお願いします」

立ち去ろうとした。

椅子の足元に置いてあった鞄《かばん》を持ち上げようとして、中に大型の封筒が突っ込まれていることに気がついた。見覚えのないものだ。さっきの客が置いて行ったものに違いない。何だろう。訝しみながら、中身を確認した。

腰を抜かしそうになった。居酒屋の料金を払ってもらった、どころではない。何が何でもあの客を探し出してもう一度、話をする必要に迫られた。

封筒の中身は、不動産の権利書だったのだ。


「何と、ね」炭野は嘆息を漏らした。彼の自宅、近くの居酒屋だった。「『芝浜』じゃないですか、まさに」彼も私に染められて、今ではすっかり落語好きになってしまっている。自然な反応、と言えた。

「まぁあの噺は最初に財布を見つけて」私は言った。「酔って寝て起きたらそれが夢と告げられた、という展開ですが。でもまぁ、その通りです。いくら噺の現場に近いとは言っても。まさかそれを彷彿《ほうふつ》とするようなことが現実に起ころうとは」

一般に「不動産の権利書」とよく言われるが、正式には「登記済権利証」である。不動産の登記が行われるのは大概が、売買があった場合か相続、または借金の担保として根抵当権《ねていとうけん》を設定する際。法務局における登記が完了すれば、申請書の写しに「登記済」と押印された「登記済証」が送られて来る。これが、所謂《いわゆる》「権利証」である。

「ただし、現在では」私は炭野に説明して、言った。「登記情報の電子データ化が進んでいて、法改正もあって以前のような『権利証』は発行されなくなりました。代わりに法務局から送られて来るのが、『登記識別情報』です。これは英数字が羅列された十二桁の符号で、パスワードのようなもの、と考えてもらえば結構です」

「私の刑事時代の最後あたりで、その法改正がありましたね」炭野が頷いた。日本酒の盃をくい、っと空けた。「ただ、実際の事件で新しい『識別情報』を扱う経験には恵まれなかった。知っているのは古い『権利証』だけです。だから覚えているのですが、単に『権利証』だけ持っていてもできることはさしてないんじゃなかったですか」

「その通りです」頷き返した。「古いドラマなんかで『権利書』を悪い奴《やつ》に騙《だま》し取られ、土地を奪われるなんて展開があったりしましたが現実には、そんなことはない。不動産がどのようなもので、所有者は誰か、は登記簿に明記されてますので。そこを書き換えない限り、所有者名が変わることはない。『権利証』は言わば、自分がその所有者ですよ、という本人確認の証書のようなものです」

売却なり相続なり、で不動産登記を変更したい時にはこの「権利証」のみならず、実印と印鑑証明（三ヶ月以内に発行されたもの）とが要る。たとえドラマのように権利証を騙し取るところまでは成功したとしても、判子と印鑑証明がなければ名義を勝手に書き換えることなどできないのだ。

「まぁ判子を偽造して印鑑証明を取り直す、など手の込んだ細工をすれば、土地を自分のものにするのもできないわけではないですが、ね。そこまで行くとプロの詐欺師グループのやることです」

「さっき、現在では『識別情報』は単なるパスワードのようなもの、と仰ってましたが」炭野が質問した。「その符号は、どのようにして送られて来るのですか」

「専用の紙にパスワードが記されたものが、送られて来ます。前の『権利証』に代わるものですから、書式も仰々しいですよ。表紙には『不動産登記権利情報』と大書きされてます。ただし中にあるのは符号だけ。目隠しシールが貼られていて、剝がさないと見られない仕組みになってます。最近だと仕様が変わったらしいんですが、私はちょっとそちらは見たことがないですね」

「『権利証』に代わる符号なわけですから、このパスワードを知っていることが本人確認、ということですね」

「その通りです。今ではインターネットで色々と申請ができますからね。その際、本人確認のためにこのパスワードが必要、というわけです」一息、ついて続けた。「ただし今回の場合は、この『識別情報』ではなかった。昔ながらの『権利証』でした」

「登記されたのが古い。以前からその人がずっと持っていた不動産、ということですね」

その通りです、と認めた。「権利証」は申請書の写しに押印したものだから、本人の名前と住所も記されている。住所は例の、息子と覗きに行ったあの物件と同じ。名前は殿山《とのやま》、とあった。

「息子さんと居酒屋で出会い、権利証を置いて行った人がその殿山さん、ということでしょうね」

「そうだと思います。勿論、殿山さんから権利証を何らかの理由で受け取った人、という可能性だってないわけではないですが」

「あまりありそうにないことをあれこれ、仮定してみたって始まらない。殿山さん当人だった、と見て差し支えないでしょう。ではまず考えなければならないのは、その殿山さんが何故、権利証を置いて行くようなことをしたのか」

「まぁ前後の状況から言って」話に夢中になっていて、酒が切れているのに気づかずにいた。もう一本、とお銚子《ちょうし》を注文して、続けた。「あの不動産の処理を貴方《あなた》に任せたい、という意思表示ではないでしょうか」

私もそう思います、と炭野は同意してくれた。「息子さんは不動産に対する自分の考えを、熱く語って聞かせた。殿山さんも同じ思いだったのでしょう。所有する土地の周りは再開発が進むが、自分はあまりそんなことはしたくない。もっと有効に活《い》かしたい。どうすればいいか、を同じ思いの不動産屋と一緒に考えたい。権利証を残して行ったというのは、そういう意思表示だと想定していいのではないかと私も思います」

「そうですね」腕を組んだ。「すると残る疑問は、一つだけだ。ならば何故、殿山さんからその後の接触がないのか。今も言った通り、登記された彼の家に息子と一緒に行ってみましたが、長いこと人は住んでいない感じでした。彼は今、いったいどこにいるのか」

「ふぅむ」炭野も腕を組んだ。「今日は寝入ってしまわれたので、後から連絡を取り合って相談したい、と言うのなら自分の電話番号でも店に残しておけばよかったのに。確かにこれは難問ですなぁ。推理するための材料があまりにも乏し過ぎる」

「いえいえ」首を振った。「奥さんなら大丈夫ですよ。きっと見事に謎を解き明かしてくれる。私は信じてますよ」

現にこれまで私や炭野、更に他の仲間が持ち込んだ数々の疑問を彼の奥様、まふる夫人はいつも鮮やかに解き明かしてくれた。だから今回もきっと、目の覚めるような推理を見せて我々の胸のモヤモヤを吹っ飛ばしてくれる、筈。口にしたことは大袈裟《おおげさ》でも何でもなかった。私の胸には実際、硬い確信があったのである。

だからこうして、こちらでできることは全てやった上で錦糸町《きんしちょう》に赴いた。炭野の自宅は近くだからだ。ただし願い事をするのに、家まで押し掛ける気にはなれない。まふる夫人に気を遣わせてしまう。近所の居酒屋に彼だけ呼び出した。かくして今、この場がある。

「まぁ一応、家内には話してみますけど、ねぇ」炭野は立ち上がった。「あまり、期待はなさらないで下さいよ」

毎度、お馴染《なじ》みの光景だった。炭野は今度こそ無理なのではないか、と悲観的な態度を示す。だが少し後には謎を解き明かした答えが、我々の前に開示される。今回も同じな筈だ。既にその光景が、私には見えるようだった。


案の定、だった。

錦糸町で炭野と別れた私は都バスの「都08」系統で浅草に出た。「草64」系統に乗り換えた。これで我が家、王子まで帰ることができる。炭野の自宅に招かれたことは既に何度かあり、その時には大抵このコースだった。考えるまでもなく身体《からだ》が動いた。

そして自宅に辿り着くと間もなく、炭野から電話が掛かって来た。

「あぁ、さっきはどうも」スマホの通話アイコンをタップして、耳に当てた。私の胸は、期待に大きく膨らんでいた。「奥さんから何か、質問があるのですね」

「ええ、まぁそうなんです」炭野が言った。「息子さんは傍《そば》におられますか。それなら確認したいことがある、と言ってまして」

雄也に近くに来るよう手招きした。息子は直ぐ近所に住んでいる。絶対こういう展開になる、と分かっていたため予《あらかじ》めこちらの自宅に呼んであったのだ。

「その、殿山さんの服装です。もしかしてスーツのような正装と言うよりは、ふんわりした、動き易そうな格好ではありませんでしたか。どちらかと言うとちょっと、ルーズに映るような」

あっ、と息子は声を発した。驚いて妻が、何事かとこちらを向いたくらいだった。「そうだ。確かにそうだった。でも、どうして」

「そうでしたか」雄也の反応を伝えると炭野は続けた。「ではもう一つ、質問です。その居酒屋さんの近くに、大きな病院はありませんか。そう、長期の入院も可能なような」


今回もまふる夫人の推理は見事に的を射ていた。

指摘の通り居酒屋の近くには大きな病院があったので、雄也は入院病棟を訪ねてみた。「殿山」の名前を出してみると、直ぐに分かった。彼はここの、入院患者だったのだ。

「意見を同じくする人に自分の不動産を任せたい。権利証を置いて行ったというのはその意思表示だろう、というのは私もその通りだろうと思います」炭野の説明を受けた、まふる夫人は言ったという。「でも相手はアカの他人ではありませんか。それくらい思い詰めるにはもう一つくらい、何か事情がある筈。例えば頼りになる身寄りが周りにいなくて、自分も身体を壊していらっしゃる、とか。そうなると人間、不安になりますわよね。他人でもいいから誰かに頼りたい、と。お家《うち》には暫く人の住んでいる気配がなかった、というお話でしたし。ではその方は今、どこにいるのか。病院、というのが一番ありそうに思ったんですの」

「どうして」病室を訪ねてみると、殿山は飛び上がらんばかり驚いていたらしい。「どうして、ここが。あぁでも、本当に申し訳ない。要らぬご心配を掛けてしまいました。こんなところまで来て頂く、お手間まで」

「いえいえ」息子は首を振った。「こんなことがなくても、貴方とはもう一度お目に掛かる腹積もりでした。初対面の私なんかの話に延々、つき合わせたばかりかお代まで。ただ加えて、あれが残されていた」病室は個室ではなかったので、『権利証』なんて生々しい言葉は出すのは躊躇《ためら》われた。「これは何としてでも、居場所を突き止めなければ、と」

「済みません」頭を下げた。「体調が優れませんで。貴方にご心配を掛けているだろうなと頭では分かっていても、なかなか動くことが叶いませんでした」

殿山は長年、内臓を患っていた。ちょっと外で生活しては体調を崩し、また入院を繰り返していた。そんな状態ではとても借家人を住まわせることはできず、引き払ってもらっていた。あの家から生活臭が感じられず、無人のように見えたのはそのせいだったのだ。

ただし具合がよくなった時には少しの間でも、家に戻る。郵便受けに突っ込まれたものを取り込み、簡単な掃除もした。庭が荒れ放題ではなく、人の手が入って見えたのもそのためだった。

あの日もそうだった。退院したわけではないが、ちょっと家でやらねばならない用が出来たので一時帰宅した。用を済ませて、病院に戻った。ただ、その前に――

「元々が好きでしたからね」殿山は苦笑した。「時々、病院を抜け出してはあの店に行くようになっていました。お酒もお料理も美味《おい》しい。一、二杯、口にするととてもいい気分になれる。

先生には内緒で通ってたんです」

だから店からすればこのところ、来るようになったお客という表現になったのだ。ただしそういうわけで長居はせず、静かに呑んで帰るだけだった。お陰で店としては、どこの何という人なのか背景は分からず終《じま》いだった。

「あの日も用を済ませて病院に帰る途中、いつものようにちょっと店に寄ったんです。そしたら貴方と相席になった。お話をしてみたら、心が晴れるような気分になれた。不動産に関して私と同じ思いだったからです」

先祖から受け継ぎ長年、住んでいた家だが最近では周囲に再開発の波が押し寄せている。自分も身寄りもなくこんな身体では、いつどうなってしまうのか心許《こころもと》ない。誰か信頼できる人に相談し、もしものことがあったらお任せしたかった。話を聞いていて心底、思った。

ところがいざ、実は、と打ち明けようとしたら相手が寝入ってしまった。どうしようか迷っていると、自分も急に具合が悪くなって来た。そもそも退院できるような体調ではなかったのだ。用を済ますためにちょっと出て来て、調子に乗ってしまったのだった。これは、急いで病院に帰らなければならない。

そこで咄嗟《とっさ》に権利証を相手の鞄に突っ込んだ。外出の用は不動産関連だったので、病院に持ち帰る形になっていた。だからたまたま、手許にあったのだ。貴方の話に賛同した。これから相談に乗ってもらいたい。固めた意思を示すには、最適なやり方に思えた。

何、このくらいの発作は以前にもやっている。病院に帰れば程なく体調も戻るだろう。そうすれば改めて、あの不動産屋の連絡先を探せばいい。居酒屋に電話番号でも残しているかも知れないし。王子の吉住と名乗っていたから、ちょっと調べれば分かるだろう。

ところが思ったより、症状は深刻だった。おまけに隠れて呑んでいたことが、医者にもバレてしまった。安静を言い渡された。お陰でやろうと思っていたことが何もできなかった。あの人、こちらが誰かも分からず悶々《もんもん》としていることだろうな。何とか早く、事情をお話ししなければ。気は焦るが何もできず、ベッドに横たわるばかりだった。

「そうでしたか」雄也は言った。「こちらこそご心痛を掛けて、済みませんでした。でもこれで、事情ははっきりした。今はとにかく、身体のことを第一にされて下さい。静養に努めて下さい。ゆっくりとご相談するのは、それからです」

「有難うございます」殿山が深々と頭を下げた。「今は、お言葉に甘えさせて下さい。ただそれにしても、よくお分かりになりましたね。私がここに入院している、なんて。どうやって突き止められたんです」そこで、はっと頭を上げた。「まさか、探偵を雇われたのでは。そんなお手間まで掛けさせてしまったのでは、私」

「いえいえ」朗らかに笑って手を振った。「まぁ、似たようなものではありますか、ね。でもちっとも、手間なんかではないんですよ。まぁその内、これもゆっくりご説明いたします。さぁさぁ今日もちょっと時間を取らせてしまった。もうお疲れではないですか。身体に毒だ。ゆっくりお休み下さい」

早々に病室を退出した。

息子は勿体《もったい》ぶっていたわけではない。親父の友人の奥さんがどうの、などと説明を始めると、時間が長くなる。今は後回しにするべきだ、という判断は妥当と言えるだろう。

ただし私は話を聞いて、邪推せずにはおれなかった。探し人の行方を見事に突き止めた。背景を打ち明けるのは、誰しも快感であるからだ。たとえ解いたのが、自分ではなかったにしても——

だからその時間を、先延ばしにしたのではないか。楽しみは後にとっておく。その心理も、私にはよく分かる。自分だって同じことをしたのではないか、という気がする。

勿論、息子にそこまで突っ込むことはない。ただ、ニヤニヤしながら黙って眺めているだけだ。幸い、殿山の症状もその後かなり改善に向かっていると聞く。楽しみの時もそう遠いことではない、と分かっているから、尚更。

そしてしみじみ思うのだ。

私はいい友人を持った。本当に人脈に恵まれた。

そんな縁《えにし》をくれた、小さなバスの旅に心から感謝しながら。

第二章　津軽を翔ぶ男

東北新幹線に乗るのは初めてだった。それを言うなら新幹線というもの自体、乗る機会はあまりない。一番、最近で覚えているのは中学校の修学旅行で、京都へ行った時くらいのものだ。「どっか行こうよ」言い出したのは、翔太《しょうた》だった。「どっか、遠くに。そしたら気持ちも晴れるんじゃゃね」

「それ、いいと思うな」行弘《ゆきひろ》も賛成した。「気分を換えるには、やっぱり旅行が一番だよ球人《きゅうと》」

僕も反対はなかった。次の連休に実行しよう、と話は決まった。

問題は、ではどこへ、だ。

「遠く、だからなぁ。箱根《はこね》やそこらじゃ、意味がない」

「でもさ。連休ったって三日しかないんだぜ。だから二泊三日で行って帰って来れるとこ」

「新幹線だな。それしかなくね」

「じゃぁせっかくだから、普段はなかなか乗らない方に」

こうして東北新幹線に乗ろう、という結論に落ち着いたわけだ。翔太は鉄道ヲタク。とにかくあちこち乗って回るのが好き、といういわゆる〝乗りテツ〟って奴《やつ》。だからなかなか乗車機会に恵まれない東北新幹線にこの際、乗ってやろうという思惑もあったのかもしれない。

ただ、僕は純粋に二人に感謝していた。確かに今、気分が落ち込んでいる。日常を離れて憂さを晴らしたい、というのは正直なところではあったのだ。翔太と行弘がそんな僕の気持ちを知った上で、提案してくれたのはよく分かっていた。やっぱり持つべきものは、という奴。友達って本当にありがたい。

東京駅を離れた新幹線は、しばらくのろのろ運転だった。「何だ、遅いじゃないか」行弘が不満を正直に口にした。

「本当だよな」僕も同じ思いだった。「せっかく高い料金、払ってるってのに」

「この辺りはまだ街中だから、速い速度が出せないんだよ」さすが、鉄道に詳しいだけのことはある。翔太が解説してくれた。「敷地が限られてて、高速で走ると沿線住民から騒音の苦情が来るからね。待ってな。大宮《おおみや》を過ぎれば、新幹線らしい速さになる筈《はず》だぜ」

おっしゃる通り、だった。大宮を過ぎると新幹線は、〝らしい速度〟で飛ばし始めた。

「いやぁ、さすがだね」

「新幹線はこうでなくっちゃ」

「東北新幹線は元々、大宮が始発としてスタートしたんだよ」翔太の解説が更に続いた。「その後、上野《うえの》発、そして東京発、とルートが延伸された。だから東京〜大宮間はかなり無理して線路が敷かれたんだ。速度が出せないのも仕方がないのさ」

「へぇぇ」

やがて宇都宮《うつのみや》を過ぎると、窓の外に山の連なりが目立ち始めた。

「やぁ、眺めがずいぶん変わって来たな」

「これまでは平野の中を突っ切ってたからね。山が見えて来るといよいよ関東平野を出るんだな、って実感する」

「教科書では分かっってても、こうして実際に見てみるとやっぱり違うなぁ」

「それが旅の魅力、ってわけだよ。俺もお前らに、そいつを味わってもらいたくって」

「何だよ翔太。お前、単に東北新幹線に乗りたかっただけなんじゃゃねぇの」

「それだけじゃない、って。鉄道旅の楽しさをお前らにも知ってもらいたかったんだ、って」

「マジかよぉ」

笑い合った。

親しい友人と他愛もないおしゃべりを交わすくらい、楽しいことはない。時間はあっという間に過ぎてしまう。本当にもう、気がついたら新青森駅に着いていた感じだった。青森ってこんなに近かったんだっけ。これなら何度でも来れるなぁ。もう一度、みんなで笑い合ったくらいだった。

新青森駅で乗り換えた。取ったホテルは青森駅の近くである。両駅は奥羽《おうう》本線で一駅だけ離れている、と翔太が解説してくれた。

在来線の列車に揺られていると「間もなく終点、青森駅です」と車内アナウンスが流れ始めた。「ほら、あれ見てみ」翔太が窓の外を指差した。

見ていると、向こうからやって来た線路がぐんぐん近づいて来て、こちらと並行して走り始めた。「青い森鉄道さ」翔太が言った。「新幹線が通ったおかげで第三セクターになっちゃったけどね。昔のJR東北本線だよ」

「あっ、そうか」僕は手を打った。「仙台《せんだい》とか盛岡《もりおか》とかを通って来た昔の東北本線と、秋田とか日本海の方を通って来た奥羽本線の線路とが、ここで合流するわけか。どちらも終点は青森だからね」

「本州の北の端に来た、って実感するなぁ」行弘が言った。「青函《せいかん》トンネルが通ってなかった昔は、青森から船に乗って北海道に渡るしかなかったんだろ。まさに線路はここで終点だった、ってわけだな」

「青函連絡船、だな。何かの本で読んだ覚えがあるよ」

僕と行弘とのやり取りを、翔太は満足そうにうなずきながら聞いていた。本とかで知っていたことでも、やっぱり来てみてこの目で見ると、これがそうかと実感する。鉄道旅の楽しさを知らせてやる。さっきの言葉は、本音だったんだろう。

青森駅に着いた頃には、すっかり腹が減っていた。そういう時刻になっていた。ホテルも駅からすぐの距離にあるはずだけど、先に寄ってチェックインする時間も惜しいくらいだった。その前に何か食べたい。

「青森ってさぁ」駅舎を出ながら、行弘が言った。「味噌《みそ》カレー牛乳ラーメン、なんてのが名物らしいぜ」どうやら事前に現地グルメをチェックしていたらしい。こういう辺り、行弘は妙に気が回るのだ。

「何だよ、それ～」

「どういう取り合わせだよ。単なるゲテモノ料理なんじゃねぇの」

「さぁなぁ。ただ結構、ここでは愛されてるご当地グルメらしいんだよ。せっかくだ。ちょっと、体験してみたくね」

そのラーメンを出す店は市内にいくつもあるらしいが、有名店が駅から歩ける距離にあるというので、行ってみた。

ヘンなメニューを出すのだから、店構えもちょっとおかしな風なのかと思ったが、違った。東京にもいくらでもありそうな、普通のラーメン店の入り口だった。ただし東京とは違うのは、夕飯時の人気店だというのに並ぶことなくすっと入れたことだった。

席に着いて聞いていると、いかにも常連らしい地元訛りの客達も、みんな「味噌カレー牛乳ラーメン」を注文していた。僕らも同じものを頼んだ。

どんな〝トンデモ〟料理が出て来るのか。構えたが、白い中に黄色の混じったスープにたっぷりのモヤシとメンマ、ワカメの載ったとても美味《うま》そうなラーメンだった。麺は濃い黄色がかって、歯応えがありそうだ。スープを一口すすると、クリーミーな味がすぅっと喉を滑り落ちた。

「あれ、イケんじゃん、これ」

「どんだけゲテモノを食わされるのか、って覚悟してたのに、なぁ。普通に美味《おい》しく食べれんじゃん」

「それぞれではぶつかり合う味噌とカレーの味が、牛乳で中和されてる感じだよな」

「これだったら東京に進出して来てほしい。来たら絶対、食べに行く」

三人とも、あっという間に完食だった。全員、スープまで残さず飲み干していた。

「いや〜、意外な美味さだった」

「やっぱり旅先に来たんだもの。ご当地グルメは味わってみるべきだよな」

「提案したのは、俺だぜ」

胸を張って見せる行弘に向かって、僕と翔太は「ははぁ〜っ」と拝礼した。「感謝、感謝」

ホテルは安さだけを優先して選んだところだった。チェックインして部屋に入ると、ベッドが3台と最低限の設備があるだけだった。別に構わない。泊まれればそれでいいのだ。一番の目的は、明日なのだ。

適当にベッドを割り振り、それぞれに腰を下ろした。高校生の僕達からしたら、ビジネスホテルの方が新鮮なのだった。和風の旅館なら、修学旅行で泊まっている。温泉旅館になら家族で何回か行っている。

取りあえずそれぞれのベッドで、スマホをいじったりして時間を費やした。送られて来ているＬＩＮＥメッセージをチェックしたり、と必要なことはあるのだ。それが済むとゲームをいくつか、やった。相手のあるゲームなので、定期的にやっていなければならない。これも、必要なことの一つと言ってよかった。

　しばらくスマホをいじった後、ぽいとベッドに放り出した。これじゃ、東京にいる時と何も変わらない。いつまでもこんなことをしていたんじゃ、こんなところまでやって来た意味がない。ごろんと横になった。

「あ〜ぁ」大きく息を吐いた。「何、考えてんのかなぁ、女なんて奴」

　ここのところ、僕が落ち込んでいた理由、だった。

　つき合っていた彼女がいた。高校の同級生で、名前を亜里奈《ありな》といった。けっこう可愛《かわい》くて、僕にはもったいないくらいの女の子だった。一緒に映画を観《み》に行ったり、彼女の買い物につき合って原宿《はらじゅく》を歩いたりした。とても幸せな時間を味わっていた。

　ところがある時のことだった。突然、彼女が冷たくなった。

　とにかく口を利いてくれない。学校で会っても、ぷぃとあっちを向いて足早に立ち去ってしまう。メッセージを送ってもナシのツブテ。「既読」すらついてくれない。つまり僕から来たメッセージはチェックすらしてくれてない、ということだ。電話を掛けても出てももらえないのは、もう言わなくても分かるだろう。僕とのやり取りは絶対拒否、の物腰だった。

　何があったのか。どうして亜里奈は突然、僕を拒否《きょひ》るようになったのか。全く分からない。理由を尋ねようにも、対話を完全に避けられているのだから、突き止めようもない。そして理由が分からない以上、改善のしようもない、というわけだ。

「非モテ男に答えられる疑問じゃないで〜す」翔太がおどけて、反応した。「ハイ、モテ男クン。回答をどうぞ」

　確かにヲタクの翔太に対比すれば、行弘は「モテ男」の部類に入るだろう。女の子からのアプローチは結構、あるらしい。イケメンで勉強もスポーツもそれなりにこなし、リーダーシップを発揮する性格と来ているのだから人気があるのも当然と言える。僕も親友ながら、亜里奈という彼女ができるまでは少々うらやましさを覚えていたのが本音だった。彼女に去られつつある今となっては、その思いがぶり返しつつある面も、なきにしもあらず……

「そんなの、俺にだって分かんねぇよ」誰がモテ男だよ。まずは返してから、行弘が言った。

「答えられる男なんて、どこにもいねぇんじゃねぇの」

　女の子に人気のあるこいつだが現在、つき合っている彼女はいない。前にはいたのだが、別れてしまった。

「わけ分かんねぇことばかり、言うんだよ」あんな子と別れるなんてもったいなくね。おどけて言ったら、返されたことがある。「あいつが何、考えてんだか全く見当もつかない。やってんのはいつも、わけ分かんねぇことばっかり。もう女とつき合うのなんてコリゴリだ。疲れたよ」

　そんな経験のある行弘だ。今の反応も、当然なのかもしれなかった。

「ハイ、モテ男クンからしてもそうらしいで〜す」翔太がこっちを向いた。「ゆえにその疑問に、答えられる者はこの場にはなし。たぶん、どこを探しても、そう。だから悩むだけ、ムダってことです」

答えなんか出ない。だからこそこうして、気分転換のために遠出をして来たんじゃないか。おっしゃる通り、だった。僕も二人の心遣いに感謝して、賛同した。この場でこの話を持ち出すこと自体、スジ違いだったのだ。

「あ〜ぁ」

ごろりと寝返りを打った。頭では分かっている。でも胸のモヤモヤは晴れない。そういうものだろう。

明日は津軽《つがる》半島の先端、龍飛崎《たっぴざき》に行く予定になっている。とても眺めのいいところだと聞く。そういうところに行ってみれば、このモヤモヤも晴れてくれるのだろうか。まだ内心、疑っている自分がいた。


翌朝、ホテルを出て駅からすぐの喫茶店に入った。コーヒーのモーニングセットを頼んだ。トーストとゆで玉子つきで三百八十円という安さだった。

「うわっ。こんなの、東京じゃあり得なくね」

「おまけにこのコーヒー、本格派だぜ」コーヒー好きの行弘が言った。「味が濃い。深い。こんなのそれなりの値段、出したってなかなか飲めるモンじゃない」僕も純粋に美味しいと感じたが、彼が言うのなら間違いないのだろう。

喫茶店を出るとぶらぶら歩いて、海の方へ行った。そう。青森駅は出るともうそこが、海なのだ。昔はここから船に乗り換えて北海道に渡っていた、ということがこんなところからもよく分かる。

「あっ、見て見て。あんなところに船がもやってある」

「かつての青函連絡船、八甲田《はっこうだ》丸だよ」翔太が教えてくれた。彼も訪れるのは初めてのはずだが、事前にかなり調べておいたのだろう。それともこれくらい、鉄ヲタには〝常識〟なんだろうか。「メモリアルシップとして、保存してあるんだ」

近づいた。青森駅から延びて来ているレールがあって、それがそのまま船内にまでつながっているのが見えた。

「何これ。もしかしてこの船、昔は列車ごと乗せちゃってたの」

「そうなんだよ」翔太が大きくうなずいた。「ほら。あれ、見てみ」

指差したのはレールをまたぐように設けられた、大きな鉄の枠組みだった。よく見るとこちらのレールの架台に、その鉄枠からいくつものワイヤーが延びていた。

「もしかしてこれ、クレーン？」

行弘の質問に翔太はまたも大きくうなずいた。「海には潮の満ち引きがあるだろ。海面は上下して、それに伴って船の位置も変わる。だから列車を積み降ろしする時、あのクレーンで線路の高さを調整して船内の線路とぴったり合わせる、ってわけさ」

「へぇぇ」僕と行弘は同時に声を漏らした。「スゲぇこと考えるなぁ」

「考えるだけじゃなく、本当にやっちまうのもスゴいよね」

「マジだなぁ」

船内も見学可能だったので入場料を払って乗った。他にも青森港には、ねぶた祭りを紹介する「ワ・ラッセ」や、青森県の観光情報を発信する「アスパム」（サンドイッチを立てたような二等辺三角形の建物だ）など色んな施設がそろっていて、時間をつぶすにはつごうがいい。海を眺めながら風に吹かれているとてもいい気持ちで、それだけでも気づかない内に時間が過ぎてる。

今日の目的地は津軽半島の先端、龍飛崎じゃなかったのか、って？　なのになぜ、さっさと行ってしまわずに時間なんかつぶしているのか。理由は、ちゃんとある。ローカル線、ＪＲ津軽線のダイヤがとても不便なためだ。

「青森駅を出るのは午前十一時だ」時刻表で確認していた翔太が告げたため、僕と行弘は当然、なんで？　とただした。もっと早く行くことはできないのか⁉　「しょうがないんだよ。ほら、これ見てみ」

翔太が時刻表を指し示したので、見てみた。まず津軽線の始発は6時15分、青森発。でもそれじゃいくら何でも、早過ぎる。朝のコーヒーを飲む時間もない。その前に喫茶店もまだ、開いちゃいないだろう。

次は8時13分発だが、8時50分に途中の蟹田《かにた》駅に着いて、それっ切り。蟹田から終点の三厩《みんまや》駅まで行く便は、11時44分までないのだ。三本目の青森発は11時1分に出て、蟹田着が11時38分。つまり二本目に乗ろうが三本目に乗ろうが結局、蟹田から先へ行くのは同じ便ということになってしまう。

「よくは分かんねぇけど蟹田なんて、駅前に時間をつぶせる何かがあるとはあまり期待できない。そんなら青森で時間つぶしといた方が、ずっとよくね」

さすがヲタクだけあって適切な判断に思えた。そういうわけで十一時近くになるまで港周辺でぶらぶらし、三本目の青森発津軽線に乗った、というわけだった。

「それにしても、さぁ」座席に着くと翔太が僕を指差した。「なんで球人、いつもそうなんだ。これからあちこちうろつこう、ってのに。見た目にも重っ苦しい。そんなの必要最低限のものだけ持って、あとはホテルに置いて来りゃいいじゃん」

僕のリュックのことを言っているのだった。東京を出た時、背負っていたリュックを今日もそのまま抱えているのだ。

「こいつは昔っからこうなんだよ」より古いつき合いである行弘が言った。「ものを整理できない。必要最小限のものだけ選び出せ、ったってそれができない。いつも何でもかんでも抱えて歩くしかないのさ。学校で、だってそうだろ。今日、授業のある教科書だけ持って来ればいいのに全部リュックに詰めて来る。こちらから見たら重っ苦しくってしかたないけど、昔っからこうなんだ」

「しょうがないだろ」僕は言った。「外出先で何があるかなんて、誰にも分からないんだから。全部、持ってってたらその点、安心じゃん」

「リュックに全部、詰め込んだままで整理もめったにしないんだろ」

「確実に中に入ってる、って分かってるから安心じゃん」

やれやれ、と言うように二人は両手を挙げた。

青森駅を出た津軽線は昨日、来た時をさかのぼるように「青い森鉄道」の線路と分かれ、次いで奥羽本線とも分離した。こうして線路と合流したり分かれたり、というのが鉄路に乗っている楽しみの一つなのさ、と翔太は言った。

右手の車窓に海がのぞいた。陸奥《むつ》湾ぞいに津軽半島を北に向かっている、ということなのだろう。こんなに海を眺めながら列車に揺られる、というのもなかなかない機会で、翔太ほどではないにしても僕も〝乗りテツ〟の気持ちが少しは分かるような気になって来た。

「でもさぁ」行弘が疑問を口にした。「この津軽線って全部、乗っても一時間半くらいの、そんなに長い路線でもないいんだろ。なのになぜ全線、終点まで直通しないいんだろ。なんでほとんどの線で、蟹田で乗り換えなきゃならないいんだろ」

「それは、さ」もっともな疑問だ、とうなずくようにして翔太は言った。海とは逆側の車窓を指差した。「ヒントは、あれさ」

気がつくと列車は市街地を抜けていて、左側の車窓には広々とした空間が広がっていた。そのずっと先にこちらと並行して走る、高架が見えた。

「あれは、何の高架だ。高速道路はさすがにこの辺、ないよな。すると」

「そうか」僕は手を打った。「あれは北海道新幹線だ。昨日、降りた新青森より先。青函トンネルをくぐって新函館北斗《はこだてほくと》まで行くんだ」

「その通り」

「でもこの列車が蟹田までしか行かないのと、新幹線と何の関係があるんだ」

「それはもうちょっと行ってからのお楽しみ、と」

「何だよぉ、もったいぶりやがって。早く教えてくれよぉ」

すると次の駅で停車した。行き違いの列車を待つため、しばらく停《と》まると車内放送が流れた。

「なんで」これにも行弘が食いついた。「そりゃこんなローカル線だもの。線路は単線だろうさ。でもこんなに本数が少ないんだぜ。なのに行き違い列車なんて、あるのか」

「それもヒントは、やっぱり北海道新幹線さ」

「何だよぉ、それ。わけ分かんねぇよぉ」

こんな風にわいわい騒げるのも、他に乗客がほとんどいないおかげだった。この車両は僕達だけで独占。他の車両にも数人くらいしか乗っていないように見受けられた。

やがて列車は乗り換え駅、蟹田に着いた。その先、終点の三厩まで行く便は同じホームの向かい側に停まっていて、楽に乗り換えることができた。

ホームには「かにた」と大きく書かれた木製の駅名表示があって、記念写真を撮るのに絶好だった。乗り換え時間は六分しかなかったけど、そんなわけで余裕で撮影ができた。ちなみに同表示には「北緯41°ニューヨーク、ローマと結ぶ町」とも書かれていた。全て同じ緯度に位置する、という意味なのだろう。津軽半島の町なんだからずいぶん北へやって来たつもりでいたけど、ニューヨークやローマも同じくらい北にあるんだね、などと感想を述べ合った。

ここまで乗って来たのはやはり、わずかな乗客だけだったようで男性一人と女性二人がこの駅で降りて行った。終点まで向かうのは僕達だけになった。「これだけの人数しか乗らないんだから、本数が少ないのも仕方ないんだね」と行弘が言った。

「それよりも、だ」翔太が人差し指をチッチッ、と横に振った。「この列車、もっと気づいてもらわなきゃならない点があるんだけどなぁ」

「えっ」二人、同時に声を上げた。「何なに」

これまた同時に、発車時刻となった。ドッドッと車のエンジンがせき込むような音から、シューッとガスが抜けるような大きな音がして、列車が走り始めた。「今のが、ヒント」

僕は分からなかったけど、行弘は気がついたようだ。「あっ、そうか。この列車、ディーゼルカーだ」

「そうそう。なぜ津軽線は蟹田駅で分断されているのか。その答えが、これってわけ」

「なるほど。青森から蟹田までは電化されてる。でもこっから先はされてないから、ディーゼルカーを使うしかない。使う車両が違うから、分断されてる、ってわけか」

「そうそう」

「でもさ」新たな疑問が湧いた。「こんなローカル線じゃ全線、電化されてないってことも多いんじゃないの。なのに逆に何で、途中までは電化されてるんだろ」

「そのヒントがさっき見た、北海道新幹線、ってわけさ。新幹線が北海道までつながったのは、二〇一六年。でももっと前から、東北と北海道は鉄路でつながったよね」

「そうか」今日は行弘に、先に解答されてばかりだった。「新幹線が開通する前、青函トンネルは在来線が走ってた。途中までは津軽線を通ってたから、蟹田までは電化されてる、ってわけか」

「ご名答」

「つまり以前は蟹田駅から、青函トンネルにつながる線が分かれてたわけだね」

「正確には一つ先の中小国《なかおぐに》駅、もっと正確に言うと新中小国信号場で分かれてたんだけどね。あっ、ほら。そう言ってる内に」

翔太が指差す通り、中小国駅を出るとさっき遠くを並行して走っていた新幹線の高架が頭上を越え、津軽二股《ふたまた》駅でもう一度、交錯してからどこかへ消えて行った。今のが以前、津軽線から青函トンネルへ分かれる在来線があった名残《なごり》、ということだろう。

ちなみに津軽二股駅は新幹線、奥津軽いまべつ駅と連絡している。今後の予定では僕達は、龍飛崎から帰る途中この駅にやって来ることになっている。

「さっきもう一つ、疑問があったよね」翔太が指摘した。「こんな本数の少ないローカル線なのに、何で行き違い列車を待ったりしなきゃならないのか」

「あっ、そうだった」僕は言った。「見てたら、すれ違って行ったのは貨物列車だった。津軽半島の先っぽなんかから、何をそんなに運ぶものがあるんだろうと不思議だったんだ」

「分かったぞ」今日は本当に、行弘に先を越されてばっかりだ。「あの貨物列車は津軽半島から来たんじゃない。北海道から、だったんだ」

「その通り。お見事」

翔太によるとこういうことだった。北海道新幹線が開通し、青函トンネルを通るのは新幹線だけになった。ただしそれは、客車に限っての話。貨物列車は未《いま》だに、青函トンネルをくぐって北海道と本州とを行き来しているのだ。そのためトンネル内には、以前の在来線用の線路も残されている。貨物列車はその上を走り、こちら側に出て来ると津軽線に入って南へ向かうというわけだった。

「蟹田駅まで電化区間が残されているのも」自慢そうな表情で翔太は言った。「そういう理由もあるんだよ」

確かにこれだけ色んな知識を持っているのは、自慢ではあるだろう。ただ彼はあくまで、これに乗るのは初めてのはずである。なのに事前に、これだけ知っている。〝鉄ヲタ〟なんて奇妙な生き物だ、と改めて思わずにはいられなかった。

そんな風にワイワイやっていれば、時間は飛ぶように過ぎてしまう。新青森まで来た時と同じだ。列車は終点、三厩駅に滑り込んだ。僕達三人はホームに降りた。途中、乗って来る客もいなかったので降りたのは僕達だけだった。

「おおぅ」三人とも思わず同時に声が漏れた。「これ、スゴくね」

「いっや〜絶景！　まさにそのものだよ」

津軽線の線路は二本、ホームを挟むように少し先まで延びて、そこで途切れている。終着駅。ここから先に線路はない、と思い知らされるような眺めだ。そしてその向こうに、山がそびえていた。青い空と緑に包まれた山とが目の前に広がっていて、本当にスゴい絶景だった。

「津軽線、完全乗車」翔太が言った。「それを自然が、祝福してくれてるみてぇ」

「いやぁ～本当に気持ちいいなぁ」

ホームは先に行くに従って低くなり、右側の線路を横切る通路につながっている。通路は建物にぶつかり、それが三厩駅の駅舎だった。ローカル線の終点らしい、小さいながらも落ち着いた建物だった。

「さぁここまでは俺の担当だった」翔太が言った。「次は君に譲るよ、球人クン」

「おぉ。任せとけ」

三厩駅は津軽線の終点だけど、龍飛崎に着いてしまったわけではない。ここからはバスに乗って行かなければならないのだ。バスは僕の担当、と自然に決められていた。

別に通学にバスを使ってるから、というだけではない。それを言うなら行弘だってバスで通っている。そうではなく僕の知り合いに、特別な人がいるせいだった。

もう七十歳を迎えたお年寄りなのだが、東京都シルバーパスを使って路線バスをあちこち乗り継ぐのを趣味としている。僕ともその過程で、出会った。そしてちょっとしたことから行弘と仲違《なかたが》いしてしまうところだったのを、救ってもらった。他にも、いとこのお姉ちゃんの窮地を助けてもらったこともある。とても頼りがいのある人なのだった。もっともあとで聞いたら、謎を推理していたのは奥さんの方だったらしいけども。とにかくステキな夫婦であることは間違いない。

だから僕も、友達との話題に出すことも多い。こんなスゴい人がいるんだぜ。俺も大人になったら、あんな風になりてぇなぁ。そんなわけでいつの間にか、バスは球人に任す、みたいなことになっていたのだった。

津軽半島の先っぽだ。路線バスがひんぱんに走っているとは思えない。行き当たりばったりなんかで行ってしまったら、ヘタしたら帰って来れなくなる恐れすらあった。事前の調査が肝心だった。

ネットで調べてみた。思った通り、だった。

三厩駅から龍飛崎へ行くバスは、外ヶ浜町《そとはま》が運営している。いわゆる町営バスという奴である。そして時刻表を見てみると、一日に七往復しか走ってないことが分かった。一つ、乗り過ごしただけで大変なことになってしまう。

僕達が乗って来た津軽線は、三厩駅に12時24分に着く。そして町営バス、三厩駅前発は12時34分だった。十分の乗り換え、ちょうどいい。やはり列車のダイヤに合わせて、運営されているようだ。

三厩駅前には何もなかった。ただ車を停めたり、Uターンしたりできるような広場があるだけだった。コンビニどころか店のようなものすら何もなかった。

そしてその広場に、既にバスが停まっていた。意外なくらい大きな車体だった。「あぁ、あれだあれだ」

「でもその前に記念写真、撮ろうぜ。そんくらいの余裕は十分、あんだろ」

駅舎の前に三人、並んで写真を撮った。「津軽半島最北端の駅」との表示があり、それを隠さないよう立つ位置を考えなければならなかった。それから、バスに歩み寄った。

「これ、龍飛崎まで行くんですよね」確信はあったが一応、確認してみた。そうだと運転手さんがうなずいたので、安心して乗り込んだ。

料金は乗る時に、運転手さんに渡すシステムだった。何と、百円！　安っ、と三人、同時に声を上げた。

ここまで列車に乗って来たのは僕達だけだ。バスに乗ったのも、そのままだった。発車時刻になったため乗客三人だけのバスは、駅前から離れた。緩やかな坂を下り、海岸沿いの道に出た。国道280号だった。

「ここ、平地がないんだろうなぁ」行弘が言った。「山から即、海。だから道を通すなら、海岸伝いに造るしかないんだろう」

国道沿いには少しばかり、店のようなものもあった。車窓を眺めていて、あっと声が出た。

「ほらあれ。三厩、って地名の由来」

大きな岩のすぐ横を通ったのだ。厩石《まやいし》だった。

「源《みなもとの》義経《よしつね》伝説にちなむんだって」僕は説明して、言った。このバスのことを調べるため外ヶ浜町のWebページを閲覧する中で、名所旧跡についての説明も読んだのだ。「義経は兄、頼《より》朝《とも》の追及から逃れて奥州藤原《ふじわら》氏の元に身を寄せ、そこで殺されたことになってるんだけど実は死んでない、って伝説はいくつもある。これもその一つ。義経は津軽まで逃げて来て、ここから北海道に渡ったとされてるんだって」

北海道に渡ろうとした義経だが津軽海峡の波風が高く、なかなか果たせない。そこで三日三晩、祈りを捧《ささ》げたところ白髪の翁《おきな》が現われ、三頭の竜馬（羽が生えた馬）を与えられた。それで無事、海を渡ることができた。三頭の竜馬がつながれていたことからこの岩を「三馬屋《みまや》」といい、三厩《みんまや》の地名の元となった、というのだ。

「へぇ」二人とも想像してた以上に、感心してくれた。「そう言えばさっきの岩、窪《くぼ》みが三つあったな。そこが、竜馬がつながれてたとこ、ってわけか」

このバスは一応、停留所はあるが客は乗りたいところで乗り、降りたいところで降りれるらしい。だから希望の箇所があったら言って下さい、と運転手が車内アナウンスしていた。実際、道の途中で手を挙げている人影があるとバスはそこで停まり、客を乗せていた。地元住民の生活の足、なのだろう。

国道は途中、新しく作り替えられている箇所がいくつもあったがバスはそちらは通らず、常に細い旧道を選んでいた。旧道はたいてい、細く曲がりくねっている。大きな車体でそこを通るのだから、運転は大変そうだ。でも地元住民のためには、こっちを走った方がつごうがいいのだろう。事実、見ているると手を挙げて乗って来た客はいつも細い道沿いの民家の前から、だった。地元の生活は新しい道が出来ても、今もこっちの方にあるのだろう。

「次は龍飛漁港」とアナウンスがあった。いよいよ終点に近づいたのだろう。終点は「龍飛崎灯台」というバス停で、よくは分からないけどとにかくそこまで乗ろう、と決めていた。だから漁港では降りなかった。

「龍飛漁港」停留所を離れるとバスは、駐車場を使って大きくUターンし元来た道を戻り始めた。途中、高台の方へ登って行く道へと右折し、大きくカーブを曲がりながら坂を上がった。高台の上に出ると「青函トンネル記念館」バス停。そして次がいよいよ終点、「龍飛崎灯台」だった。

広い駐車場の中に設けられた停留所だった。バスを降りると目の前に食堂「たっぴ」があったため入ってみた。そろそろ昼飯の時刻になっていたのだ。ところが駐車場の車の数を見て予想がついた通り、中は満杯だった。連休である上にこんなに天気がいいのだ。観光客が押し掛けているのも、無理はなかった。少人数で切り盛りしている食堂らしく、大勢が一気に来るととても手が回らないのだ。

「あっちに、ホテルもあったじゃん」行弘が言った。「ホテルならレストランもあるだろう。あっちに行ってみない」

食堂も捨てがたいけど、順番待ちなんかで貴重な時間は費やせない。ここにいられる時間は限られているのだ。僕も翔太も賛成した。バスに乗って来た道をさかのぼるように歩き、ホテルの中のレストランに入った。

行ってみると、大正解だった。ホテルは高台の縁に立っているので、窓から海を見下ろす形になって眺めが最高なのだ。空も海もとにかく青く、見ているだけで胸がスーッとなるくらいだった。僕はイカスミカレー、行弘と翔太はそれぞれ海峡ラーメンとふのりソバを注文したが、元々が美味い上に景色がいいものだから、最高の味わいだった。

「すっげぇなぁ」食べ終えてホテルを出、改めて灯台の方へ向かった。歩きながら海の方へ目をやったが、とにかく透き通るような青さに心も浮き立つようだった。「こんなきれいな海と空、見るの初めてだよ」ただ――

「あれ？」行弘が突如、足を止め駐車場の方を見た。首を傾《かし》げるような仕種《しぐさ》を見せた。

「どうした」

「あ、いや」首を振った。「さっき、あそこに見えた男の人……あ、でも、いいや。気にしないでくれ」

「ヘンな奴」

再び歩き出した。

灯台の立つのは岬の先端、ここよりもうちょっと高くなっているところらしい。ただその手前に、面白いものがあった。右手に、「階段国道」と書かれた看板が立っていたのだ。

「何だよ、これ～」

「これ、日本で唯一、車で通れない国道らしいんだよ」事前の調べで知っていた僕が説明した。

「いずれ、道路として整備する予定だったけど結局、階段のまま残ったらしい」

ぜひ歩いてみようという話になったけど、降りる前にまずは龍飛崎灯台だ。目の前の高台に上る道を見て、思わず笑った。展望所に上る階段に、今度は「階段村道」との表示があったのだ。

「うまいこと言うなぁ」

灯台の立つ高台に上がると、更に視界が開けた。絶景が三百六十度、周囲に広がった。もう、言葉も出て来ない。「うわぁ〜」と声が漏れるだけだった。

ただし岬の突端には、近づくことができなかった。何かの施設が立っていて、立ち入り禁止になっているのだ。

「これ、自衛隊のレーダーだよ」行弘が教えてくれた。「津軽海峡を行き来する船を、監視しているんだ」

行弘によると津軽海峡は、国連海洋法条約に基づく「国際海峡」らしかった。核兵器を搭載した外国の軍艦だって通過することができる。日本海から太平洋に抜ける重要な海峡なのだ。当然、仮想敵国の船も通る。そんな状況にあって、監視しない、という選択肢などあり得ないのだ。

「観光か、国防上の安全か、って選択肢になったら、後者が優先されるのも仕方がないんだろうね」

行弘の説明に、そんなモンなんだろうな、と納得するしかなかった。それより、だ。

「海峡の向こうに見えてるの、あれ北海道じゃね」

「あ、そうだ。そうだよ。近《ちけ》ー」

「そんで、あれは」翔太が右手を指差した。海の向こうにうっすらと、これも陸地が浮いて見えた。「下北《しもきた》半島だよなぁ、位置的に」

「そうだ。そうだよなぁ」

同じ青森県であるはずの下北半島の方が、北海道より遠い。こうして見ると一目瞭然だった。

「そりゃ北海道までトンネルを掘るなら、こっちを通すよなぁ」

やはり実際に来てみると、素直に納得がいく。旅する意味を改めて感じた。

「さぁまだまだ回るところがあるぞ。あんまりのんびりもしていられない」

灯台の前なんかで記念写真を撮って、展望所を後にした。さっきの「階段村道」を下り、更にいよいよ「階段国道」も下った。

階段を下りながらの眺めも最高で、ところどころで写真を撮った。段数三百六十二段、高低差70mというから思った以上に高い階段だ。でもわぃわぃ言いながら降りてる内に、気がついたら下に着いてしまっていた。もうちょっとゆっくり歩いてじっくり味わえばよかったな、と後悔するくらいだった。

階段を下りきってちょっと左手に行くと、道は本当に行き止まりになっていた。ここから先は断がい絶壁。もう道を通すスペースが全くないのだ。そしてその断崖の上には、さっきの灯台が位置する。半島の本当に先端に来たのだな、と実感する。

源義経が北海道に渡る前、ここで帯を締め直したという「帯島《おびしま》」や、太宰治《だざいおさむ》ゆかりの「奥谷《おくや》旅館」を改修したという「龍飛崎観光案内所」なんかを回っていたら時間は飛ぶように過ぎていた。そろそろ帰りのバスに乗らなきゃならない。

「ここからもまた、球人の担当だな」

そう、そうなのだ。実はこの後、ちょっと気になることがあるのだった。

次に龍飛漁港前を出るバスは15時48分発。三厩駅前に16時12分に着く。ところがその先、青森方面へ向かう津軽線の便は、17時46分までないのだ。こっちに向かう時は連絡がよかったのに。帰りも同じようにしてくれてたらありがたいのに、なぜかそうなってない。来た時に、何もないことが分かった三厩駅前。あんなところで一時間半も、何をして過ごせというのか。

そこでバスの便を更によく調べると、「今別《いまべつ》町巡回バス」が16時19分に三厩駅前を出ることが分かった。行き先は北海道新幹線の奥津軽いまべつ駅。着くのは16時41分。来た時も見たようにこの駅、津軽線の「津軽二股」駅とくっついている。

最終的にはこの駅から先は、三厩を17時46分に出てやって来る便に乗るしかないのだがさすがに新幹線の駅である。あんな何もない三厩駅前よりはマシだろう。時間をつぶせる施設だってあるだろうと読んだ。つまり三厩からは鉄路ではなく、引き続きバスに乗る。

龍飛崎漁港にやって来たバスは、来た時に乗ったのと同じ奴だった。運転手さんも同じだった。来た道を戻るだけの道程だったけど、途中で乗って来た地元のオバチャンが運転手さんと顔見知りらしく、話し出したりしてまた違う展開を楽しめた。ただしすごい訛《なま》りで、何をしゃべっているのか聞き取ることは全くできなかったけれども。

三厩駅に着いてみると目の前に、それらしき車が停まっていた。これまでは大型バスだったのに対し、今別町巡回の方はマイクロバスだった。料金も二百円だった。ちなみにあれこれ違うのは、運営しているのがそれぞれ外ヶ浜町と今別町、と分かれているからだろう。巡回バスはその名の通り、町の病院など地元の生活に必要な箇所を回って奥津軽いまべつ駅前に滑り込んだ。

単線のレールが地面を走っているのは、津軽線だ。そのすぐ横に高架橋が並行して走っていて、こっちは北海道新幹線。同じ線路でも新幹線とローカル線では、えらい違いだ。

ただし奥津軽いまべつ駅に行ってみたが、チケットの発売所と改札があるだけで他には何もなかった。津軽二股駅はレール沿いにホームがあるだけで屋根すらなく、それに比べればマシだがこんなに何もない新幹線の駅は初めてだった。

「これじゃこっちにいても、やることは何もないなぁ」鉄ヲタの翔太にしてもそうなのだから、僕らが同じ思いなのは当然だ。「津軽二股駅の前に『道の駅』があったな。あそこで時間をつぶすしかなくね」

「道の駅」に行ってみるとレストランがあったが、休日のせいかもう営業していなかった。地元の土産物なんかを売っていたので、そんなのを眺めて次の列車を待つしかなさそうだった。

「これじゃ三厩駅前と大して変わりゃしないじゃん」

「まぁ、そう言うな、って」

外は公園のように整備されていて、ベンチなんかも置かれていた。天気もいいし、あそこでのんびり日向ぼっこなんかも快適かもしれないぜ。なんだよぅその発想、ジジ臭《くせ》ぇ。

笑いながら外を眺めていた行弘だったが突然、「あれっ」と声を裏返らせた。「あれ、やっぱりそうだよ。間違いない」

「どうした」

「あれ。あぁもう、どこかに見えなくなっちまった。でも絶対、間違いないぞ。やっぱり同じ、男の人だ」
「どうした」
「龍飛崎でも見かけたんだ。同じ男の人。あの人こっち来る時、蟹田駅で降りて行った客の一人だったんだ」

青森駅まで戻り、駅前の食堂で海鮮丼を食べた。新鮮な魚介類が山盛りで、美味しいはずなのにあまり味わっている余裕はなかった。行弘が目撃した謎の人物について三人、ずっと推理を戦わせていたからだ。それは津軽二股駅にいた時からそうで、おかげで何もないところで時間をつぶすのに苦労させられることだけはなかった。

往路、津軽線に乗って蟹田駅で降りて行った男性がその後、龍飛崎、津軽二股駅前、と別々な場所に現われた。ずっと僕らと行動を共にしていたのなら、不思議は何もない。

でも途中、彼は列車やバスの中にはいなかったのだ。行きの蟹田—三厩—龍飛崎。帰りの龍飛崎—三厩—津軽二股。この間、彼はどうやって移動したのか。まさか義経伝説そのままに、竜馬に乗って津軽を翔《と》び回った、というわけでもあるまい。少なくとも公共交通機関を使ったのなら、僕らと一緒でなければならなかったはずだ。

「公共交通機関、以外を使ったとすれば不思議でも何でもないじゃん」翔太が指摘した。「例えば蟹田駅を出て、レンタカーを借りた、とか。そしたらそこから龍飛崎へ行ったり、津軽二股まで戻ったりも好きにできる。三回目に現われたのは『道の駅』の前だしね。不思議は何もない」

「確かに不可能だったわけじゃ全然ない」僕が言った。「最初の行程、蟹田から龍飛崎までどうやって行ったかを説明できれば、ね。龍飛から戻るバスには俺達の乗ったものより、一つ前の便もあった」スマホに時刻表を呼び出し、二人に見せた。「13時55分、龍飛崎灯台発。これだと14時27分に三厩駅に着いて、14時53分発の奥津軽いまべつ行きに乗れる。俺達と同乗することもないわけだ」時刻表によると14時27分に三厩駅に着いても、津軽線の発車は15時36分まで待たなきゃならない。それなら僕らと同じ発想で、少しでも先までバスで行っておこうとしていた、ということだってあり得るわけだ。

「だから、レンタカーだったらそれらのバスにも乗る必要はない、って」

「分かんねぇかな」行弘が僕の説をカバーしてくれた。「最初からレンタカーを借りる気なんだったら、今度は蟹田まで津軽線に乗った理由が説明つかないんだよ。青森駅で借りとけばずっといいはずなんだから。蟹田がどうかは知らないけど、少なくとも青森駅前の方がレンタカー屋だってたくさんあるだろう」

「あっそうか」

「つまりレンタカー説は、あまり可能性は高くない、ってこと」

「でもさぁ」翔太は今度は、津軽線の時刻表も確認して指摘した。「球人の説に立つと今度は、あんな時刻まで津軽二股前にいた理由が説明つかねぇぞ。ほら」

14時53分、三厩発のバスに乗れば15時15分には奥津軽いまべつ駅に着ける。すると津軽線の15時51分、津軽二股発の蟹田行きに乗れるのだ。そうであれば確かに、僕らの到着する時刻まであんなところに留《とど》まっているのはおかしい。

「あんまり景色がよかったんで、もうちょっといたかったんじゃね」

「まぁそれもあり得ないとは言わねぇけどさ。あまり可能性の高い説とは思えない」

「そうだよなぁ」

既に海鮮丼は食べ終わり、ホテルに戻っていた。部屋に戻っても侃々諤々《かんかんがくがく》の説の挙げ合いは終わらなかった。むしろ更に、ヒートアップしていた。

「そしたら、さ。レンタカーじゃなく蟹田に知り合いがいて、駅から出たところでその人に車に乗せてもらった、って説はどう」

「だって俺が見た時、三回ともその人は一人だけだったんだぜ。車に乗せてくれた人はどこ行ったの」

「蟹田駅を降りる時に一人だったのは当然さ。後は龍飛崎と、津軽二股。どっちも友人が車を停めに行っててたまたま近くにいなかった、ってこともあり得るだろ」

「うーん、まぁ」

「でもさぁ」やはり納得がいかなかった。「龍飛崎に行きたかった、てのは分かるよ。あれだけきれいなところだったし。でも蟹田に知り合いがいるような人が何で、よりにもよって津軽二股なんかにいたの」

「そんなの分かんねぇよ。理由なんかいくらでも考えられんだろ」

「あんまりありそうにない理由しか思いつけないけどね。『道の駅』に用があったからあそこに寄った、とか」

「知り合いは蟹田の人なんだろ。そんな人らが土産物屋なんかで、何を買うのさ」

「あ、そうだ」翔太がポンと手を打った。「その人この後、北海道に行く用事があった、としたらどう。そしたらあの駅まで送ってもらう、理由はちゃんとあるじゃん」

「あ、そうか」

ところが時刻表を調べてみたら、そもそも奥津軽いまべつ駅に停まる新幹線そのものが本数が少なく、あの時刻にいたとなると次の便は19時1分までないことが分かった。ならばあんな時刻、あそこで降ろしてもらうというのは理屈に合わない。

「車に乗せてくれた知り合いというのはその後の用事があって、さっさと帰らなきゃならなかった、とか」

可能性としてはあり得ないではない。それでもやっぱり、納得できないことには違いなかった。

「もう、こうなったらしょうがない」僕はちらりと時計を見て、言った。まだ電話をかけて、失礼な時刻にはなっていない。「あの人に、お願いしてみよう」

僕が〝バス担当〟を任される遠因ともなった。僕やいとこのお姉ちゃんの窮地を何度も救ってくれたあの人、炭野《すみの》さんだった。謎があればあの夫婦に頼めば、いつも必ず鮮やかに解き明かしてくれる。だから今回も僕らの胸のモヤモヤを、すっきり解消させてくれるはず。確信があった。他の二人も僕から何度も話を聞かされて、炭野さんのことはよく知っている（会ったことはないけれども）から一も二もなく賛成した。

「あの～、済みません」スマホから先方の携帯にかけた。「球人です。ごぶさたしてます。実は今、友達と青森に来てまして。それでちょっと、不思議なことが」

状況を説明した。

「ちょっといったん、通話を切るよ」炭野さんは言った。「また、こちらからかける。いいかな」

奥さんに相談しに行ったんだ。僕にはよく分かった。そして次に炭野さんが電話をかけて来た時、謎は既に解き明かされている。これまた確信していた。

「お待たせ」電話がかかって来た。思わず膝を乗り出していた。「一つだけ確認したいんだ。球人君、君はいつも大きなリュックに必要品を何もかも詰めて、持ち歩いてるよね」炭野さんもまた、僕のことをよく知ってくれている。その通りですけど、と認めた。「それじゃちょっと、やって欲しいことがある。小さなポケットから何から中身を全部、いったん出してみて欲しいんだ」

翌朝、ホテルをチェックアウトすると青森港に出た。海の見えるところを三人、ぶらぶら歩いて例のサンドイッチみたいな建物「アスパム」に入った。ここには県内の観光情報を調べられるコーナーや、土産物屋などが入っていて旅行者には便利だ。一階インフォメーション窓口の、前にあるベンチに座った。背中のリュックを下ろしてベンチの脇に置いた。

それから三人、ちょっと話をして合意できたような風を装って、エスカレーターに歩み寄った。リュックはベンチの脇に置いたままだった。県内観光情報センターは二階にあるのだ。今日、どこへ行ってみようか決めるのに三人でそちらへ向かった、という風だった。ついつい、リュックを置き忘れて。

しばらく二階で過ごしていた。

すると一階で、騒ぎが起こった。エスカレーターのところに戻って下を見下ろすと、一人の男が取り押さえられ、それを数人が取り囲んでいるのが見えた。僕のリュックが傍らに落ちていた。取り囲んでいる一人がこちらを見上げ、僕らの姿を認めるとニヤッと笑って右手でVサインを示した。全てうまくいった、というわけだ。


僕の話を聞いた炭野さん、正確に言うと奥さんは、こう考えたそうだ。三回、僕らの前に姿を現わした男。どうやって移動したのか、はこの際そう重要とは思えない。それより大切なのは、この男は何をやっているのか。

率直に頭に浮かんだ仮説は、監視、だった。男は僕達を見張っていた。だからこそ行く先々で、行弘に目撃されたのだ。僕らに見られたのは彼にとっては本意ではなかった。単に行弘の観察眼が鋭かったため、に過ぎない。

では何のために、彼は僕らを見張らなければならないのか。旅行中の高校生なんかを、男が監視する理由としてどういうものが考えられるか。

ここに至って彼の移動手段についても、考えが及ぶ。恐らく彼には仲間がいる。基本的に移動に使える車がある。そうでなければ彼が消えたり現われたりすることの、ありそうな仮説が挙げられない。つまり僕達を監視しているのは彼一人ではなく、仲間と入れ替わり立ち替わりでやっているのだ。単に行弘が気がついたのは彼だった、というだけで。

では仲間がおり、移動に使える車もあるのに最初、彼が蟹田まで津軽線に乗っていたのは、なぜか。ここに至ると結論はもうすぐだ。おそらく彼らが僕らについて回っているのは、僕達そのものがターゲットなわけではない。いずれ現われるであろう、第三者を待っているのだ。では、その第三者とは……

ここで一番、ありそうな仮説が浮かぶ。例えば捜査員に追い詰められそうになった犯人が、とっさに僕らの荷物に何らかの重要物件を隠した、としたらどうか。犯人は窮地を脱した後、何とかそれを取り戻そうとするだろう。一方、捜査員も犯人がそういう行動に出るのを待って、僕らの周辺を見張るだろう。行弘が気づいたのは、その捜査員の一人だった、としたらどうか。

そこで炭野さんは僕の性格を思い出した。色んなものをリュックに詰め込んで、全てを持ち歩いている。中身を確認することもあまりない。犯人が何かを隠したとしたら、僕のリュックである可能性が最も高い。こうして電話で、リュックの中身を出して欲しいという指示になったわけだった。

すぐに怪しいものが見つかった。白い粉の入れられた袋が、いくつも詰まった包みだった。報告すると炭野さんは、「おそらく麻薬だろう」と言った。いったん電話を切って、待たされた。炭野さんは元刑事である。警察内部には顔が広い。あちこち問い合わせたのだそうだった。そうして真相が分かった。奥さんの推理はやはり、ほとんど正解だった。

捜査班は一人の男を追っていた。麻薬の運び屋で、こいつを逮捕することができれば芋づる式に密輸チームを一網打尽にできる、と期待できた。今、確実にブツを持っている、という情報を得て東京駅に追い詰めた。

ところが呼び止めて身体検査をしてみたが、怪しいものは何も持ってはいなかった。身柄を解放するしかなかった。観察していた捜査員が思い出したところによると、拘束する直前、ホームのベンチで談笑していた高校生の背後で立ち止まっていたらしい。十中八九その時、高校生の荷物にブツを隠して窮地を脱したものと思われた。

高校生の荷物を調べて麻薬を発見し、お前が隠したんだろうと迫ったところで意味はない。俺はそんなことはしていないとシラを切られるだけだ。確実にこいつが隠した、と立証することはできない。

そこで捜査班は、僕達をそのままにして周囲を観察する作戦に出た。犯人は必ず再び高校生に接触する。麻薬を取り戻そうとする。その場を取り押さえれば、言い逃れはいっさい効かない。

「だから麻薬は、リュックの同じところに戻しておいて欲しいんだ」炭野さんの仲介で捜査班の一人と電話がつながった。協力して欲しいと頼まれたので一も二もなく、オッケーした。

「そして明日、人目につくところに放置してその場を離れて欲しい。犯人は必ず、リュックを奪おうとする。我々はその場で現行犯逮捕する」

捜査チームと直接、会って話なんかするとどこで犯人が見ているか分からない。電話だからこそ知られることなく、綿密に打ち合わせすることができたのだ。

かくして今日、その通りの行動に出て全てがうまくいった、というわけだった。リュックを置いたベンチ前のインフォメーション窓口には、女性が座っている。その目があるから僕もついつい安心し、リュックを忘れたまま観光情報センターに行ってしまった、という筋書きだ。だが捜査班はその女性にも、事前に協力をお願いしていた。僕らがベンチから立ち去ると、自分もトイレに立つなどして無人にして欲しい、という段取りだった。そうして犯人からすれば、理想的な環境が成立したわけだ。早く取り返したいとの焦りから、まんまと罠《わな》に飛び込んでしまった。

「いやぁ、思いがけない冒険までするとことになっちゃったなぁ」

帰りの新幹線の中、三人で盛り上がった。

「津軽線に乗れたばかりかあのきれいな風景を楽しめて、おまけに捜査協力なんて。体験、盛りだくさん、って奴」翔太が言った。「何もかもリュックに詰め込む、球人のズボラさに感謝、だ」

「本当にこんな体験、めったにできるものじゃないぞ」行弘もうなずいた。「一生モノの思い出になった。旅に出たのは大正解、だったな」

「でも球人が言っていた、炭野さん。本当にスゴい人なんだな」

「マジそうだよ。あんな謎、簡単に解いてしまって」

「球人の話、大げさでもなんでもなかった、ってことだなぁ」

二人ともあえて、避けている話題がある。僕には伝わっていた。亜里奈のことだ。突然、冷たくなった彼女。傷心の僕を気分転換させるのがそもそも、この旅の目的だった。だからこれだけ面白い出来事があったんだから、もう彼女のことも忘れられるんじゃね。少なくとももう、気にすんなよ。二人の本音に違いなかった。

でも実は僕の頭には、一つ浮かんでいるものがあった。もしや。もしかしたら……

亜里奈がなぜ突然、冷たくなったのか。理由が分かったような気がしたのだ。

ただ今、確認はできない。できるのは帰って、学校へ行ってからだ。


「何だよ〜、それ」結果を打ち明けると、二人からは呆《あき》れられた。「それじゃ亜里奈が怒るの、当然じゃん。マジ球人、バッカじゃねぇの〜」

「そう。そうなんだ」僕は頭を下げた。素直に、そうするしかなかった。「何の言い訳もできません。二人にはご心配をおかけしました」

「ホントだよ。マジ、バッカみてぇ」

いつもリュックに何もかも詰め込んだままでいる、僕。実はそれは、学校のロッカーについても同じなのだ。それでもしかして、と思いついたのだった。

旅から帰り、ロッカーの中身を出してみると――きれいな包み紙に包まれた、プレゼントが出て来た。亜里奈の僕への、誕生日のお祝い。前から欲しがっていた、スポーツシューズだった。

プレゼントをあげたのに何の反応もしないのでは、女の子が怒るのは当たり前だ。僕のズボラな性格を心からお詫《わ》びし、プレゼントをもらっていたことには本当に気がつかなかったんだと説明した。始めはプリプリしていた亜里奈も、何とか納得してくれた。次の休みの日、買い物につき合って何かお返しのプレゼントをすることを条件に、許してもらえたのだった。

「でもさぁ」行弘が言った。「やっぱり旅に出て、よかったわけじゃん。球人が自分のズボラさを自覚することができた。さもなきゃ永久に、亜里奈とはすれ違いのままだったかもしれないんだぜ」

「全くだよなぁ」

旅に行こうと提案した自分達のおかげだ、と二人は主張した。お礼のしるしとして何かをすること、と約束させられた。

まぁしかたがない。それくらいの恩は確かに、二人にはあるのだ。

そして思い出す。ずっと以前、行弘と仲違いしてしまうところだったのを炭野さんに救ってもらった。そうしたら今回は、これだ。ヘタをしたら亜里奈とはこのまま、別れてしまうところだったかもしれない。それを、またしても助けてもらった。まぁ間接的に、ではあるけれど。

僕はよくよく、大切な人とすれ違いを起こしてしまいがちなのだろうか。炭野夫妻がいなければ人間関係はグチャグチャになっていたのだろうか。

最大の恩人はあのお二人だよな。しみじみ、思わずにはいられなかった。

第三章　回り回って……

「はい」先方が電話に出るまでに、呼び出し音が七回は鳴った。「あぁ、垣園《かきぞの》さん。お待たせしちゃって、ゴメンなさいね」

「いえいえ、気にしないで下さい」女性が外出するには時間が掛かることくらい、よく分かっている。私にだってかつては、妻がいたのだ。「別に急《せ》かしてるわけではないんです。ただ、どんな感じかな、と思って」

「もうちょっと掛かりそうです。ゴメンなさいね。用意が出来たら、こちらからお電話しますので」

「はい、分かりました。別に急がなければならないわけじゃない。ごゆっくり、どうぞ」

「本当にゴメンなさい」

結局、用意が済んで出掛けられるようになった、と電話があるまでそれから三十分は要した。妻がいた頃だったら、いつまで待たせるんだ、と怒りを露《あら》わにしていたことだろう。嫌味の一つ二つくらいぶつけていたかも知れない。

私も歳《とし》をとって、精神的に余裕が出来たのか。いや、それよりもまだ長部《おさべ》さんに対して、遠慮が多分にある面の方がずっと大きいのかも知れない。ただ、それにしても……

一階のロビーで待ち合わせた。ここのマンションは古いが、こんな感じで今風の施設があるため、こういう時には都合がいい。貴女《あなた》の部屋の前で待ち合わせましょうか、と水を向けたのだが長部さんの方から、ロビーで構いませんと言って来たのだ。私としてはちょっと、心配もあったのだが……

「おや、お出掛けですか」ロビーで落ち合っていると、管理人が声を掛けて来た。「今日は天気がいいからお散歩、日和ですよね。行ってらっしゃい、お気をつけて」

「ええ、有難う」二人、並んで軽く会釈した。こんな風に一緒にいるところを、他人に見られたからと言って恥ずかしがる段階はとうに過ぎている。それにそもそもこの管理人、私達が仲よくなる切っ掛けを作ってくれた一人でもあるのだ。「行って来ます。ご機嫌よう」

マンションの外に出た。

「わぁ、本当にいいお天気」長部さんが言った。ぱっと弾《はじ》けるような笑顔を、心から素敵だと感じた。「管理人さんの、言ってた通り」

「本当ですね」私は応じた。「本当にお散歩日和だ。いい一日になりそうですね」

「ええ」

自然に手を繋《つな》いだ。既に、それくらいの仲にはなっていた。都道環状3号を渡り、首都高の高架を潜《くぐ》った。古川《ふるかわ》に架かる中之橋《なかのはし》を渡ると、そこが目指す「中ノ橋」バス停だった。さして待つこともなく「都06」系統の都バスがやって来たので、乗り込んだ。

二人共、東京都シルバーパスを持っている。都内在住で七十歳以上になるとこれを申請することができ、路線バスなどが乗り放題になる。つまりは二人共、既にそういう年齢ということだ。この歳になってこういう行動を、未だ「デート」と呼ぶことはできるのだろうか。まぁ私は妻を、長部さんは旦那さんを亡くしてもう久しいから少なくとも、疾《やま》しいことをしているわけでは決してないけれども。

「大門駅前《だいもんえきまえ》」の停留所で降りた。国道15号、通称「第一京浜《けいひん》」を渡って、向かいのバス停に移った。ここで、「浜95」系統に乗り換えだ。この路線は「都06」と違って便数があまりないため、ヘタをすると長く待たされることもあり得る。だから家を出る時刻はある程度、気にしておいた方がいいのだ。もっとも都内のバスはしょっちゅう渋滞に巻き込まれるから、時刻表に合わせて行ったところで計画が狂うのがしばしばなのも事実だが。幸い今日は、こちらのバスも直《す》ぐに来てくれた。

「うわぁ」窓の外を見て、長部さんが吐息を漏らした。「凄《すご》い工事現場。本当にこんな大きなビルが、なくなってしまうんですね」

「浜95」系統は東京タワーの足元を出発地として、JRの品川駅《しながわ》に向かう。私らの乗った第一京浜からJR浜松町《はままつちょう》駅の方へ左折し、世界貿易センタービルの前を通ってJRの高架を潜る。その、貿易センタービルのことを言っているのだった。霞《かすみ》が関《せき》ビルに次いで、日本で二番目に建てられた超高層ビルだったが、周囲の再開発事業に合わせて現在、建て替え工事が進んでいるのだ。

「高さ152mもあるビルを解体しようというんですからねぇ」私は言った。「そりゃぁ、とんでもない工事になるのも無理はない。人間って本当に、凄いことを考えるモンだ。私のような素人《しろうと》には、想像もつかない」

「でも、あっちのビルは」本館ビルの向こうを指差した。「もう、建っちゃったんでしょう」

南館ビルのことを言っているのだった。二〇一七年に建設工事の始まった南館は、本館に先駆けて一足先に完成しているのだ。地上三十九階建て、高さ200mと旧ビルを遥かに凌ぐ規模だった。

説明すると長部さんは、「へぇぇ」と鼻を鳴らした。「本当に垣園さんの言う通り、人間って凄いことを考えるものですね。私にも想像もつかないわ」

お互い、素人でよかったですね。笑い合った。本当に笑顔の素敵な人だ。改めて、感じた。

バスは「竹芝《たけしば》通り」から「海岸通り」に出て、基本的に南へ向かう。ただし行きと帰りで道が違うなど、なかなか複雑なルートを辿る。また途中、JR田町《たまち》駅前を経由したりするためぐねぐねと右折左折を繰り返し、あっという間に方向感覚が失せてしまう。これだけ何度、乗っていても飽きない路線なのだった。

「楽しいですわよねぇ」長部さんも言った。「これだけ何度も、乗っているのに。いつも、面白くって堪《たま》らない」

「私もですよ」

終点、JR品川駅の港南口《こうなん》で「浜95」系統から降りると、「品98」系統に乗り換えた。これで乗り継ぎは、終わりである。今日の目的地に向かって直走《ひたはし》ってくれる。このところ彼女と、何度も訪れている目的地へ。そう。二人共このデート・コース（この歳になってもこう呼んでいいのならば、だが）が、最近の一番のお気に入りなのだった。


こんな風に路線バスの旅を楽しむようになったのには、切っ掛けがあった。私達を引き合わせてくれた恩人、須賀田《すかだ》という男の存在だった。

私と長部さんとはたまたま、同じマンションに住んでいた。それも二階と三階、私の方がちょうど真上という位置関係だった。そんな縁もあって須賀田が現われる前から、全く縁のない間柄だったわけではない。互いに顔くらいは知っており、マンションのエントランスや近所で会えば、ちょっとした立ち話くらいはする仲になっていた。

ただ須賀田という男が介入してくれなかったら、とてもこんな風につき合うようにはなっていなかったろう。言わば私達にとって、キューピッドのような存在（これまたこんな歳で、こんな表現を許してもらえれば、だが）なのだった。

そして彼は以前から、路線バスを乗り継いで楽しむ趣味を持っていた。依頼を受けて路線バスの旅をコーディネイトする、なんてことまでやっていた。

話を聞いて面白そうだな、と感じた。一度やってみましょうか、という話に長部さんとなった。実はそうして、最初に乗ってみたのが本日のこのコースだったわけだ。コーディネイトしてくれたのも、他ならぬ須賀田だった。

「私、大田《おおた》市場に行ってみたいんですの」長部さんの要望だった。「あの市場、花卉《かき》の取扱量が全国一なんですって。それどころかオランダの市場に次いで、世界二番目なんだとか。以前、聞いたことがあったので一度、行ってみたいと思ってて」

長部さんは本当に花が好きな女性だ。だからこの要望も、意外な話では決してなかった。そもそも彼女の花好きがなかったら、私達もこんな風になってはいない。その趣味が回り回って二人を結びつけてくれた。だから私も今となっては、花に感謝する気持ちになっていた。もっとも見て綺麗《きれい》だなとは感じるが、長部さんのようにたくさんの種類を知っていて、一目で名前を言える域には未だ程遠いのが実情だが。

「大田市場に行くなら都バスなら、『品98』系統ですね」須賀田が言った。客から依頼を受けて、複雑なルートを設定する際にはＩＴ機器を頼るらしいがこの程度なら、参照する必要などないようだった。「終点は都バスの停留所の中で、最南端に位置する。まぁそんな余計な知識を云々《うんぬん》しなくとも、乗っていて純粋に楽しい路線であることに間違いはありません」

須賀田の自宅は我らのマンションの直ぐご近所である。このため全く同じルートで、既に行ったこともあるとのことだった。

ところが「これに乗ってここからこう乗り継ぐといい」と行き方を教えてくれただけで、自分は同乗はしないという。

「コーディネイターだったら」半分、冗談を込めて私は言った。「私らが間違うことのないよう、同乗して見守ってはくれないんですか」

「まぁ多少、間違って迷ったとしてもそれはそれでバス旅の醍醐味《だいごみ》の一つなんですよ」須賀田は言った。本当は私らの邪魔はしたくないのだ。本心は分かってはいたがそんな風に言ってくれる、気遣いが有難かった。「とにかくこれが貴方達にとって、路線バスの初ツアーだ。楽しんで来られるよう、祈ってますよ」

須賀田の言葉は嘘《うそ》ではなかった。停留所で乗り換える時、どちらに行けばいいか迷ったりお陰で一本、乗り過ごしたりなどのミスはあったもののそれはそれで楽しかった。そして何より、車窓の風景。へぇえ、こんなところを通るんですね。あっ、また曲がった。いったい今このバス、どっちに向かって走ってるのかしら。二人でわぃわぃ言いながら乗っていると、時間はあっという間に過ぎていた。

特に興味深かったのが最後の、「品98」系統だった。

まず、品川駅の駅舎を背にして走り出す。ここまで「浜95」で走って来た都道316号に戻ると、右折。更に、南を目指す。

ところがずっと道沿いには走らない。「新東海橋《とうかい》」の交差点で左折し、天王洲《てんのうず》アイルで東京モノレールの高架を潜る。京浜運河を渡ったところで右折するなど、ジグザグ走行を繰り返す。

面白くなるのは複雑な立体交差で、首都高速中央環状線を跨《また》いでからだ。そのまま鉄路や、首都高湾岸線をも跨いでしまう。

「まぁ、見て見て」線路を右に見るようにして走り出すと、長部さんが指差して言った。「隣を走ってるの、新幹線じゃないかしら」

私もそっちを見てみた。「やぁ本当だ。でもどうして新幹線が、こんなところを通ってるんだろう。ここは確か大井《おおい》埠頭で、東海道新幹線の線路よりずっと海の方に当たる筈《はず》だが」

帰って来て調べたら、そこは新幹線の大井車庫だったことが分かった。この路線に乗っていれば本線を外れ、車庫を出入りする新幹線という普段は見られない姿を観察することもできる、というわけだ。

そこから先も面白かった。「2号バース前」「3号バース前」といった名のバス停が続くのだ。

「バース、って船の着くところのことですよね」

「船の係留施設のことです」私は頷《うなず》いた。「きっとここで、船の積荷を地上に下ろしてるんでしょう」

「あっ、あそこにコンテナが見えるわ」指差した。確かに左手にずらりとコンテナが積み上げられているのが見えた。「垣園さんの仰《おっしゃ》る通り。ここで荷物の積み下ろしをしてるのね」

「物流の拠点なんですね。ここに運び込まれる荷物のお陰で我々、東京都民も生活ができてる、ってわけですね」

「ここで働く人達のお陰で私達、物に不自由することなく暮らして行けてるわけですね。感謝しなくっちゃ」

「本当ですね」

そこから先の光景も興味深かった。コンテナを外したトレーラーが延々、路上に駐車されているのだ。それも左側車線だけでなく、中央分離帯に寄ったところに停《と》められているものも何台もあった。バスはそれらの間を、縫うようにして先へ進んだ。

「これだけトレーラーの頭の部分だけ並んでいるのを見るのも、滅多にないことだな」

「こんな駐車の仕方も初めて見ましたわよ。右側の車線にも停めてるなんて」

「まぁ、普通の場所でやったら即、交通ルール違反でアウトでしょうな。でもこれだけの台数を停めておけるスペースも他になかなかない。この地だからこそ許される限定ルール、みたいなものなんでしょう」

「面白いですわね。行ってみないと分からないこと、ってこんな風に、どこにでもあるんでしょうね」

「この歳になっても初体験、か」冗談めかして、言った。「成程、長生きはしてみるモンですな」

「でも、ホント。須賀田さんの言った通り。路線バスの旅、って楽しいわ。もう私、魅力に取り憑《つ》かれちゃったみたい」

「帰ったら是非、須賀田さんにそう伝えましょう。彼、喜ぶことでしょう」

結局、「バース」の付くバス停は「6号」まで続いた。それだけでなく「東京税関大井出張所前」や、「○○運輸前」のようなバス停もあった。やはりここは海の玄関口。物流の要衝であり、海外とも通じた場所なのだ、と実感する。

そうこうする内に車内アナウンスが、次は「大田市場北門東」であることを告げた。

「もう着いたんだ。思ってたよりずっと早かったな」

「でも本当にここで降りて、いいんですの」

「さぁ、ちょっとそこは分からない。確かにまだ、終点ではないようだが」

「須賀田さんが『終点は都バスの停留所の中で最南端に位置する』って仰ってましたよね。せっかくだからそこまで乗ってみません」

「いいですね。そうしましょう」

結果論として、それが正解だった。終点の「大田市場」バス停は目の前に市場の「事務棟」があり、見学をお願いするなど部外者が訪れるには、まずは入り口となる施設だったのだ。

「市場北門東」からここまでは、まさに市場の敷地の中をバスは通った。「水産棟」や「青果棟」など取り扱う品に応じて建物が分かれているらしく、取り囲むようにトラックが停まったり、ターレットやフォークリフトが動き回ったりしていた。生産地から運ばれて来た青果や水産物が、ここで卸に掛けられ最終的に我々の手元に届くのだ。物流の拠点。来るまでもそうだったが、ここもまた我々の生活を支えている場所なのだ、と実感できた。キャベツやイチゴなど、青果の詰められているらしき箱があちこちに山積みにされていた。

「何となく築地《つきじ》市場のような場所を連想してたんだけど」私は言った。「ここには、あそこの場外市場みたいなところはないみたいですね。一般人が購入はできないようだ」

「それと、青果と水産物は建物がありましたけど、花卉はどこにあるんでしょう。見当たらないわ」

「とにかくまずはそこの事務棟に入ってみましょう。どうすればいいか、教えてくれるんじゃないかな」

予想の通りだった。基本的にここ大田市場はプロの働くところで、築地の場外市場のようなところはない。ただし「関連棟」という建物があってここでは、市場で働く人のために「容器」や「事務品」などを売る店が入っており一般人でも購入が可能。青果や乾物を売る店なんかもあるので、買い物をしてみるのも楽しいのではないか、と女性職員が教えてくれた。

「あの、お花は」

「あぁ、花き部は場所がちょっと別なんですよ。いったんここの敷地を出て、大通りを渡った向こう側にあります」

そちらも見学が可能だというので、行ってみることにした。教えられた通り、市場の正門を出て右へ行くと、直ぐに大通りに出た。頭上を首都高湾岸線の走る国道357号、通称「東京湾岸道路」である。渡った先に「大田市場花き部」の建物があった。玄関棟のところからエレベーターで二階に上がり、連絡橋を渡って「花き棟」に移った。オークション・ルームを見ることができた。

「うわぁ」長部さんが感嘆の声を漏らした。「ここで花が競《せ》りに掛けられるのね。とっても近代的な設備」

花き部では電子システムによる競りが行われている、とのことだった。卸売業者や町の花屋さんらは、手元のIT機器を操作して望む花を競り落とす。花卉の自然なイメージとは、ちょっと掛け離れた実態ではあった。

加えて興味深かったのは、ここのオークションは「下げ競り」で行われるとの話だった。普通、オークションと言えば競り人が提示した価格をスタートとして、買い手が値を釣り上げて行くイメージが強い。テレビなんかの映像でよく見掛ける奴だ。買い手がそれぞれ高値を言い合って、最終的に最も高い値段を掲げた者が競り落とす。

「下げ競り」はこの逆だ。競り人が最初に掲げた値段が最高値で、それから徐々に下げて行く。「これ以上、下がったら他の奴《やつ》に買われてしまうだろう」と判断したタイミングで、求める買い手は手元のボタンを押す。その場で取引が成立する。

いずれにせよ最高値を提示した者が落札するのは同じだが、上げて行くか下げるかが全くの逆なわけだ。「下げ競り」はスピードが早く、一瞬で決まるため大量の取引を成立させるには好都合なのだそうだった。

競りが終わった後の商品の移送はベルト・コンベアで行われる。参加した仲卸や各小売店への仕分けもコンピュータ制御。何も彼《か》もハイテクで運営されている。一時間に三百ケースもの切り花を捌《さば》くには、このシステムが欠かせないのだという。

「面白いですね」私は言った。「こんな近代的な競りを経て、町のお花屋さんに花が届けられているわけか。おまけにスピード・アップのための『下げ競り』だなんて。そんなやり方があることすら知らなかった」

「本当に、来てみないと分からないものですわね。今日は、同じ感想を漏らしてばっかりだわ」

花き部を見学し終わると、市場の正門に戻った。せっかく来たんだから、と青果棟と水産棟も見学し、最後に関連棟に行って喫茶店に入った。さすがにちょっと、歩き疲れてしまったのだ。私はホットコーヒー、長部さんはミルク・ティーを注文した。

「あぁ、美味《おい》しい」長部さんが言った。「疲れた身体《からだ》を、癒してくれるみたい」

「心地よい疲れ、という奴ですね」私は頷いた。「こうして寛《くつろ》ぐと、疲れすらも楽しく感じられて来るみたいだ」

「本当。面白かったわ。来てよかった」

「全くです」

ただし、だった。来て分かったがここはやはり、基本的にプロの利用する施設だ。一般人も入れないではないが、そう何度も訪れるような場所ではない。見学して精々、何か記念になるものでも買って帰って終わりである。それにこの「関連棟」では、売っているのは容器や食品といった類いで花卉の店はないらしい。

「お花はやっぱり、近所のお花屋さんでお買いなさい、ってことなんでしょうね」

「そうですね。ただ、今まで通りお花屋さんに行くにしても新しい話題は出来たわけじゃないですか。市場まで行って来たよ。どんな風に花が競り落とされてここまで届くか、その裏側をお陰で覗《のぞ》くことができましたよ、って」

「本当に。それは確かに、そう」

もっと何か、言いたいことがありそうだった。様子から察して、尋ねた。「もっと他に、行ってみたいところがありますか」

「え、えぇ、実は」

近い内にもう一度、ここに来てみないかと言うのだった。「えぇそれは、別に構いませんけども」

「バスで最初にここの北門を入る時に、気がついたんですけど。近くに、野鳥公園があるみたいじゃないですか。あぁそこも行ってみたいなぁ、と思って」

たださすがに歩き疲れたので今日はこれ以上、足を延ばす気には到底なれない。だから何日か後にもう一度、同じルートでここへ来て今度は野鳥公園を歩いてみたい、というのだった。

あぁ、それはよさそうですねぇ。即、賛成した。

実際、それから一週間と経《た》たない内に私達は再び路線バスを乗り継ぎ、「東京港野鳥公園」に行ってみた。そしてすっかり、気に入ってしまったのだった。ここのところ何度も訪れているデート・コース、とはつまりそういうことである。

最初に来た時と同じく「都06」「浜95」「品98」、と系統を乗り継ぐ。ただし最後、終点までは乗らない。「大田市場北門東」バス停で降りるのだ。引き返すように市場の敷地を出て、都道316号に戻る。これをちょっと左に行けば、野鳥公園の正門である。

「うわぁ、これは」初めて来た時、思わず口に出した。「こないだ、無理して足を延ばさなくてよかった。再訪にしてみてよかったですね。広いや、これは。とても歩き疲れた状態では、来れたものではなかった」

「本当。正しい判断でしたわね。何とか来てみたとしても、入り口のところをちょっと見ただけで引き返してたに違いないわ」

「お爺《じい》ちゃんお婆《ばあ》ちゃんですもの、無理は利きませんや」

「本当よ」

笑い合った。

公園の中は緑が一杯で、深呼吸をするだけで気持ちがいい。とても東京都内にいるとは思えないくらいだった。それと、隣接して物流拠点である大田市場が存在し、慌ただしく働いている人達がいるなんて。巨大トラックが引っ切りなしに行き交う大通りが直ぐ脇を通っていることも、すっかり忘れてしまいそうだった。

正門を入って左にカーブする道を進むと、公園の管理事務所の前に出る。ここの券売機で入場券を購入する。管理事務所の前には芝生広場があり、備え付けの椅子・テーブルや屋根付きの休憩舎などがあって、ゆっくり寛ぐこともできる。ただそれだけでは、普通の公園に来たのとあまり変わらない。やはりここに来たからには、じっくり野鳥を観察したいではないか。

公園は大きく「西園」と「東園」とに分かれている。海とは逆側で、淡水池があるのが西園。カモやサギなど、私でも知っている野鳥を多く見ることができる。池を取り囲むように観察小屋も設けられているため、鳥を脅かさないように物陰から、腰を据えてじっくり観察することができるのだ。

「あぁ、いいですねぇ」

「こんなにのんびり、鳥を眺めるのなんて初めて」

「見ていて飽きないですね。あっ、あれは」

　オシドリだった。自然にいるのをこの目で見たのは初めてだが、有名な姿なので私だって識別できる。綺麗な羽の模様のオスと、地味なメスとが寄り添うように並んで水の上を泳いでいた。

「本当に『オシドリ夫婦』の言葉、そのままの姿なんですねぇ」

　私達もあんな風になれればいいですね。本音だったが口にするのはさすがに、止《や》めておいた。この時はまだ、路線バス・デートを始めて二回目と日も浅かったこともある。それに今となってもそんな風なセリフ、実際に口にできるものか、どうか。やはり、照れが勇気に勝ってしまうのが順当なところではなかろうか。

　この公園の本領発揮は、東園の方にありと言って過言ではない。何度も通い慣れた今となっては、しみじみ思う。橋を渡って、西園からそちらへ移れる。

　淡水池は東園の方にも設けられている。ただその先には「潮入りの池」があり、更に向こうには「前浜《まえはま》干潟《ひがた》」が広がっている。まさにこちらは、海辺そのものなのだ。

　潮が入って淡水と混じり合う、汽水域である。生物の好む豊かな環境がそこにはあった。観察小屋に腰を下ろし、二人ぼんやりと海の方を眺めた。いつまで見ていても飽きなかった。

言葉は要らなかった。黙って風に吹かれた。

ただしそれは一面、遠慮していた、という部分もなくはない。私が長部さんに対して、ではない。周りには熱心に観察しているバード・ウォッチャーの姿が何人もあったのだ。集中して双眼鏡を覗き込んだり、カメラを構えたりしている。余計なことを口にして、彼らの邪魔はしたくなかった。

目配せして二人、彼らの傍《そば》を離れた。もっと海の近くの方へ移った。干潟の手前まで行って再び、腰を下ろした。

「あっ、こっちにもサギがいますね」波打ち際を指差した。「干潟の生き物でも狙っているのかな」

「ここからはよく見えないけど、きっと干潟にはカニとか貝なんかがいるんでしょうからね」

「それを餌にしてるんでしょうね。あぁやってじっと立って、カニなんかが砂の中から這《は》い出して来るのを待っているんでしょう」

もっと遠くの海面に目を遣《や》った。あっ、と長部さんが声を上げた。「あそこ。鳥が海に潜ったわ」

「どれどれ。どこです」

「あそこ。でも見えないわ。潜ってしまったんですもの」

暫《しばら》く彼女の指差す方をじっと見ていた。だが、潜った筈の鳥がなかなか現われない。いくら潜水の名人と言ったって、水中で呼吸はできない筈だ。

「上がって来ないわね。おかしいわ」

「こんなに長く潜っていられるんでしょうか、ね」

「見間違いだったのかしら。でも確かに、鳥が潜ったように見えたんだけど」

「見間違いではありませんよ」

声がしたので振り返った。私らと同年輩と見られる男が、背後に立っていた。アウトドアに合いそうな服装に身を包み、首からカメラと双眼鏡とをぶら提げていた。バード・ウォッチャーの一人だろうと見受けられた。

「あれは、カイツブリという鳥です」説明してくれた。「潜水が得意で、長く潜っていられる。でもそれだけじゃない。水中で泳ぐのも得意なんです。魚を探して泳ぎ回る。だから潜った地点より、かなり離れた海面に浮上したりするんです。ほら。貴女が潜るのを見た、というのは恐らくあれですよ」

長部さんに双眼鏡を手渡した。彼の指差す方を見遣って、彼女は驚きの声を発した。「えっ、あれですか。あんなに遠くまで、水中を泳いだって仰るの」

双眼鏡は私の方にも回された。見て、全く同様に驚かされた。

「こちらからしたら、あんなに⁉　とびっくりしますよね。それくらい潜水と泳ぎの名手なんです。だから慣れないと直ぐ見失ってしまう。海に潜ったままいなくなってしまったように見えるんです」

それが、佐原《さわら》だった。バード・ウォッチングが趣味で車であちこち出掛けるが、特にこの公園にはよく来るのだ、と語った。

「本当にここは色んな野鳥が観察できますからね。また、季節によっても見られる鳥が全然、違う。通っていて飽きないんです」

「私達は今日、初めて来てみたんですけど」長部さんが言った。「とっても面白いですわね。また鳥って本当に、可愛《かわい》い。見ていて、癒されるようですわ」

「鳥達からすれば別に、可愛く振る舞おうとしているわけでも何でもないんでしょうけど、ね。自分らの生態に従って生きているだけ。でも一生懸命、生きている姿は見ていて微笑《ほほえ》ましいのは確かです。つい可愛い、という感情にもなってしまう」

「さっきあっちで、オシドリも見ましたわよ。夫婦で寄り添って泳いでて。見惚《みと》れてしまうようでしたわ」

「オシドリ夫婦、なんて言葉があるくらいですからね」薄く笑った。ちょっと悪戯《いたずら》っぽい表情にも映った。「でも、失望させて申し訳ないけど実際には、オシドリのつがいは一生、添い遂げたりなんかしない。冬ごとに毎年、パートナーを替えるんです」

「えっ、そうなんですか。あんなに、仲よさそうに見えるのに」

「寄り添うのは卵を産むまでで、抱卵するのもメスだけ。子育ても夫婦で協力することはない。ただ、あんな風に並んで泳ぐ姿があまりに印象的なお陰で、我々が勝手にイメージ付けた想像に過ぎないんですよ」

先程オシドリを見て、「私達もあんな風に」なんて口にしなくてよかったな。心の中で、胸を撫《な》で下ろした。勿論《もちろん》、知らずに言ったことと許してはくれるだろうが何だか気不味《きまず》いではないか。毎年、相手を替える浮気者になりましょうなんて言ってるみたいで。

それにしても。思った。鳥の世界って興味深い。知っていそうで知らないことがいくらでもありそうだ。行ってみないと分からないこと、と同様で。知らない世界に出て行く、というのは面白い。こんな歳になっても、好奇心の尽きることはない。

こうして私らは、佐原とも親しくなった。東京港野鳥公園にはよく来るのだ、と言っていた通り。私らが路線バス・デートで訪れると、二回に一回は彼とも会った。

あれは、アカハラといいます。あぁ、あっちにイソシギもいるぞ。彼がいなければ分かるわけもない鳥の名前を、いくつも教えてもらった。

「あれは、何という鳥ですの」

「モズですよ」

「えっ、あれが。名前は知ってたけど、姿は知りませんでしたわ」

モズと言うとつい、早贄《はやにえ》を連想してしまう。捕まえた虫やカエルなどの小動物を枝に刺して、冬の食糧に乏しい季節に備えるという、あれだ。

「食糧難に備える、という自然界では当然の行為とは言え、やっぱり早贄は私らからしたら残酷なイメージを抱いてしまいがちですからね」

「私もそうでしたわ。なのに見た目はあんなに、可愛らしいなんて」

「そのギャップに驚く人、って実際に多いんですよ」

こんな風に、名前は知っていたが見るのは初めて、ということもよくあった。

「あのサギは、いったい何をしていると思います」

指差したので見てみると、水辺に立ったサギがしきりに片脚を小刻みに動かして、浅瀬を突ついていた。「さぁ」

「あぁやって水草の陰や、小石の間に身を潜めている小魚や水生昆虫を脅かしているんですよ。じっと隠れていてもあぁされれば、びっくりして飛び出してしまうじゃないですか。あっ、ほら」

佐原の言う通り隠れていた虫か魚が、飛び出して来たのだろう。さっ、と首を伸ばしてサギは水中に嘴《くちばし》を突き入れた。成功したのかどうかはここからは確認できないが、あれがサギの狩りというわけだった。

「凄い知恵、ですわねぇ」長部さんが感嘆の息を漏らした。「誰も教えたわけじゃないのに。どうやってそんな方法、身につけたのかしら」

こうして私らも、鳥の魅力にすっかり取り憑かれてしまったのだった。

「花鳥風月、って言うじゃないですか」ある時、私は長部さんに言ったことがある。「実は歳をとるに連れてその順番に、好きなものが移って行く、って」

「じゃぁまだ私達、二番目の段階、ってことですわね」

「まだまだ風と月が残ってる、って。もっと長生きしてこれらも味わえる歳になりなさい、ってことなんでしょうか、ね」

笑い合った。長部さんと二人、そんな風に歳を重ねて行ければいいな。心から、思った。

今日もいつもと同じように、お気に入りのデート・コースを辿《たど》った。「大田市場北門東」のバス停で「品98」系統を降り、正門から野鳥公園に入った。西園の淡水池の畔《ほとり》でベンチに座り、長部さんお手製のお弁当を広げた。これもここのところ、恒例になっていた。

深い緑に包まれ、鳥の囀《さえず》りに耳をくすぐられながら水面を眺めてお弁当を頂く。こんなに豊かな時間があるだろうか。また長部さんは本当に料理が上手《うま》い。家に呼ばれて夕食を一緒にするのもしょっちゅうだが、いつも感心させられる。「あぁ美味《うま》い」思わずほーっ、と長い息を吐く。

外で頂くお弁当には、そんなに凝った料理は要らない。膝に載せて食べるので、簡単に口に運べるものが相応《ふさわ》しい。今日のおかずは卵焼きにカマボコ、解《ほぐ》した焼きジャケ、といったものだった。

「あぁ、これはイケるなぁ」ついつい口に出た。「この卵焼き、ダシが絶品ですね」

「カシオ節を煮出したダシを使いましたけど。でもそんなに大したものじゃありませんわ。きっとこんなところで食べるから、本当よりも美味しく感じるだけなんでしょう」

「いやいや、そんなことはない」

解したシャケを米に載せて一緒に口に含んだ。あぁ、美味い……。何度も言葉にするとわざとらしく思われるかな、と今度は胸の中で呟《つぶや》いた。本音であることは間違いなかった。

ただし、だった。長部さんは本当に料理が上手い。また、手際もいい。手の込んだ料理でもサッサッ、と作ってしまう。

だから例えば卵焼きのダシに凝ったとしても、これくらいは手早く作れる筈だ、彼女なら。なのに出掛ける時、手間取った。長い時間を要した。

実は、今日だけではなかった。最近、いつものことなのだった。外出するのに以前よりずっと時間が掛かる。私がここのところ気にしているのは、それなのだった。もしかしたら長部さん、どこか具合でも悪いのじゃないだろうか。私を心配させまいと、平気な素振りを見せているだけで。

気になっていた。が、切り出すことができなかった。最近、出掛けるのに以前より時間が掛かるようになったみたいですが、どうかしましたか。質《ただ》してみることができなかった。

まだ、遠慮がある。彼女にそこまで、切り込む勇気が未だ湧かない。仲よくなった、と言っても所詮はこのレベルだ。胸の中で溜息《ためいき》をついている自分がいた。せっかくのご馳走《ちそう》なのにお陰で心底、楽しむことができずにいた。「ダシが絶品」なんて敢《あ》えて口に出したのには、その裏返しの面もどこかにあったのかも知れない。

「あっ、あれ」殆《ほとん》ど弁当を食べ終えた頃、長部さんが言った。淡水池を指差していた。「あれ、何をやっているのかしら」

カモだった。ここでカモを見掛けるのは別に珍しいことでも何でもない。一番、よく見る鳥の一つと言ってもいい。

ただ、行動が奇妙なのだった。数羽で円を描くように、水面をぐるぐる回って泳いでいる。円運動。まるで子供のお遊戯か、ダンスの真似事《まねごと》でもしているかのようだった。

「本当だ」お陰で胸を占めていた懸念から、現実に戻された。「いったい、何をやっているんだろう」

「求愛行動、かしら」

「確かにオスもメスも混じっているようではありますね」

動物の求愛行動には独特なものが、よくある。鳥には特に奇妙な行動を採る種類が多いようだ。例えばオスがメスの目の前で、バンザイを繰り返すようなダンスをしたり。何匹ものオスがジャンプをして、その高さを競ったり。

「でも鳥の求愛行動、ってオスがメスに対してするものが多いんじゃありませんでしたっけ」

「そういう風に聞いたような気もしますね。いやしかしこれは、ここで想像を巡らせてみたって結論には辿り着けそうもないな」

首を伸ばして辺りを見回した。佐原の姿を探した。こういう疑問に答えてくれるのは、彼を措《お》いて他にはいない。

「近くにはいないのかしらね」

「東園の方にいるかも知れない。行って、探してみましょう」

彼、実はなかなかの気遣いだ。これまで何度も会って、分かっていた。だから私達がお弁当を楽しんでいるところを見たとすれば、邪魔をしないようにそっと立ち去るようなこともし兼ねなかった。

丁度、お弁当は食べ終わった。ハンカチに包み直してバッグに戻すと、長部さんは立ち上がった。「そうですね。東園の方にいらっしゃるかも知れませんわね」

ところが橋を渡るまでもなかった。公園管理事務所前の芝生広場に、彼の姿は見出《みいだ》せた。やっぱり私らが弁当を食べ終わるのを、待ってくれていたんじゃないか。密《ひそ》かに、思った。

「あぁ、カモのあの行動ですか」質問すると、答えて言った。「いや、これはテレビ番組でやっていたので、私も知っているんですけどね」

何とあれもサギの行動と同じく、餌を捕《と》っているのだというのだった。

「水面に浮いている草か何かを、回りながら食べているんですか」

「いえいえ。あのカモが主食にしているのは、水中のプランクトンなんですけどね。あぁしてぐるぐる回ることによって底の方にいるプランクトンが、水面に浮かんで来るというんですよ」

群れをなして円を描くように泳げば当然、水の流れが生じる。表面近くの水は円の外方向に、弾き出されるように流れる。すると弾《はじ》き出された水を補充するように、底の方から水が流れ込む。上昇水流が生じるというわけだった。

「番組では実験で水槽に水を張り、アヒルのオモチャを使って水面でぐるぐる回してみたんですけどね。プランクトンに見立てて底の方にゼリーを沈めてた。そしたらオモチャが群れで輪になってぐるぐる回ると、本当にゼリーが引き寄せられるように浮かんで来たんですよ。実際のカモもこの現象を知っていて、プランクトンを捕まえているというわけです」

「へぇぇ」

一羽だけや、各自がバラバラにぐるぐる回ってみても上昇水流は発生しなかった、という。群れで息を合わせて回ることで初めて、この効果が期待できるのだ。

「凄いですわねぇ」長部さんが言った。「一羽だけじゃない。皆でやらなきゃダメだ、ってことまで知った上で、息を合わせて回ってるわけなんですね」

「皆で同じ知識を共有して、共同作業を行なってるわけですよ。鳥ってどこまで頭がいいんだ、って思っちゃいますよねぇ」

「本当に。水辺を突ついていたサギと言い、今日のカモと言い。私達よりずっと賢いんじゃないのかしら」

「鳥に知恵で負けちゃってる、ってか。全くですねぇ」

笑い合ったが、ふと気がついた。佐原が何か、気掛かりなことがあるような素振りを示していたのだ。

「どうかしましたか」尋ねた。長部さんには訊《き》く勇気も奮い起こせないのに、な。男相手なら、これだ。胸の中で自嘲した。

「あぁ、いや」小さく首を振った。「今の話でつい思い出しましてね。いや、我が家のペットのことなんですが。実はうちの犬も最近、何故か公園をぐるぐる回るようになってしまってるんですよ」

今日も長部さんと二人、自宅近くから都バスの「都06」系統に乗った。ただし野鳥公園へ行く時とは逆の、渋谷《しぶや》行きだ。終点の渋谷では小田急《おだきゅう》バスの「渋26」系統に乗り換えた。こちらも私らが最近、ちょくちょく辿るお気に入りの〝デート・コース〟だった。

渋谷から国道246号を三軒茶屋《さんげんぢゃや》に向かい、「世田谷《せたがや》通り」に入って小田急成城《せいじょう》学園前駅に向かうバスの便は、かなり多い。ところがこの「渋26」はまだその先、何と京王《けいおう》線の調布《ちょうふ》駅まで走る。かなりの長距離を走破する路線、と言っていい。

三茶《さんちゃ》から「世田谷通り」を延々、走るところまでは他の路線と変わらない。ところが成城学園や、喜多見《きたみ》駅への入り口に至っても更に先へ進む。狛江《こまえ》駅の手前に達して漸《ようや》く、右折するのだ。駅前のロータリーを回り込むと「狛江通り」を今度は延々、北西に向かう。「品川《しながわ》通り」に至って左折し、暫く走って右へ曲がるとそこが終点、調布駅の南口だった。

「この調布駅って」長部さんが言った。「地下になったのって実は、最近のことなんでしょう」

「そうらしいですね」私らがこの趣味に出会い、こっちの方まで足を延ばすようになったのも最近のことだ。だから以前のことは、よく分からない。「前は京王線が地上を走ってたお陰で、車や人の流れが分断されてた。地下化されてずいぶん便利になった、と聞いたことはあります」

確かに今も駅前のロータリーは、北口と南口とにそれぞれ分かれて存在する。駅が地下化され地上は繋がったのだから、ロータリーも一つにしていい筈だ。こんな風に不自然に分かれているること自体、以前は駅が地上にあった名残《なごり》なのだろう。

北口のバス乗り場から同じく小田急バスの、「鷹56」系統に乗った。ここまで乗って来た「渋26」は本数が非常に少ない。平日だと朝に三本、夕方に三本。昼間、八時間近くは一本も運行されていない。朝夕の通勤に主に利用されているのだろう。

ところが調布から先、私らの目的地へ向かう便は逆にいくらでもあった。小田急だけでなく京王バスでも行くことができた。今日、これに乗ったのはたまたまタイミングがよかったから、というだけだ。もっともやはりこの路線が一番、便利なのは間違いないけども。

バスは駅前ロータリーを出ると北へ向かい、混雑した細い道を左折する。旧「甲州街道《こうしゅう》」である。いかにも旧道らしい、歴史ありそうな通りを抜け、「武蔵境通り《むさしさかい》」を右へ。後は、この通り沿いにひたすら北へ向かえば目的地だ。「神代植物公園前《じんだい》」で降りる。

そう。鳥にも興味を抱くようになったとは言えやはり、長部さんは今も花が大好きなのに変わりはない。ここは「都内唯一」を謳《うた》って開園した植物公園であり、規模が違った。多種多様な花に囲まれる快感を味わうなら、ここ以上の場所はちょっと思いつけない。

園内は歩道が複雑に絡み合うように通っており、歩くだけで楽しい。あちこちに池もある。ぐるりと回って足が疲れると、「バラ園」の噴水の傍に腰を下ろしてお弁当を頂くのが常だった。今日は簡単に食べられるように、とサンドイッチだった。

「あぁ、いいですねぇ」食べながら、言った。「パンに挟まれた、スクランブルエッグの風味が凄くいい」

「こないだの卵焼きと同じように、カツオ節のダシを混ぜてみましたの」

「あぁ、それでか。いやいや一々、手が混んでますなぁ。こっちのハムサンドも、行けるぞ。マヨネーズの量も、丁度いい」

確かに口にもしたように一々、手が混んでいる。それでもいつもの長部さんならこのくらい、手早くちゃっちゃっちゃっと作ってしまう筈なのだ。なのに……

そう、今朝もまた、出掛けるのに不自然に時間が掛かってしまったのだった。前述のように「渋26」系統は本数が極めて少ない。内心、ヤキモキしながら彼女の準備が整うのを待たされることとなった。勿論そんなこと、本人に向かって口にする気にはとてもなれないが。こんな風につき合うようになったとは言っても所詮、その程度の仲に過ぎないのが実態なのだが――

お弁当を食べ終わり、もう一回りして今日は帰ることにした。

実はこの神代植物公園、有名なあの深大寺《じんだいじ》と接している。だから帰りはそちらに寄って、手を合わせてから家路に就くのを常としていた。

深大寺の前からは京王バスに乗って、調布駅前に戻った。同じルートを逆に辿るようにして、渋谷駅前に到着した。後はここから、都バスの「都06」系統に乗れば我が家である。が――

「おや」

「やぁ、どうも」

バス停で見知った顔に出会った。長部さんとの仲を取り持ってくれた例の〝キューピッド〟須賀田だった。

「貴方《あなた》も、お出掛けでしたか」

「今日も路線バス旅のコーディネイトを依頼されましてね。その帰り、というわけです」

我々、赤羽橋界隈《あかばねばしかいわい》の住民にとってはこの「都06」系統は、重要な交通の足になる。どこかへ移動した帰りにここのバス停で出会ってしまうのも、全く自然なことと言ってよい。とは言え……

せっかくこんなところで会ったんだ。ちょっと一杯やって行きましょうという話になった。

「そこに、いい店があるんですよ」

ＪＲ線路際の「のんべい横丁」へ行った。古い木造の小さな店が、肩寄せ合うようにして犇《ひし》めき合う一画である。近代的なビルの立ち並ぶ渋谷にあって、ここだけ時間が止まってしまっているようなところだった。

「あれ、あそこは」接している「宮下公園《みやしたこうえん》」は、以前はホームレスが寝ていたりするような場所だった。それがいつの間にか、これまた近代的な建物に生まれ変わっていたのだ。「こんな風になってたのか。いやしかし、公園なのに四階建てだなんて」

「あの上に上がると、『のんべい横丁』の屋根が見下ろせるんですよ。いやまぁ、異様な眺めですよ。本当にこれ、映画のセットなんじゃないかって思うくらい」

彼の行きつけという店に入った。カウンターだけの席で、十人も入るのは難しかろう。魚がオススメということで、刺身の盛り合わせを注文した。生ビールで乾杯した。

「いや、これは美味いなぁ」

「ホッキ貝ですね。この歯応えは、堪らない」

「こっちも美味しいですわよ。これ、何のお魚なのかしら」

「黒ソイですね」マスターが説明してくれた。「メバルの仲間です。『北海道の鯛《たい》』なんて異名もあるんですよ」

美味い魚は日本酒と相性がぴったりだ。男二人はさっさとビールを呑み干し、冷酒に切り替えた。

「いやぁ、さすが須賀田さんだ。美味しい店をよくご存知でいらっしゃる」

「いやぁ、ははは」

お二人はどこへ行って来たのかと話題を振られたので、説明した。須賀田だって長部さんのお花好きはよく知っている。私との仲も全ては、そこから始まったのだ。

「それはいいコースですねぇ」感心してくれた。「長部さんのご趣味にも、ぴったりだ」

「帰りには名刹《めいさつ》にも寄れますからね。花をたっぷり観賞した上に、ご利益まで、なんて」

「あ、そうだ」須賀田が手を打った。「私、以前から不思議だったことがあるんですよ。ほら、『深大寺』と『神代植物公園』。どっちも同じく「じんだい」と読むのに、字は違う。何でなんでしょう」

「あぁ、そのことですか」

私も最初に行った時、疑問に思ったため調べてあった。お陰で即、説明に移ることができた。

あの辺りは元々、明治の中頃まで「深大寺村」という村だった。それが周りの村と合併しようという際、名前をどうするかが問題になった。地元の者ならそのまま「深大村」と付けたいところだろうが、合併される方の村には不満が残る。そこで字を変えて、「神代村」としたのが始まりらしい。

「『神代《かみよ》』から続く伝統の地、という有難い字なんでしょうけどね」

「でもそこ、お寺でしょ。仏様の地ではないですか」

「全くだ。考えてみたら大らかなモンですよねぇ」

笑い合った。「あ、そうだ」今度は、長部さんが手を打った。「疑問と言えば、垣園さん。ほら、あれ」

「あ」

先日、佐原から打ち明けられた謎だった。カモが池の上で、群れをなしてぐるぐる回って泳いでいた。それは、いい。ちゃんと合理的な説明がつく。ところが佐原の飼い犬も最近、同じような行動を採るようになった、というのだ。カモのように餌を捕るため、ではあり得ない。

「どういうことなんでしょう」しきりに不思議がっていたのだった。

「何ですか、それ」聞いて須賀田も、眉根を寄せた。「カモの話は感心したけど、犬の方は訳が分かりませんね。率直に思いつくのは――言っては何ですけど――ワンちゃんがもうお歳で、痴呆の症状が出ちゃった、くらいしか」

「確かにもう若いわけではない、と彼も言っていました」私は言った。「疲れるのか、散歩に出ても近所の公園にしか行きたがらない。またそこ、住宅街の真ん中で周りを家に囲まれて、真ん丸な形をしているらしいんですけどね。そこに行くとそのワンちゃん、公園を縁取るようにして設けられた通路に沿って、ぐるぐる必ず時計回りに回るんだ、とか。実は彼もちょっと、ボケを心配したそうなんですよ。だけど奇妙な行動は今のところ、それだけなんだというんです。他の時は反応も今まで通りで、とても老衰のせいとは思えない、って」

「ふぅむ」

私らはまだ会ったことはないが、須賀田には炭野《すみの》というバス乗り仲間がいて、その奥さんが物凄い推理力の持ち主らしい。元はと言えばその推理で、私の行動の理由を読み解かれ長部さんともつき合うことになったのだ。つまり回り回って、私達の大恩人、というわけである。

疑問に思うことがあればその奥さんに尋ねてみればいい。須賀田から教わっていた。だから佐原からこの謎を持ち出された時、ならば彼を介してその奥さんとやらにお願いしてみようか、と長部さんとは話をしていたのだ。つい今しがたまで、すっかり失念していたが。

「分かりました」須賀田が言った。「家に帰ったら早速、この件を炭野さん、もっと言うとその奥さんに持ち掛けてみます」

「でも本当に、大丈夫なんでしょうか」長部さんはまだ、半信半疑のようだった。「だってただ単に、犬がぐるぐる回るようになった、ってだけの話なんですのよ。それだけの材料で、推理で突き止めるなんてことが」

「いえ、大丈夫ですよ」須賀田は言った。確信に満ち満ちた表情だった。「私も最初は、疑ってた頃もあったんです。でも実際に、一度や二度ではないですからね。いつも見事な推理で疑問を解き明かしてくれる。だから今では信頼してますよ。あの奥さんに頼めばきっと、この謎も解明される、って」

家に帰って暫く待つと、須賀田から電話が掛かって来た。炭野にこの件を話したところ、奥さんから一つだけ訊いて欲しい点がある、と言われたのだという。

「佐原さん。あぁ、私です」伝言ゲームでもするかのように、私は佐原の携帯に掛けた。「今、ちょっといいですか。例の、おたくのワンちゃんの話なんですが」

「あぁ、垣園さん。えぇいいですよ。何ですか、いったい」

「ワンちゃんがいつもぐるぐる回る、という公園の件です。住宅街の真ん中にあって周りを家に取り囲まれ、真ん丸い形をしている、と仰ってましたよね」

「はぁ。えぇ、そうですが」

「通路は丸い公園の周りを縁取るように設けられている、と。その通路の、外縁部のことで確認したいんです。植え込みなんかはありますか」

「はぁ、えぇ。外縁部の外側は金網製の塀があって、接するように家が立ち並んでますからね。個人宅の壁をあまり人目に晒《さら》さないように、という配慮もあるんでしょう。植木がずらりと並んでますよ」

「それらの木々は、鬱蒼《うっそう》と茂っている感じでしょうか。例えばその中に隠れている小動物なんかがいたとしても、簡単には見つからないくらい」

「いえいえ。個人宅の壁を他人に晒さない、という配慮はあるでしょうが逆に、その家の住人だってちょっと公園の緑を覗いて目を休めたい、というニーズもあるんでしょう。せっかく公園の隣に住んでるんですものね。だから木が並んでるとは言っても間隔を措いて、ですよ。下草も定期的に刈り取られていて、とても鬱蒼と、といった感じではありません」

やっぱり、だった。炭野の奥さんの推理は、やはり見事に的を射ていたのだ。一息、ついて続けた。「それじゃ佐原さん。余計なお世話かも知れないが明日にでも、ワンちゃんを獣医さんのところに連れて行った方がいい」

「そ、それはどういうことですか。やっぱりうちの犬、認知症の気が出始めてる、ということなんでしょうか」

「いえいえ、違うんです。きっと、おたくのワンちゃんは……」


『のんべい横丁』の例の店を須賀田と再訪した。言うまでもなく長部さんも一緒だった。ただし、今回は別行動だ。彼女はその前に、寄って来るところがあった。

「いやぁ、さすが。さすがですねぇ」乾杯した。「貴方の言った通りだった。その奥さんの推理、本当に見事、の一言でした」

私らの持ち掛けた謎を聞いた炭野の奥さんは、思ったらしい。

犬の行動が痴呆のせいではないとすれば、どういった理由が考えられるか。考慮に入れるべき要素は、三つ。最近、犬はその公園にしか行きたがらないこと。公園は丸い形をしていて、時計回り通路は縁取るようにして設けられていること。そしてぐるぐる回る時は必ず、時計回りというということだ。

飼い犬であっても未だ、野生の本能は残っている。あちこちを嗅いで歩き、自分のテリトリーを他の犬が侵していないか確認しているのも、その一環。楽しい散歩であっても周りへの警戒を怠ることはないだろう。

犬がその公園にばかり行きたがるというのは、安心できるからに違いない。時計回りに歩きたがるのも、恐らく同じ理由からだろう。ならばそれは、何故か。左目が見えなくなっているせいではないのか。

時計回りに回ると、円の外側には常に左目が向く。そちらに警戒すべきものがあり得れば、恐れて行きたがらない、ということにもなろう。逆に危険が少ないと見受けられれば、安心して歩くことができる。

だから奥さんは訊いたのだ。公園の通路の外縁部はどうなっているのか、と。すると植木は並んではいるがまばらで、下生えも刈られ見晴らしは悪くないという。隠れている敵の存在などあまり考えなくていい。ならばワンチャンは安心できるだろう。見えない左目はそちらへ向け、外敵が来るかも知れない公園の内部側を、見える方の右目で注視しておけばいい。

「白内障だったそうですよ」私は須賀田に言った。「獣医さんに連れて行くと、左目が白内障の初期症状と診断されたそうです。あれ、完全に治ることはないんですってね。ただ、手術などで症状を改善するのは可能なんだそうで。それも早ければ早い方がいい。幸い、初期だったので直ぐに手術をさせることにしたそうですよ。彼、感謝してましたよ。早く指摘してもらえてよかった。いつまでも気づいてやれずにいたら、失明させてしまうところだったかも知れない、って」

「そうですか。それはよかった」

「さぁさぁ、謎を解き明かしてもらえたお礼だ。今夜は、私が奢《おご》りますよ。今日のオススメ、マグロ頬肉のステーキを」

「あ、え、いや。だって推理したのは友人の奥さんだし、私はその仲立ちをしただけで手柄は、どこにも。お礼をするとしたらその、炭野夫妻の方に」

「勿論そのお二方にもいずれ、何らかのお礼はさせて頂きます。ただまぁ今日は、その手始めだ。気分もいいし、今夜は是非ゼヒ」

「え、い、いや。しかし」

気分がいいのにはもう一つ、理由《わけ》があった。実は今回の件は、長部さんにもいい結果を齎《もたら》してくれたのだ。

最近、外出するのにどうも手間取る。実はそれは、目が霞《かす》むようになって来たせいだったらしいのだ。料理をするにも盛り付けにも、服を着替えるのも視界がボヤけて、手早くできない。歳のせいだろうと諦めていたがワンちゃんの話を聞いて、自分も病院に行ってみようという気になった。そして、ドライアイと診断されたそうなのだった。

「涙の分泌が不安定になるんですって」眼科から帰って来て、長部さんは言っていた。「涙って目にとってとても大切で、放っとくと合併症を引き起こすことだってある、って。先生からさんざ、脅かされましたわ。でも幸い初期なので、治療すれば大丈夫。目薬を処方するのでそれを差しながら、定期的に診察に来て下さい、って」今日もその、病院の帰りだったというわけだ。

マグロ頬肉のステーキが出て来た。「いや、私にはこれを、ご馳走になる資格は……あぁ、でもこれは、美味いな。牛肉なんかより風味が豊かなくらいだ。いやこれは美味い、美味い」

私も須賀田の脇から箸を伸ばし、ステーキを一切れ頬張ってみた。成程、これは……。本当にトロケるような舌触りだ。魚とはとても思えないような味わいだった。「あぁホント、美味しい」長部さんも歓声を上げていた。

ただし確かに須賀田の言うことも、一理ある。誰よりもこの味を楽しむ資格があるのは、炭野夫妻だ。そして私らが誰より、感謝を捧《ささ》げるべきなのも。

私と長部さんを結びつけてくれたばかりか、胸にモヤモヤ蟠《わだかま》った謎を解き明かし彼女の目まで改善に向けてくれた。こんな大恩人が他にいるだろうか。

一度、お目に掛からなければならない。そして面と向かって、心よりお礼を述べなければ。胸に誓っていた。あぁ、美味い。笑顔で箸を止められずにいる、須賀田の姿を横目で眺めながら。

第四章　聖と俗

我が家の住所は東京都府中市《ふちゅう》だが、市の東端に近くもうちょっと行ったら調布市《ちょうふ》に入る、という位置にある。最寄《もよ》り駅は京王線《けいおう》の武蔵野台《むさしのだい》だ。ただ最近は、鉄路を使うことはめっきり減った。

その日も朝に自宅を出ると、ぶらぶら歩いて警察学校の近くまで行った。長年、刑事部捜査第一課の刑事として警視庁に勤めた私だが、特にここに愛着があるわけではない。自分が通った頃の警察学校は、中野《なかの》にあったからだ。現在地に移転して来たのは平成十三年であり、馴染《なじ》みのないのは当然でもある。

そうではなくこんなところまで歩いて来たのは、バスに乗るためだった。「警察学校」停留所の一つ手前、「白糸台《しらいとだい》」バス停から京王バスの「調33」系統に乗った。調布駅北口で降りた。我が家から調布に行きたければ普通、最寄りの武蔵野台駅から京王線に乗る。鈍行でもたったの三駅。あっという間に着く。

なのにこのような間抜けなことをしているのは、友人の影響だった。警察時代の同僚、炭野《すみの》は東京都シルバーパスを使い、路線バスをあちこち乗り回るのを趣味としている。私としても街歩きは好きだが、そんな酔狂につきあう積もりは当初、毛頭なかった。ところが実際にやってみるとこれが楽しいのだ。何の目的もなくバスに揺られている時間が何とも言えず、魅力的に感じ始めたのだ。最初は小馬鹿にしていた行為に今や自身もすっかりハマり、同じ趣味を持つ同志も増えて小さなバスの旅を満喫している。

調布駅北口からは小田急《おだきゅう》バスの「吉14」系統に乗り換え、吉祥寺《きちじょうじ》に出た。吉祥寺からは関東バスの「中36」系統に乗り換えた。

JR中央線も京王線も新宿《しんじゅく》駅を出発すると、基本的に西の方角へと向かう。だから逆にこの地域を、東西方向に一気に突っ切るバス路線はない。鉄路に乗ってしまえば簡単に行けるのだから、そんな路線を創設する意味がないわけだ。故に基本的にバス路線は中央線と京王線、二つの鉄路を連絡すべく南北にアミダ籤《くじ》を描くかの如《ごと》く敷かれている。

このためあくまでバスだけで東西方向へ動こうとすれば、このように煩雑な乗り換えを余儀なくされるわけだ。もっともだからと言って、バス会社に恨みはない。悪いのは酔狂に嬉々《きき》としている、自分達なのである。

「中36」系統は吉祥寺駅を出るといったん北へ向かい、五日市《いつかいち》街道で右折。後は延々、この通り沿いに走る。地下鉄丸ノ内《まるのうち》線、新高円寺《こうえんじ》駅の頭上で青梅《おうめ》街道に合流し、更に東を目指す。終点はJR中野駅である。

だが私は環7通りと交差する手前、「杉並《すぎなみ》車庫前」バス停で途中下車した。

ここから更に都バスに乗り継ぐ、というテもないではないが、目的地まで歩いた。大した距離ではない。それに何度も来ているため、道順もよく分かっている。

この一帯は本当に寺が多い。一つの寺町を形成している。だから最初、来た時には戸惑った。環7から入り込む路地を覗《のぞ》くと、それらしい茂みがいくつも見えるからだ。最初、見つけるまではそれなりの苦労を味わった。

が、繰り返すがもう何回も来ている。迷うことなく目的地に辿《たど》り着いた。墓石の立ち並ぶ中を抜け、塚の前に立った。

無縁墓を積み重ねた塚である。ここがそうだ、と確信することはできない。外観からは何も判断できない。が、一方、他に拝むべき対象もないのだ。きっとそうなんだろうと勝手に思って、手を合わせるしかないのだった。完全に自己満足の世界。それでいい、と思っている。最後にもう一度、塚に低頭してその場を後にした。

ここは、有名な妙法寺《みょうほうじ》にも近い。日蓮《にちれん》の祖師《そし》像が厄除《やくよ》けにご利益があるとかで、江戸時代から参拝客は引きも切らなかったという名刹《めいさつ》だ。落語『堀《ほり》の内《うち》』の舞台でもある。

私が落語の蘊蓄《うんちく》など傾けることができるのも、炭野を介して知り合ったバス仲間、吉住《よしずみ》の影響だった。

「落語に粗忽者《そこつもの》、おっちょこちょいは付き物ですが、この『堀の内』に出て来る主人公、熊五郎は中でももう、横綱格ですよ」吉住が以前、笑いながら言っていた。「朝、タンスの引き出しで顔を洗おうとするわ、猫で顔を拭こうとして引っ掻《か》かれるわ。いい加減、粗忽を治そうとして妙法寺にお参りに行くんですが、まず着くまでがトラブル続き。おまけにやっと辿り着いて、参詣《さんけい》は叶《かな》うんですが。帰ってからも子供を風呂屋に連れて行って背中を流そうとして、『おやおやお前《め》ぇ、ちょっと見ねぇ内に随分と大きくなったなぁ』『嫌だよ、お父っつぁん。壁の羽目板、洗ってらぁ』ですからね。お参りしてもちっとも変わってない。まぁこれだけの粗忽者、いくらお祖師様でも一回くらいじゃ到底ムリってことなんでしょうね」

実はまだ、噺《はなし》そのものを聞いたことはない。ただ吉住があまりに楽しそうに語るため、妙に印象に残っているのだった。こうして訪れるたびに思い出すのだった。

妙法寺の参道に程近いところに、古い蕎麦《そば》屋がある。こうして来る時は大抵、丁度いい時間になっているので昼食に暖簾《のれん》を潜《くぐ》るのを常としていた。

「あぁ、いらっしゃい。毎度どうも」店主も御上《おかみ》さんも、とうに顔馴染みだ。

「よう、今日もご馳走《ちそう》んなるよ」

「まずは、いつものように？」

「あぁ、頼む」

蕎麦屋で昼から一杯、というのは堪《こた》えられない。定年後で仕事がない身の、何よりの恩恵だ。瓶ビールを一本と、つまみに焼き鳥。板ワサに焼き海苔《のり》なんかをちびちび口に運びながら日本酒に移行し、最後は盛り蕎麦で締め括《くく》るのが私流だった。ワン・パターンと言われるかも知れないが、別に構わない。一つのやり方がハマるのは、それだけ合っているからだ。おまけにこの店は蕎麦もつまみも、本当に美味《うま》い。日本酒もいいのを揃《そろ》えている。

「今日もお墓参りですか。お祖師様の、方には」

「いや、墓参がメインだからね。日蓮様の方にはとんとご無沙汰だ」笑ってつけ加えた。「そもそも日蓮聖人は、お上の怒りを買って流刑にされたような方だからな。取り締まる側にいた人間としては、顔を会わせ辛《づら》いよ」

「八百年も前のことじゃありませんか。もう、時効では」

「許してくれるかどうかを判断するのは、向こうの方さ。こっちが勝手に決めるわけにゃいかねぇだろ」

「まぁ、そうかも知れませんが、ね」

店主は笑いながら奥へ引っ込んでしまった。

本当なら今日、墓参りに来た相手も取り締まる側の人間だったしな、とつけ加えようかと思っていたのだが。目の前にいないのでは、話の続け様もない。

それにしてもいい心持ちになった。徳利をもう一本、追加しようかどうしようか。悪魔の囁《ささや》きに一瞬、耳を傾けそうになったがまぁ誘惑は撥《は》ねつけた。まだこの後も動かなければならないのだ。あまりに酔っては、その気力も殺《そ》がれてしまう。それどころか延々、ここに腰を据えてしまうことにもなり兼ねない。締めの盛り蕎麦を注文した。

店を出ると環7沿いをぶらぶら北へ歩いて、青梅街道に戻った。「東高円寺駅前」のバス停から都バス「王78」系統に乗った。後は青梅街道を新宿へ一直線、だ。

　実は蕎麦屋の近くのバス停からも、新宿に向かう「新91」系統に乗ることはできる。ただ、ここまで歩けば二つの系統が合流するため、本数も増えるのだ。歩いて少し酒を抜いておきたい気持ちもあった。バスにのんびり揺られて、窓から入る心地よい風に寛いだ。

　新宿駅西口では都バス「品97」系統に乗り換えた。大ガードを潜って東口に出、新宿通りを東に行って四谷《よつや》三丁目で右折。外苑《がいえん》東通りに入る。四谷警察署の前を通ってJR信濃町《しなのまち》駅を跨《また》ぎ、青山《あおやま》墓地の横を抜けるなどして最終的に品川《しながわ》駅に至る路線だが、ここでも私は途中下車した。「左門町《さもんちょう》」のバス停で降りた。

　大通りから一本、裏路地に入ると二つの「於岩稲荷《おいわいなり》」が斜めに向かい合っている。あの「東海道四谷怪談」の幽霊、お岩さん所縁《ゆかり》の稲荷である。お岩は田宮又左衛門《たみやまたざえもん》の娘として生まれ夫、伊右衛門《いえもん》は養子として田宮家に入った。その屋敷があったことからここに、「於岩稲荷田宮神社」が祀《まつ》られているのだ。斜向《はすむ》かいの「於岩稲荷陽運寺《ようううんじ》」の方は四谷怪談の人気にあやかったもののようだが、ともあれ同じ名前のお稲荷が二つ（実は中央区の方にもう一つあるらしい）もあることに、この怪談がどれだけヒットしたかを窺《うかが》うことができよう。と

「おや」声がしたので、振り向いた。「郡司《ぐんじ》さん。郡司さんじゃありませんか」

「やぁ、お前か」警察時代の後輩、枝波土《しはど》だった。そうか、と思い出した。「お前、確か住まいはこの近所だったたな」

「ええ」と頷《うなず》いた。そちら、と指差した。「坂を下った、先がそうです。郡司さんは今日は、

こちらに何か」

「いやぁ」と頭を掻いた。「趣味だよ、趣味。俺が好きな時代劇、お前も知ってるだろ」

「あぁ」もう一度、大きく頷いた。「勿論《もちろん》、知ってますよ。以前から有名でしたからね。そうか、戒行寺《かいぎょうじ》か」

「そういうこと」

私の時代劇好き、中でも『鬼平《おにへい》犯科帳』の大ファンであることは、警察仲間の間でも広く知れ渡っていた。鬼平のモデル、実在した長谷川平蔵宣以《はせがわへいぞうのぶため》の墓が実はこの近く、戒行寺にあったのである。

「どうだぃ」誘った。「時間があるのなら一緒に、行ってみねぇかぃ」

「あぁ、いいですねぇ」朗らかに笑った。「僕も実は、行ったことはないんですよ。近所の人間として、あそこに鬼平の墓が、って知識だけはあるんですが」

「そいつぁ丁度いい。行こう行こう」

外苑東通り、左門町の信号を背にして路地を真《ま》っ直《す》ぐ進むと、やがて下り坂に繋がる。「戒行寺坂」である。寺の前を通る道なのでこの名がついたわけだが、道沿いには他にもいくつも寺院が並んでいる。先に行った妙法寺界隈《かいわい》と同様、この辺りも寺町なのだ。

ただし目指す寺の山門は、坂が下り始める直前の箇所にある。潜ると、直《す》ぐ右手に「長谷川平蔵宣以供養碑」と刻まれた立派な石碑が立っている。

「おぉ、これですか」

「あぁ。堂々たるモンだろ」

長谷川宣以は延享《えんきょう》三（一七四六）年、四百石の旗本、長谷川平蔵宣雄《のぶお》の長男として生まれた。父、宣雄は火付盗賊改方《ひつけとうぞくあらためかた》や、京都町奉行などを歴任している。

宣以は青年時代、風来坊の暴れ者で「本所《ほんじょ》の鉄《てつ》（当時、鉄三郎（あるいは鉄次郎）と名乗っていたため）」と呼ばれ恐れられていた。が、父が京都町奉行に任命されたのを機に、妻子を連れて自身も京都に移った。ところが安永《あんえい》二（一七七三）年、父が永眠。江戸に戻って長谷川家の家督を継ぐ。

数々の役職を経た後、天明《てんめい》七（一七八七）年、父と同じく火付盗賊改方に任ぜられる。四十二歳の時だった。

いくつもの大捕物を成功させ、名を轟《とどろ》かせるが、同僚達からはあまり快く思われていなかったようである。寛政《かんせい》七（一七九五）年、八年間、務め上げた火付盗賊改方の役職を離れ僅か三ヶ月後に逝去した。激務である上に懐からの持ち出しも多く、基本の任期二、三年も待たずにお役御免を願い出る者も多かったそうであるから、八年というのは異例の長さと言っていい。

大手柄と長い任期に加えてもう一つ、宣以を特徴づけているのが「人足寄場」の建設である。それまで罪人は、刑を科され刑期を務め上げればそのまま放任が当たり前だった。だが手に職も、金も持たずに世間に出たところでできることなど何もない。再び犯罪に手を染める累犯が多かった。

だからこそ宣以は犯罪者の更生施設として、「人足寄場」を作ったのだ。ただ、閉じ込めるのではなく職業訓練を施し、手に職をつけさせると同時に、労働に見合った手当も出す。再犯率を下げることを主な目的としていた。若い頃、無宿人らと暴れ回っていた体験から彼らの気持ちや立場がよく分かっていた故であろう。

作家、池波正太郎《いけなみしょうたろう》氏もこれらのエピソードに惹《ひ》かれたのだろう。彼をモデルとして『鬼平犯科帳』を著す。氏の作品を代表する人気シリーズとなり、知る人ぞ知る存在に過ぎなかった宣以は一躍、歴史上の有名人と化した。シリーズは未《いま》だに高い人気を誇っており、ファンの息も長い。私もまたその一人、というわけである。

「しかし」枝波士が言った。「これ、石碑だけなんですか。墓石はないんですか」

「そうなんだよ」私は笑った。「実は平蔵の墓は、行方不明のままなんだ」

「えぇっ、そうなんですか」

だからこそ私は、ここに来る前に妙な寄り道をして来たのである。

「平蔵の墓はかつて、確かにこの寺にあった」説明して、私は言った。「ただ現在、戒行寺の墓所は杉並区堀の内の共同墓地に移転している。その際、失われてしまったようなんだよ」

「そんな。勿体《もったい》ない」

「まぁ、その頃にはまだ『鬼平』も書かれてなかった。一般にはその名は知られていなかったんだ。だからあまり、重要視もされなかったのかもな。今となっては勿体ない、と感じるのが普通だろうよ。だが当時としては、仕方のないことだったと見るしかなかろう」

「ははぁ」

溜息《ためいき》をつく枝波士に笑い掛けて、説明を続けた。実はここに来る前、杉並の共同墓地にも行って来たこと。「一説には平蔵の墓は、移設の際に無縁墓として処理されたんじゃないか、とも言われている。あっちの墓所には確かに、無縁墓を積み重ねた塚がある。だからきっと、ここに眠っているんだろうと勝手に思って、手を合わせて来たのさ。ファンの心理なんて、そんなモンなんだよ」

「ははぁ」

バスを乗り継いで、複雑なルートを辿ってここまで来たことも説明した。特に山手線の西側は、東西に走るバス路線がなく苦労させられることも。ははぁ、と枝波士は繰り返した。「そうまでして、バスに」

「仲間の影響さ。最初は俺もお前と同じ感覚だった。ただやってみると、これが意外に楽しく感じられるようになって来てな。今じゃすっかり、ハマってるってわけさ」

「あぁ」と手を打った。「以前お会いした時に、お話しされてましたよね。炭野さんだけでなく他にも、バス乗り仲間が出来てしまった、って話」

「そうなんだよ」苦笑が浮かんでいるのが、自分でも分かっていた。「お前が言ってたじゃないか。〝バス・フィッシャー〟の話。実は仲間の中に、ちょっと妙なことをしている奴《やつ》がいてな。俺ついつい、実はそいつが〝バス・フィッシャー〟なんじゃないか、って疑いを抱いちまって」

〝バス・フィッシャー〟とは枝波士が現役時代、最後に追って遂に捕まえられなかった犯人のことだった。

枝波土は警察時代、生活安全部サイバー犯罪対策課に所属していた。一年前に定年退職するまで、それは続いた。

ＩＤ、パスワードといったインターネット上の経済的価値のある情報を、盗み出す。それさえあればネット上で、その人間になりすますことができるからだ。いくらでも悪事のし放題。まるで釣りでもするように情報を盗み出すことから、〝フィッシング〟と称するらしい。

この犯人はどうやら路線バスを駆使し、フィッシングし易《やす》い場所を移動しているようだった。一度、追い詰める直前まで行ったのだが、周囲を包囲した筈《はず》の一画から忽然《こつぜん》と姿を消した。そこから出て行ったのは、一台の路線バスのみ。つまり犯人は、それに乗って難を逃れたのに違いない。故に枝波土らは〝バス・フィッシャー〟と異名をつけた。

「そいつ――まぁ名前は須賀田《すかだ》ってんだが――路線バス旅のコーディネイターなんてことやっててさ。外を移動中でもタブレット端末を使いこなして色んな情報、即座に手に入れやがる。仕事のホームページも作れないネット音痴だから娘にやってもらってる、なんて抜かしてるくせに、よ。やってることと矛盾してるじゃねぇか。だから以前から怪しいな、と睨《にら》んでたんだがお前から〝バス・フィッシャー〟の話を聞いて。こいつの特徴にモロ合うじゃねぇかと思ったら、疑念が拭い切れなくなって」

「ＩＴ技術に精通している上に路線バスにも詳しい、と」枝波土も笑って同意した。「それは確かに、〝バス・フィッシャー〟の犯人像にはぴったり合いますよね」

「だろ。だから怪しいな、怪しいなと思ってたところに、よ」

ある時のことだった。例によって『鬼平』所縁の場所を彷徨《ほうこう》し、根津《ねづ》の居酒屋にふらりと入った。ふと見るとカウンターに知った顔があった。須賀田だった。挨拶しようと思ったが連れがいて熱心に話し込んでいるため、遠慮した。一人酒を楽しみながら何となく、彼らの会話を聞くともなしに聞いていた。

「そしたら、よ。『バス・フィッシャー』だとか何とか言ってるじゃねぇか。これはもう、怪しいなんてモンじゃねぇ。やっぱりこいつだったか、って思い込んじまった。それでもうちょっと調べてやろうと、後を尾行《つ》けたりしてみたんだけど、よ。生憎《あいにく》と気づかれちまって。気不味《きまず》いことになっちまったんだ」

「〝バス・フィッシャー〟というのは」枝波士の笑みは続いていた。「私ら捜査班が勝手につけた名前なんですから。その人がもし当人だったとしても、知るわけがないじゃないですか」

「そうなんだよ」頭を掻いた。「炭野にも指摘されたよ。言われてみりゃぁその通りさ。ただ、なぁ。怪しい怪しいと思ってると、なかなか冷静に振り返ることができなくなっちまって」

「まぁそりゃ、その気持ちも分かりますけど、ね」

「おまけに後で聞いてみりゃ、須賀田らが言ってたのは『バス・フィッシング』だったんだと。ほら、ブラック・バスなんかを釣る競技のことさ。それを『バス・フィッシャー』と聞き間違えてた、てんだから我ながら、間抜けったらありゃしねぇ」

「まぁそれだけ、僕が取り逃した犯人のことを気に掛けてくれてた、ってことですからね」枝波土は言った。「僕としては、感謝しなくちゃ。でも、そう。そう言えばそんなバス仲間の話の中で、炭野さんの奥さんのことも仰《おっしゃ》ってましたよね。実は凄い名探偵なんだ、って。どんな謎も奥さんに相談すれば、立《た》ち処《どころ》に解決してくれる、って」

「そうなんだよ」頷《うなず》いた。「俺も最初は、半信半疑だったけど、よ。でも本当なんだ。お前みたいに俺も、解決できないまま退職に至って、ずっと胸にこびり付いてた事件があった。まぁ長年、刑事《デカ》なんかやってりゃ未解決の事件くらいいくつも抱え込むのが普通だろうが、よ。中でも特に、気になって仕方がない事件があったんだ。そいつもその奥さん、見事に解き明かしてくれたんだよ」

「へえぇ」感心したような声を漏らした。「それなら〝バス・フィッシャー〟の謎も、炭野さんの奥さんに相談すれば解決してくれるのかな」

「そうなんじゃゃねぇのか。いっぺん、会いに行ってみるか。俺たちの集まりに、参加してみればいい」

「でも」と首を傾《かし》げた。「僕、確かに以前、炭野さんのお宅にお邪魔したことはありますけど。でも皆さんみたいに、バスに詳しいわけじゃないし」

　枝波土によると彼は定年後、民間企業に転職しているそうである。ゲーム会社のサイバー・セキュリティを担当する部署だそうで、彼の経歴からすれば適任ではあろう。ただ実際には、現場の仕事はもっと若手の社員が専《もっぱ》ら務める。枝波土に求められているのはいざという時の警察との連絡役で、役人の天下りなんてそんなものと相場は決まっている。

「いずれにせよ警察時代ほど、仕事に時間を取られるわけじゃない」彼は言った。「郡司さんの話を聞いて、面白そうだと思ったので何の用事もない休日には、ふらりとバスに乗ったりもするようになりましたよ。でも、まだまだ。皆さんのような強者《つわもの》の、足元にも及びません」

「いいんじゃねぇのか、別に」私は笑った。「路線バスに精通してる者でなきゃ、仲間になれねぇ、なんてルールがあるわけじゃなし。今度、機会があったら連れてってやるよ、炭野んちに。また奥さんの手料理が抜群だからな。お前、確かずっと独身だったよな。だったらたまには、あんなの食っとかなきゃ。長年、男寡《おとこやもめ》の俺もしみじみ感じらぁ」

「はぁ、そうですね」枝波土は言った。彼も以前、炭野の家に招かれた時にはあのご馳走を味わったことがあるらしい。「それじゃ遠慮なく一度、お願いしてみようかな」

「あぁ。そうしなそうしな」

戒行寺を出て、ぶらぶら歩きながら話していた。

意図していたわけではない。ただ、歩いていると自然、低い方へと足は向くのだろうか。「闇坂《くらやみざか》」という聞くだに恐ろし気な名前の坂を下っていた。降りた先は本当に土地が低く、周りの大通りから見れば擂鉢《すりばち》の底のような地形を呈していた。

「やぁ、こんなところに出てしまいましたね」枝波土が目の前の公園を指さした。「この辺り、低くなってるでしょう。この公園は戦前は『谷町公園』といったそうです。まさに『谷』ですよね」

「あぁ、聞いたことがあるよ。昔、この辺りは鮫河橋《さめがはし》といったそうだな」

「そうなんです」

今では一帯に綺麗《きれい》な一軒家やマンションが立ち並んでいる。現状からすれば想像もつかないが明治時代は、鮫河橋には「東京最大」とまで言われたスラム街があった。確かに今も低地だから、舗装もされていない時代には雨でも降れば、雨水はここに流れ込んで来たことだろう。湿気が高く劣悪な環境にあったろうことは、容易に想像がつく。

「明治三十二年に書かれた横山源之助《よこやまげんのすけ》の『日本の下層社会』によれば、『都会発達に伴う病的現象である貧民部落』がここにあった、とか。人口五千人、千数百戸が犇《ひし》めき合っていた、といいます」

「しかし、変わった地名だよな。どこかに河でもあったのかな」

「あぁ、そうなんですよ」枝波士が言った。「それこそ、鮫川という川があったとか。一説には江戸湾から鮫が遡って来たからこの名がついた、とか」

「今は埋め立てられて面影は全くないが、昔はかなりこっちまで湾が入り込んで来てたらしいからな。皇居、つまり江戸城のお濠《ほり》だってかつての海の名残《なごり》だ、とか」

「それを考えれば、鮫が遡って来たという逸話もあながち嘘《うそ》とばかりは思えなくって」

「そうだよな」

ＪＲ中央線と首都高新宿線のガードを潜ると、左手に大きな公園があった。「新宿区立みなみもと町公園」と入り口に書かれていた。

「そこに祠《ほこら》があるでしょう」枝波士が指差した。成程。小さな鳥居があったので、潜った。

「ここ、『鮫ヶ橋せきとめ神』っていいます。川が流れていた頃、ここで堰《せ》き止めて浮いているゴミを除去し、綺麗な水を東宮御所に流すための沈殿池に由来するとか」

「あぁ、石碑もあるな」動き回ることもできない程の、狭い境内である。探すまでもなく見つけた。「四谷鮫河橋地名発祥之所」と書かれていた。「つまり川はこの辺りを流れてて、橋が架かってたってわけだ」

「そういうことなんでしょうね」

目の前の車道は都道414号だった。坂になっており、左手に登って行けば学習院初等科の前などを通る。

「この坂、『鮫河橋坂』っていいます」枝波土が教えてくれた。「それから目の前、赤坂御所のあの門は『鮫が橋門』。今は消えてしまったこの地名を、僅かに残すのはこれくらい、といったところでしょうか。あぁ、そうそう。さっきのJRのガードも『鮫ヶ橋ガード』か」

聞いて苦笑するしかなかった。そう、左手に行けば学習院、どころではない。目の前にある広大な敷地は、皇室の赤坂御用地なのだ。つまり鮫河橋坂を登れば学習院のみならず、迎賓館にも至る。

さっき、「せきとめ神」のところでも言っていたではないか。川の水を堰き止め、ゴミを取り除いてから綺麗な水を東宮御所（現段階では秋篠宮殿下は皇嗣であり、皇太子は空位であるため「東宮」という呼び名も使われない）に流すための沈殿池があった、と。つまりずっと以前から、御所は鮫河橋と接した場所にあった、ということだ。

「仮にも『東京最大』とまで謳《うた》われたスラムだぜ」私は言った。「なのにその目の前に、皇族がずっとお住まいだったなんて」

「全くですね」

「この御所の場所、東京遷都の前は何があったんだ」

「紀州徳川家の上屋敷があったそうです」

「それじゃ将軍家の御家筋じゃねぇかよ。昔っから高貴な方の住まわれる場所だったんだ。対して鮫河橋も、ずっと以前からあったんだろう。明治時代に貧民窟なんて呼ばれるより、ずっと前から」

「少なくとも江戸時代には、既に治安の悪い土地柄として知られていたようですね」

へっ、と思わず鼻を鳴らした。「聖と俗。それが何故か隣り合わせ、ってか。実はこういうの、結構あちこちで見られるんだよな。こちら、御所だけじゃねぇ。谷の向こう側はさっき見たように、寺町だった。お寺だって聖なる場所じゃねぇのかい。なのにそいつに挟まれて、スラムがある」

当時の住民は何を感じたろう、とついつい思いを馳《は》せた。劣悪な環境に暮らす自分達。しかしその目の前には、聖なる地があるのだ。僅かな境界線、一本を隔てて天と地ほどの差がある。この違いは、いったい何なのだろう。

「お寺はあの世と通じる場所でもありますからね」遠くを見遣《みや》るような表情になって、枝波土が言った。「異界への入り口。まさに住む世界が違うわけです。死を扱う場所ですから、昔の感覚で言う『穢《けが》れ』の場でもある。そういう捉え方をしてみれば案外、非日常を暮らす無宿人と表裏一体だったのかも知れません」

「お岩さんが化けて出た土地でもあるわけだからな」私は頷いた。「いずれにせよ、奥が深いわ。一筋縄で行くようなモンじゃねぇ」

鮫河橋坂を上がって、四ツ谷駅の方へ行った。この時間から開いている居酒屋がある、というので一杯やることにしたのだ。昼も蕎麦屋で引っ掛けたのに、な。罪悪感もないではなかったが、こういうのは止《や》められるものではない。またその気もない。

ビールで乾杯した。昼に蕎麦屋でやっていたが、もうとっくに抜けてしまっている。結構、歩いたので汗となって流れ出てしまったに違いない。本日、最初の一杯の積もりでジョッキを傾けた。

「いやぁ、美味いな」思わず言った。「街を彷徨《うろつ》いた後だから、特に」

「僕としては近所を散歩しただけですが」枝波土が言った。「それでもどこか、新鮮でしたよ。やっぱり他所《よそ》から来た人と歩くのは、ちょっと違う」

「特殊な歴史のある街、ってのを再確認する意味もあるだろうからな」

「全くです」

つまみとして頼んだネギぬたや、干しナマコを口に運んだ。美味い。口の中で広がる風味と、酒が合う。既に日本酒に移っていた。昼の蕎麦屋で痛飲しなくてよかった、としみじみ思った。

あそこで腰を据えてしまっていたら、枝波士とのこの時間はなかった。人との邂逅《かいこう》なんて本当に、ほんの小さな巡り合わせの重なりだ。

「さっき郡司さんと、寺町はあの世と通じる場所でもある、って話をしましたけど」枝波士が言った。「そう言えば、と思い出したんです。一年半くらい前でしたか。我が家の近くの公園で、人が殺される事件がありまして、ね」

「ほう」

「死体は焼かれて丸焦げでしたが、どうやらそれが死因ではなく別な原因で死んだ後、火をつけられてたようでした」

「何だ、それ。ホームレス殺しか何かだったのか」

「さぁ。身許《みもと》を示すものがとにかく何もなかったらしいですからね。結局、どこの誰かも分からないまま無縁墓地に葬られた、ということです」

「犯人も当然、分からねぇまま、ってか」

枝波士は頷いた。「ただ今、ふと思ったんですよ。あそこはあの世との入り口。だから他の場所よりは、まだ成仏し易いのかも知れないな、って」

「殺された挙句に身許も分かってもらえねぇまま。それじゃ成仏もクソもあるか、って気もするけどな」

「ええ、まぁ」

「それより、だ」ホヤの酢漬けを咀嚼《そしゃく》しながら、言った。「血生臭ぇ《ちなまぐせ》話はもう、いいや。俺達はさんざ、そういう仕事に関わって来たんだからな。せっかくのつまみが不味くなる。それよりもっと興味深《ぶけ》ぇ話はねぇのかぃ。炭野の奥さんに持って行くに、相応《ふさわ》しいような話は。アレだったら〝バス・フィッシャー〟の件、俺がもうちょっと詳しく聞いといて、相談ぶつけといてもいいんだが」

「あぁ、いえ」ちょっと考えてから、小さく首を振った。「あれはやっぱり、僕がちゃんとお会いした上で正式にご相談しますよ。それよりも今、思いついたんです。先日、今もサイバー対策課に勤めてる後輩から聞いた件なんですけどね。さっきまで聖なる場所について話してたばかりなんで。丁度いいかもな、と」

「ほう」

「聖地から情報が盗まれた、って話なんですよ」

「ほほう」身を乗り出しそうになったが、ちょっと気になった。「しかしそれ、サイバー課の扱う案件なんだろ。つまりはコンピュータの記録から、何かを盗まれた、とか」

「ええ、まぁ」

それじゃいくら何でもムリなんじゃねぇのか。さすがに戸惑った。あの奥さんの推理力には、私も全幅《ぜんぷく》の信頼を措いてはいる。しかしコンピュータからいかにして情報を抜き取ったか、なんて。最新技術上の問題までただの推理力だけで、突き止め切れるものだろうか。そいつばかりは、いくら何でも。懸念を抱かずにはいられなかった。

「まぁ、いいや」振り払って、続けた。「とにかく聞くだけ、聞いとこう」

先日と同じようなルートでバスを乗り継ぎ、我が家から東方へ向かった。ただし関東バス「中36」系統は途中下車せず、終点の中野まで乗った。中野からは国際興業バスの「池11」（関東バスとの共同運行）系統に乗り継ぎ、池袋《いけぶくろ》に出た。池袋駅を西口から東口へ移動し、都バス「草63」系統に乗り換えた。

池袋と浅草《あさくさ》とを繋《つな》ぐ路線である。似たルートを辿る路線に「草64」系統があり、出発地と終点は近いのだが途中は大きく分離する。

そう言えば、と思い出した。確か須賀田の友人で、両路線の分岐地である西巣鴨《すがも》に住んでいる男が、どちらの路線に乗ってもいい筈なのに何故か一方にばかり乗ってしまう、と不思議がっている件があった。あの謎も、炭野の奥さんが見事に解き明かしてくれたのだ。

確かにあの奥さんは名探偵だ。それは私自身、保証する。ただ、さすがに今回ばかりはどうなんだろう。訝《いぶか》らずにはいられなかった。先日、枝波土から持ち掛けられた謎。コンピュータからデータを盗み出した方法まで、推理することができるのだろうか。こればかりは打ち明けない方が無難なんじゃないだろうか。逡巡《しゅんじゅん》があった。

西巣鴨で明治通りと別れた「草63」系統は、「とげぬき地蔵」で有名な高岩寺《こうがんじ》の傍《そば》を走り抜け、JR巣鴨駅の鉄路を跨ぐ。都営地下鉄三田《みた》線の白山《はくさん》駅の頭上で旧白山通りから外れ、本郷《ほんごう》通りを横切って団子坂《だんござか》を下り不忍《しのばず》通りを左折する。このまま乗っていれば不忍通りを北上し、途中で右折してJR西日暮里《にっぽり》駅を潜り、再び明治通りに合流する。なかなか面白いコースを辿る路線なのである。

だが私は、「千駄木《せんだぎ》三丁目」のバス停で降りた。今日の待ち合わせは、「谷中《やなか》銀座」だったからだ。古い店の並ぶ「よみせ通り」で、炭野達と落ち合った。

「やぁ」私の姿を認めると、炭野が手を挙げた。「遠いところ、ご苦労さん」

「まぁ俺だけ、東京の西の方に住んでるからな」苦笑した。「バスだけでこっちの方へ来ようとすれば、苦労させられるのはしょうがないさ」

「でもまぁ今日は、月に一度の楽しみですから」須賀田が言った。「足を延ばす意味は充分、あろう、ってモンです。まぁ私ら爺《じい》さん連中に押し掛けられて、炭野ご夫妻にはご迷惑でしょうが」

「そんなことはありませんよ。楽しみにしてますよ、家内も」

「そう言えば、須賀田さん」思い出して、彼に言った。「以前、私が『バス・フィッシング』を〝バス・フィッシャー〟と聞き間違えてご迷惑を掛けた時のこと。あの時、この辺りを歩いた後だった、って仰ってましたよね」頭には先日、枝波土と交わした話があった。

「ええ、そうなんです」足元を指差した。「この『よみせ通り』、実は川の跡なんですよ」

「あぁ、成程」道の先を見渡して、吉住が頷いた。「そう言えばこの道、緩やかに蛇行してますよね。川の跡、と言われたら素直に納得がいく」

「そうでしょう。こういう暗渠《あんきょ》巡りが趣味、という人と一緒に歩きましてね。やってみたらなかなか面白いものでした」

かった。


「谷中銀座」の商店街を、会話を交わしながらぶらぶら歩いた。この通りにも店はびっしりと並んでおり、通行人が多くて活気がある。人通りを縫うように避けながら歩かなくてはならなかった。

「あぁ、いい匂いがするなぁ」吉住が鼻をくんくん言わせた。「これは、食欲を唆《そそ》る」

「ダメですよ、吉住さん」須賀田が笑いながら制した。「この後、ご馳走が待ってるんだから。こんなところで腹を満たしてしまったら、後の楽しみが半減してしまう」

「分かってますよ。でもしかし、この匂いは誘惑だな。待ち合わせ場所の選択を誤ったかな」

「こないだも、入谷《いりや》の辺りをウロウロしてて」私が指摘した。「カレーカツ丼の誘惑に負けそうになりましたし、ね」

「そうだったそうだった。いや、我々は直ぐ、美味いもののある場所で待ち合わせしてしまって、いかん。これからは何もないところで時間つぶしするようにしなければ」

「それも、場所決めの一つの方法ですな」

　笑い合った。

　実はこれから、炭野の家に行くことになっている。月に一度の楽しみ、奥さんの手料理を堪能《たんのう》する会なのだ。彼女の料理はとにかく絶品であり一度、食べれば誰もが病みつきになる。無遠慮、極まりないと頭では分かっているが、どうにも抑えるのは難しいのだった。

　野郎、四人分の料理を準備するにはかなりの手間が要る。そのためいい時間になるまでは、こうして外をウロウロし時間を潰すのを常としているのだった。

「錦糸町《きんしちょう》に帰り易い場所、という条件がついて回りますからね」須賀田が指摘して言った。炭野の自宅は錦糸町にあるのだ。だから時間が来れば即、向かえるような場所という条件は確かに払拭できない。「そして私らが彷徨《うろつ》いて、退屈しないような場所。そうなるとやはり、どうしても今日のようなところになってしまうのでは」

「いや、やはりそうか」吉住が額をぴしゃり、と叩《たた》いた。「どうしても美味いもののあるところを選んでしまうか。では誘惑を撥《は》ね除《の》ける強い意志を、これからも保ち続けなければならん、ということですね」

「そういうことでしょう」

「谷中銀座」商店街はJR日暮里駅の方へ向かうと、途中で階段にぶつかる。「夕やけだんだん」である。上がりながら、腕時計を確認した。まだ、時間がある。枝波土の件を持ち出すなら、今ではないか。迷いを振り捨てた。腹を固めて、打ち明けることにした。

「さっき、〝バス・フィッシャー〟の話を持ち出しましたが」切り出した。「あの件を私に伝えた、警察の後輩。彼に先日、ばったり会ってしまいまして」

『鬼平』の墓に所縁の場所を巡っていて、出会ったことを説明した。鮫河橋から赤坂御所の前に出、聖と俗が接している状況に強い印象を受けたこと。その後、四谷で呑《の》んでいて「聖なる場所」に纏《まつ》わる事件の謎を持ち掛けられたこと……

「〝聖地〟、まぁ俺達にとってはそうでもないけどな」主に炭野に向かって話し掛けた。「だが一部の人間にとっては、他には替え難い場所というのがある。ほら、聞いたことくらいあるだろ。『ヒタチ荘記念館』て奴」

「あぁ」直ぐに頷いた。「昔、後に有名になる漫画家さんが大勢、住んでいた、ってとこ」

「そう。そこだ」

現在の漫画文化に繋がる、原点を築いた〝漫画の神様〟達。彼らがまだ若い頃、共に暮らして腕を磨いたアパートがあった。とうに取り壊されていたが、〝聖地〟を復活させるべきだとの運動が巻き起こり、実現した。『ヒタチ荘』は昔のままに復元され、記念館として一般公開されている。

「ただ、とにかく客のニーズが高い」私は言った。「普通に一般公開すれば、大量の客が一度に押し掛けて大変なことになる。なんでそこ、事前予約しなきゃ入れないシステムになっているそうなんだ」

希望する客はインターネットの専用ページにアクセスする。必要事項を入力し、何月何日の何時に入館したいか、書き込む。空きがあれば、ＯＫ。パス・コードか何かが割り振られて当日、そいつと名前を告げれば入館できる、というシステムらしい。ところが――

「どうやらその顧客データが、流出してしまっているようなんです」枝波土はあの日、私に説明して言った。「後日、漫画関連グッズのパンフレットなどいかにもその趣味の人なら喜びそうなものが、客の自宅にダイレクト・メールで届く。『よかったらこれを購入しませんか』というようなお誘いですね。ところがどうも仲間どうしで、『俺のところにも来た』『お前も？』というような遣り取りになったらしい。同じ趣味を持つどうし、情報交換も盛んらしくって。それで判明したようなんです。そしてどうやらそれが送りつけられてるのは、『ヒタチ荘』に来歴のある客ばかりらしい、と。記念館に客から連絡があり、それでデータ流出が疑われた、という経緯のようです」

「ははぁ」

事前予約して入館するくらいの趣向の持ち主である。関連グッズのパンフレットを送りつければ、購入してくれる確率も高かろうと期待できよう。漫画、云々《うんぬん》はよくは分からないが、そのくらいは想像がつく。

「ターゲット・マーケティング、と呼びます」枝波土が言った。「ネット広告では既に一般的です。例えばあるサイトを閲覧したとする。するとその人は、こういうものが好きなんじゃないかと傾向が摑《つか》めるんです。そこで興味を持ちそうな広告を優先して、載せる。現在、ＳＮＳサービスが無料で受けられるのも、そういう顧客データを使用者が無意識の内にプラットフォーマーに提供する仕組みになっているからなんです。そうしたデータは企業にとっては垂涎《すいぜん》の的。無限の価値がある。そのためならサービスくらい、無料にしたって一向に構わないというわけです」

「エス・エヌ・エスがどうの、なんて言われたってよく分からねぇが」遮って、言った。「似通った趣味の奴のところに買いそうなパンフレットを送りつければ、成功確率が増す、ってことは理解できる。そのために記念館を訪れた客の予約データが、使われたらしい、ってんだな」

「送りつけられた客は北は北海道から南は沖縄まで、文字通り全国に及びます」頷いて、続けた。「共通するのは全員、記念館への来歴があるということだけ。全国からやって来るくらい漫画ファンにとっては、『ヒタチ荘』は〝聖地〟なわけですね」

「ふぅん」

「事前予約は、そういうシステムを扱う専門の業者に外注されてます。他にもコンサートやら、イベントやら。ネット予約は今や、チケットを得る際の主流ですからね。それを専門とする、業者もあるわけです」

先の話も、予想がついた。「当然、データはそこから流出したんじゃないかと疑われたわけだな」枝波土がもう一度、頷いたので続けた。先の展開は容易に予想できたからだ。「しかし調べてみても、その痕跡は見つからなかった」

「そうらしいんです」これまでで最も、大きな頷き方だった。「当然、業者は徹底的にシステムの中を確認してみた。外部からのアクセスは当然、全て記録されてますからね。でも、どこにも疑わしいところはなかった。ここから流出したとはとても考えられない、というんです」

「業者としては自分のとこが流出源としたら、責任問題となる」念のための確認だった。「だから」

「隠している。その可能性はゼロとは言いません」枝波土は言った。「ただ、うちのサイバー対策課だって素人《しろうと》じゃない。そういうケースを既にいくつも扱っているんです。専門の職員も行って確認してみたけど、確かに怪しいアクセスは見当たらなかった。流出ルートはここではないんじゃないか。課としても、考えざるを得なかったそうで」

「外部じゃないのかも知れんぞ」私は言った。「内部の人間が密《ひそ》かに持ち出した。ほら、よく聞くじゃないか。データをメモリにこっそりコピーして、持ち出したなんて事件を」

「機械にアクセスできるのは、隔離された特別な部屋です。入室は厳重に管理される。持ち込むものもチェックされる。安易にメモリなんて持ち込んだら当然、咎《とが》められます。中身もチェックされる」それに、と続けた。「それにそもそも、何かのデータがコピーされたら機械はそれを記憶するように設計されている。だから後から調べれば、いついつデータがコピーされたとか直ぐにバレてしまうんです。そしてその日に入室していた人間がいたとすれば、真っ先に疑われる」

「ふぅむ」専門の業者だ。情報がポロポロ漏れるようでは信用されず、仕事も来なくなってしまう。だから流出しないよう管理を徹底するのは当然なのだろう。その業界のことはよく知らないが、そういうことなんだろうと想像はついた。「それじゃ、流出元は『ヒタチ荘』の方だ。そっちなら業者に比べて管理もずっと緩いだろう」

ネット予約した客は来館時、自分の名前とパス・コードを告げて確認を受け、入館が叶うという。つまりネット予約専門の業者から、客のデータは記念館に送られて来ている、ということだ。業者ではないのなら漏れたのはそっちからだ、と見るのが普通だろう。

「ところが、なんです」枝波土は小さく首を振った。「ネット予約時に住所など個人情報を入力させるのは、予約を入れた客なのに来なかった、などのトラブル時に対処するためなんです。

予約通りに来館して入館したのなら、必要なのは名前とパス・コードだけ。つまり業者から記念館へも通常は、送られて来るデータはその二つだけというシステムらしいんですよ。何か問題がない限り住所その他の個人情報は、業者から外に出ることはない」

ダイレクト・メールが送られて来たというから漏れた情報には当然、住所が含まれている。なのにこれでは、流出元は記念館という説も怪しくなる。

「成程なぁ」私の説明を聞き終えた一同も、一様に腕を組んだ。「こりゃ、難問だ。どこからも漏れ出る筈のない情報が、実際には流出している」

「犯人がいかにしてそれを成し遂げたのか」私は一同に頷いた。「見当もつかない。警察としてもお手上げ状態というんです」

「しかしそれは」案の定、炭野が言った。「いくらうちの家内でも、謎を解くのは難しいんじゃないか。推理力はあるにしても、コンピュータの専門家じゃない。精々がインターネットを使って、ショッピングなんかをする程度だ。なのにサイバー犯罪の専門家ですら途方に暮れるような謎を、解き明かせるなんて、とても」

同意見だった。私も全く同じ懸念を抱いた。ただし吉住と須賀田とは、ちょっと違うようだった。

「いや」と二人、同時に首を振った。「炭野さんの奥さんなら大丈夫ですよ。きっと見事に解決してくれる。私らは確信してますよ」

そうかなぁ、と首を捻《ひね》るのは元刑事二人。対して一般人は、楽観を表に露《あら》わにしている。考えてみると妙な構図が出来上がっていた。

「ま、まぁ、こんなところで考えていても仕方がない」炭野が言った。「そろそろ我が家に向かいましょう。丁度いい時間だ。さぁ、バス停へ」

日暮里駅の構内を通り抜け、階段を降りて東口に出た。目の前に小さなロータリーがあり、バスが停まっている。ここから出る都バス「都08」系統は終点が錦糸町。炭野の家に一本で行けることから、今日の待ち合わせ場所はここにしていたのだ。

四人、爺様がぞろぞろと乗り込んだ。バスは駅前のロータリーを離れると、服飾関係の品を売る店の並ぶ「繊維街」を走り始めた。


「あぁ、美味い」誰からともなく、声を上げた。「このアサリの酒蒸し、塩加減が丁度いい。また、酒によく合う」

「まぁ、お世辞は嫌ですわよ」小寺《こでら》婦人が笑った。「炭野さんのお料理の方がずっと美味《おい》しいのは、私にだって分かってるんですから」

「いやいや、そんなことはない。炭野さんは言うまでもないが、小寺さんの料理の腕も絶品だ。甲乙つけ難い、とはこのことだ」

「まぁ、本当にお上手ですこと」

小寺さんも、我々のバス乗り仲間だった。亡くなった夫の乗っていた路線バスを探して欲しい、と須賀田に頼んで来たのが発端だった。そう、最初は須賀田の路線バス・コーディネイトの客だったのだ。それが彼女もバス旅の魅力に取り憑《つ》かれ、我々と行動を共にするようになった。既に一緒に、あちこちを旅している。

炭野家のパーティに彼女も参加するようになるのも、自然な流れだった。ただし女性だけに、人の作った料理のご馳走にばかりなっているのも、心苦しい。とても足元にも及ばないし、お勝手を使わせてもらって申し訳ないが、自分も何品か作りたいと言い出した。勿論、異議などあろう筈もない。かくして今では、二人の手料理を味わえる場になっているのだった。

「うちは夫が日本料理が好物だったものですから」小寺さんは言っていた。「私も和食ばかり作ってました。なので洋食はあまり得意ではなくなって」

こうして小寺さんは日本料理、炭野夫人はそれ以外、という棲《す》み分けも出来ていた。異存などあろう筈もない。多様な料理を食べられる恩恵に、我々は与《あずか》っていた。

「素敵なアサリの後に、お恥ずかしい限りですけども」炭野夫人の料理が続いた。「こちらもどうぞ、召し上がってみて下さい」

ムール貝のワイン蒸しだった。和洋の貝料理対決、、というわけだ。

「いやぁ、これまた、美味い」またも誰からともなく、声が上がった。「ワインの香りが鼻に抜ける。これはまた、酒が進んでしまう」

爺様四人、わぃわぃ楽しい時を過ごした。ご婦人二人も何品かを供した後、料理の手を休めて我々と乾杯を交わした。

「さて」一通り、会話も弾んだ後で切り出した。例の謎。持ち出すならこのタイミングだろう、と踏んだのだ。

「へぇえ」私の説明を聞いて、小寺さんが素っ頓狂な声を漏らした。彼女にはどこか、この歳《とし》になってもあどけない可愛《かわい》らしさがある。「コンピュータからどうやって情報を抜き取ったか、なんて。私には見当もつきませんわ」

「私もです」その傍らで炭野の奥さん、まふる夫人が率直に頷いたので、おや、と思った。とうとう名探偵も白旗を揚げる時が来たのか。「インターネットに繋いでちょっと調べ物をするくらいが精々ですもの。厳重に管理されている中からどうやって情報を盗んだかなんて、想像もつきません」ただ、とつけ加えた。「ただ、一つだけ確認して頂きたいことがありますの」

ほらほら来た来た。ぞくぞくしたものが、背中を駆け抜けて行った。見事な推理が開陳される時、彼女の口からこの言葉が出るのが常だったからだ。やはりまふる夫人、この謎も解いてしまったのか。私ら凡人の懸念など、簡単に吹き飛ばしてしまうのか。ふと脇を見ると吉住と須賀田は、当然と言わんばかりに頷いていた。

「これが見当違いだったら私にも、解答は思いつけないんですけども」

「いやぁ、凄いものですね」枝羽土が言った。「見事に的を射ていた。話を聞いただけでこの謎を解いてしまうなんて。本当に予想もしていなかった。炭野さんの奥さんの名探偵ぶりを疑うなんて。今となっては、申し訳ないことをしてしまいました」

「いやぁ、俺も同様だよ」私は言った。「今回ばかりは俺も、疑いを抱いた。だが杞憂《きゆう》だった。

奥さんの推理力は、やっぱり抜群だった」

この前、共に来た四谷の居酒屋を再訪していた。からりと揚がった鯵《あじ》のフライをつまみに、乾杯を交わした。

先日、奥さんの「一つだけ確認して頂きたいこと」を枝羽士に伝え、彼はサイバー犯罪対策課の後輩に質《ただ》した。結果はやはり、見込み通りだった、というわけだ。

「難しい話は分かりませんけども」前置きして、まふる夫人は続けたのだ。「お話を伺った限りでは、コンピュータの管理はとても厳重にされていて、そこから盗み出されたんだとしたらどうやったのかなんて私になど分かる筈もありません」だから、とつけ加えた。「だから、とっても原始的な方法しか思いつけません。盗まれたのはそもそも、コンピュータからじゃなかったんじゃないか。ほら、そういうファンが集うような施設、ってよく、記念のノートなんかを置いてあったりするではないですか。『念願の記念館に来ることができました』とか、来館者が自分の想いを綴《つづ》ったりする。そこにもしかして、名前とか住所も書き込んだりしている、ということはありませんの」

あっ、と膝を打った。そうだ、盲点だった。確かにそいつは、あったとしてもおかしくはない。

確認してみると、やっぱり、だった。

『ヒタチ荘記念館』にはまさに、来館者が書きたいことを自由に綴っていいノートが用意してあり、大勢のファンが思いをぶつけていたのだ。既に、十冊以上にも及んでいた。

勿論、ルールはない。中には感想だけで、名前も書かれていないものだってある。だがやはり、書いたのは俺だと記念を残したいのだろう。名前と共に、住所も書き記されたものが大半だった。こんなに遠くから参加したのだ、とアピールしたい心理もあるのかも知れない。住所も併記されたものは、遠方から来た客ほどそうする傾向にあることも分かった。

「原始的な方法。まさにそうだよな」まふる夫人の使った表現を持ち出して、私は言った。「顧客のデータが盗まれた、というから我々は、コンピュータから抜き取られたに違いないという先入観に囚《とら》われた。だが調べても不可能だと分かるばかり。袋小路に陥った。だが答えはもっとずっと単純なことだったんだ。極めてアナログな方法で、顧客情報は盗まれていたんだ」

記念ノートが怪しい。視線が一転すると、犯人の目星も見えて来た。短い間だけ、働いて直ぐに辞めたアルバイトがいたというのだ。本人を直撃し、追及するとあっさりと白状した。

「はい、済みません。やったのは、僕です」

記念ノートをこっそり持ち出し、全ページをコピーした。名前と住所の併記された書き込みだけをピックアップし、一覧表に纏《まと》めた。漫画関連グッズを専門とする業者からすれば、涎《よだれ》の出るような情報だと分かり切っていたからだ。事実、業者は一覧表のデータを高値で買い取って行ったという。ダイレクト・メールは、こうして発送された。

「実は僕自身、ずっと前に客として来館したことがあったんです」犯人は自供したという。「その時、このノートに目をつけてこれだ、と思った。客の名前と住所の情報はお宝になる、と分かった。だから後日、記念館がバイト募集しているのを見て潜り込んだんです」来館する程のファンだからこそ、データの貴重さも直ぐに分かった。最初からその積もりで、アルバイトに雇われたわけだった。

「聖地だからこその事件。そういうわけだな」私は言った。「記念ノートの書き込みなんて、我々からしたら無価値な代物に過ぎん。だが聖地に纏わる者からすれば、お宝に早変わり、ってわけだ。外部の者はなかなかそいつには気づかねぇ」

「それより私が感心するのは、炭野さんの奥さんですよ」枝羽土が言った。「発想の転換が物凄い。確かに言われてみれば、あっ、と思いますよ。単純な事件ですよ。でも実際にはなかなか、そっちには考えが至らない。コンピュータから盗まれた、と思い込んで堂々巡りに陥ってしまう」

私は素人ですから、自分にできる方法はあるかしら、って考えてみただけですよ。まふる夫人は言っていた。コンピュータなんて、相手にならない。紙のコピーくらいしかできない。そうしたら、ノートはなかったのかしら、って思いついただけなんです。

しかし実際には人間、なかなかそちらには思い至らない。枝羽土の言った通りだ。思い込みからなかなか脱せない。突き破るのは、思考が柔軟だからだ。自由に考えの先を切り替えられるからこそ、真相に至ることができるのだ。

「サイバー対策課の後輩も感心してましたよ」枝羽土が笑いながら言った。「そいつも炭野さんのことは知ってますからね。へぇ、奥さんってそんな名探偵だったんですね、って。専門家が束になっても突き止めきれなかった謎を、簡単に解かれちゃった。面目ないですよ、って」

「専門家だからこそ逆に、自由な発想になかなかなり切れん部分もあるんじゃないか」私は言った。「奥さんはそこを、ぱっと突破しちまう。な、やっぱり凄いだろう。会ってみたくなっただろう、一段と」

「ええ、本当に」

モヤモヤしたものを胸に抱えたままの状態に対し、謎が晴れて目の前が晴れた時の酒は格段に美味い。

枝羽土の眼を見て、私は確信した。こいつ、決心したな。いずれ近い内、謎をまふる夫人にぶつける積もりだな、あの〝バス・フィッシャー〟の。

第五章　幻惑の女

山手《やまのて》線の西側に住んでいる立場から言わせてもらえば、ＪＲの東京駅は路線バスだけで行こうとするとなかなかに難しい。直接、そっちの方に向かってくれる路線がないからだ。それはそうだろう、と自分でも思う。ＪＲ中央線や地下鉄があちこちを走っていて、それらを使えば簡単に東京駅に行けるのだから。鉄路で行けるのにわざわざ、バスを使おうとする者なんていない、私たちのような変わり者でない限り。

それでも殿方はあくまで、何とか路線バスだけで行こうとして苦心惨憺《さんたん》しているようだった。特に京王《けいおう》線の沿線に住んでいる郡司《ぐんじ》さんなんかは、新宿《しんじゅく》に出るだけで一苦労と言っていた。それはそうだ。京王線に乗れば新宿まで一本で行ける場所なのだから。沿線住民でそんなことをしているのは間違いなく、彼くらいなものだろう。

私は殿方ほどのこだわりはない。バスだけで行こうとしたら大変そうだな、と思えばさっさと他の交通手段を選ぶ。東京都シルバーパスを持っているのだから他の乗り物に料金を払うより極力、その範囲内で移動しようとしているんだ、と殿方はおっしゃる。それは、分かる。ただシルバーパスは路線バスだけでなく、都営地下鉄や都電など東京都交通局の乗り物なら全部タダなのだ。だから料金を切り詰めようというのなら、なるべく都営のものに乗ることでそれを全うしようと努める。

今日もそうだった。東京駅八重洲《やえす》口に集合、と言われて私は、「駒場《こまば》」バス停から東急《とうきゅう》バス「渋51」系統に乗り込んだ。鉄路であれば京王井《い》の頭《かしら》線の「駒場東大前」駅が最寄《もよ》りだが、バス停の方が近いので街中に出る時はもっぱらこちらの方を使う。それにシルバーパスは路線バスであれば、民営のものでもタダなので節約にもなる。

「渋51」系統で渋谷《しぶや》駅に出ると、迷うことなくJR山手線に乗り込んだ。ここだけはシルバーパスでは乗れず、普通に乗車賃を払わなければならないが、しょうがない。何とか全てタダにしようとして時間を浪費するより、短縮できるなら多少の追加料金くらい構わないと思っていた。それに降りるのはたった二つ先の、代々木《よよぎ》駅だ。

代々木からは都営大江戸線に乗り換え、大門《だいもん》駅で都営浅草《あさくさ》線に乗り換えた。どっちもシルバーパスが使える。

宝町《たからちょう》駅で降りた。駅名は違うが、ここからなら東京駅は歩いても大したことない距離なのだ。おまけに八重洲口だから反対側の丸の内口とは距離的に全然、違う。これで追加料金として使ったのは、山手線の初乗り百三十六円だけ。ね？　ずっと合理的でしょう。

のんびり歩いて東京駅まで行くと、バス乗り場には既に知った顔が集まっていた。元警察官の炭野《すみの》さんと郡司さん（さっきも話に出た）。そして元不動産屋さんの吉住《よしずみ》さんだ。みんな、私の路線バス仲間だった。「やぁ、どうも」「お待たせしました」会釈を交わし合った。

「お待たせ、どころじゃありませんよ」炭野さんが言った。「早かったじゃないですか、小寺《こでら》さん。お宅からこっちの方は、来にくいでしょうのに」

「郡司さんに比べれば私くらい、楽なものですわ」

言うと郡司さんは、ははははと笑って頭を掻《か》いた。「大変だと分かっているから早め早めに、家を出る。まぁ好きでこんな酔狂をしているんだから、仕方がないですよ」

「後は、須賀田《すかだ》さんだけ、か」

「おや、あのバスに乗っているのは、もしかして」郡司さんが指差した。ロータリーに滑り込んで来る、都バス「東15」系統だった。

彼の指摘した通り、停車したバスからは須賀田さんが降りて来た。「いやぁ、お待たせしましたか。面目ない」

「いやいや、お宅からも東京駅はちょっと来にくいから、仕方ないですよ」

「でも一番、遠くからの郡司さんはもう来ていて待たせてしまった。私がそんなこと言っても、通じる言い訳にはなりませんな」

大変だと分かってるから早め早めに、と郡司さんはさっきの言葉を繰り返した。須賀田さんのお住まいは赤羽橋《あかばね》である。「都06」系統で新橋《しんばし》に出、「市01」か「業10」で勝どきの方にいったん行って「東15」に乗り換えたのだろう。新橋からここへ直接、向かうバス路線はない。少々、遠回りをしなければ行き着けないのだった。私のように割り切ることのできない殿方たちなのだから、しょうがない。胸の中で、苦笑した。

「まぁまぁ、いいや。ほら、お目当てのバスが来ましたよ。さぁさぁ、乗りましょう乗りましょう」

吉住さんが指差した。言葉の通り今、今日の目的「東42－1」系統が到着したところだった。今日はこれに乗って、南千住《せんじゅ》を目指す。北千住までぶらぶら歩いてかつての、旧千住宿の雰囲気を楽しむ。この日のお目当てだった。

江戸時代、江戸からは五つの街道が出ていた。それぞれ日本橋を起点として、途中に宿場町が設けられていた。東海道の第一の宿場町は、有名な品川宿《しながわ》。甲州《こうしゅう》街道は、元は高井戸《たかいど》宿だったのが、遠過ぎるからと手前に内藤《ないとう》新宿が作られた。今の大繁華街、新宿の始まりである。中《なか》山《せん》道には板橋《いたばし》宿。そして奥州《おうしゅう》街道と日光《にっこう》街道は千住宿、といった具合だった。

言っておくとこれらは全部、吉住さんからの受け売りである。元不動産屋さんだっただけあって彼は本当に東京の地理に詳しく、また色んなうんちくを傾けてくれるので話を聞いていて、飽きない。

先日は郡司さんを除く面々で、板橋宿に行った。その前には炭野さんと吉住さんとで品川に行き、とても楽しいことがあったとかで以降、旧宿場めぐりが一つの趣向になったのだ。そんなわけで今回は千住宿、というわけだった。

「一口に千住宿と言っても、範囲が広い」この時も主に説明してくれたのは、吉住さんだった。

「今の北千住から南千住に掛けて、長い宿場町が形成されていたんです。隅田《すみだ》川を挟んで、両岸ですな。だから味わうなら、両方をつなぐように歩いた方がいい」

そうしてこの、「東42－1」系統が提案されたのだった。

「あぁ、あれはいい」私を除く殿方4人は、こうして路線バスをあちこち乗り回す趣味を始めて、もう長い。強者ぞろいである。だからみんな、既に乗車済みだったらしかった。「とても面白いルートを走る。乗っていて、飽きない。千住の方に行くのであればあれに乗る、というのは確かにいいアイディアですな」

私だけが今日、初めての体験である。だからかなり、ワクワクしていた。さぁたっぷりと味わってやるぞ、と胸を高鳴らせて乗り込んだ。

バスは駅前の広いロータリーを出ると、まずは線路と並行している大通りを走り始めた。と、思ったらすぐに右折。さらにすぐまた左折した。間もなく橋を渡った。これが日本橋だった。

「ね、象徴的でしょう」吉住さんが言った。「ご存じの通り日本橋は、江戸五街道の起点だ。今も『日本国道路元標』が置かれている。さっきの東京駅は我が国の鉄路の中心で、そこを出発して道路の元点も通る。何だか旅の王道を走ってる、って感じがしませんか」

おっしゃる通りだった。面白いな、と感じた。おまけにこの道、旧奥州街道に当たるらしいのだ。それを通って、第一の宿場町だった千住を目指す。殿方たちが言っていたようにまさに、今日の小さなバス旅にふさわしい路線だなと思った。

「小伝馬町《こでんま》」「馬喰町《ばくろ》」などと、歴史ある町名のバス停を経由する。時代劇なんかでもよく耳にする町の名だ。

「ほら、その先が楽しいですよ」と炭野さんが教えてくれた。「今、渡っている橋。これ、浅草橋です」神田《かんだ》川に架かる橋だが、それがそのまま町名や、駅の名前にもなっている。「ここは、お人形屋さんが多いのでも有名です。ほら、そこ」

本当だった。橋を渡るとすぐ左手に、『吉徳《よしとく》』のお店が見えて来た。「顔が命〜の」の、テレビＣＭでお馴染《なじ》みの、あの店だ。おまけにＪＲ総武《そうぶ》線、浅草橋の駅の高架をくぐると、今度は右手に現われたのは『人形の久月《きゅうげつ》』だった。

「実は『久月』は江戸時代に、『吉徳』から暖簾《のれん》分けされて生まれてるんですよ」吉住さんが説明してくれた。「だからこれらの店が近接してあるのも、自然の流れではあるわけで」

「あぁ、そうなんですね」

続いて通ったのは蔵前《くらまえ》だった。ここは、おもちゃ問屋が多いことで有名だ。花火なんかを一般向けにも売ってくれる店もあると聞く。その先は、駒形《こまがた》。ここには、有名などじょう屋がある。私も夫と生前、食べに行ったことがある。

そうしていよいよ、浅草《あさくさ》だった。さすがにすごい人通りで、観光客を乗せた人力車もひっ切りなしに行き交っていた。それらの間を縫うように、バスは走る。花川戸《はなかわど》から言問《こととい》通りを渡って今戸《いまど》、と北へ向かった。

「ようぅ」郡司さんが炭野さんに話しかけていた。「この辺りはもう、山谷《さんや》じゃないか」

「そうだなぁ。でも久しぶりに来たけど、道端で寝ている労働者の姿がなくなったなぁ。まるで、別な町みたいだ」

「労働者も高齢化して、おまけに生活保護を受けたりしてずいぶんと大人しくなったんだよ。治安もよくなった、と聞いた」

「あぁ、そうらしいな」

山谷なら私も知っている。かつては「東京最大の日雇い労働者の町」として知られた。その日の仕事に就けなかった労働者は、他にやることもなく朝からお酒を呑《の》む。だから道端に酔っ払いがたくさん、転がっていたという。治安はお世辞にもいいとは言えなかった。

それも時代を経てずいぶん、変わったということなのだろう。二人の会話を聞いて、思った。確かに車窓を見ても、道端で寝ている人の姿は見当たらない。それはこの町の昔を知っている人からすれば、大きな変化なのだろう。

それにしても、と思った。東京駅前から日本橋、と日本の経済の中心を走ったかと思ったらお人形屋さんの浅草橋、おもちゃ屋さんの、蔵前。そして下町の人気観光地、浅草から「労働者の町」山谷、だ。

東京には色んな顔がある。それを一本の路線バスで、通り抜ける。こうした小さなバス旅の醍醐味《だいごみ》のようなものだった。この路線で行こう、と殿方たちが賛成したのも分かるな、とうなずけた。

「あ、ほら、あそこ」吉住さんが前方を指差した。「あの交差点が『泪橋《なみだばし》』です」

確かに信号に「泪橋」と書いてあった。この先、線路の向こうには江戸時代、小塚原《こづかはら》刑場があった。処刑場に向かう囚人はここで、家族と涙の別れをした。だからこの名がある、と聞いた覚えがある。

「でもここ、もう橋はないんですのね」

「そうなんですよ。実はもうとっくに、川も埋められてしまってて」『あしたのジョー』って漫画はご存じですかと訊かれたので、うなずいた。「ジョーがボクシングを学ぶ『丹下段平ジム』は、この橋の下にあるという設定になっていた。ところが実際にはあの時代にも、既に川は埋められてたんです。でもまぁやっぱりストーリー的には、橋があった方がつごうがいい。だからあぁいう話になってるんですな。知らずにここに来たファンはちょっとがっかりするんですよ。なぁんだ、橋はなかったのか、って」

私が笑うと、吉住さんは左手の窓を指差した。「そこ、コンビニがあるでしょう。以前は酒屋だったんです。一説によると、日本一の売り上げをほこってた、とか」

「あぁそれ、聞いたことがありますよ」郡司さんが話に入って来た。「労働者が日雇いの仕事から帰って来たら、真っ先にそこに飛び込んで一杯やる。それだけが一日の楽しみでしょうからね。だから、飛ぶように売れてた、とか」

そんな話をしている内にバスは大通りを渡り、先へ進んだ。立体交差をくぐり、出るとすぐに右折した。そこが終点、「南千住駅西口」だった。

まずは刑場跡にお参りに行きましょうという話になった。線路のすぐ脇にお寺があり、大きなお地蔵様が鎮座していた。ここが小塚原刑場跡だった。さっきの「泪橋」の由来でもある。

「この通り、通称『コツ通り』といいます」吉住さんが説明してくれた。「『こつかはら』だから略して『コツ』というのが通説ですけどね。でも、『骨』の『コツ』だという説もあるんですよ。刑場があったんですものね。昔は人権もクソもなく、その辺に適当に埋めてたとしてもおかしくはない。だから地面を掘ると骨が出るから、この名があるんだ、と。だから字に書くのも本当は『骨ヶ原』だ、とも」

「それも聞いたことがありますねぇ」郡司さんが言った。「そこ、つくばエクスプレスが通ったでしょう。その工事の時に実際、骨がゴロゴロ出て来たというんですよ。だから『コツ通り』の噂《うわさ》、やっぱり本当だったんだ、って」

刑場跡を出て歩き始めると、また左手にお寺があった。

「あぁ、こここ」郡司さんが指差した。「例の『吉展《よしのぶ》ちゃん事件』の、供養地蔵が立ってるとこだ」

前の東京オリンピックの前年に発生した、とても有名な幼児誘拐事件だった。子供だった私だってよく覚えている。悪いことばかりしていると怖いオジさんに連れて行かれるよ。大人から叱られる時には、常套句《じょうとうく》のようになっていたものだ。

逮捕された容疑者が供述し、遺体が発見された。そのお寺が近くにあるため、ここにも供養するお地蔵様が建てられたという。

「そう、発見現場はこの近くなんだよなぁ」炭野さんも感慨深げにうなずいた。「そっちの境内にも、吉展ちゃんの慰霊地蔵が建てられてる」

「犯人を自白させたのはあの有名な、平塚八兵衛《ひらつかはちべえ》刑事でしたよね」吉住さんが訊《き》いた。「尋問の名人で、『落としの八兵衛』と呼ばれた。私ら素人だってその名はよく知ってますよ」

「容疑者の言葉の矛盾を鋭く突いて、自白させるのが巧みだった、と」炭野さんが応えて言った。「駆け出しの頃は先輩方からその偉業を、何度も聞かされましたよ」

「そうなんでしょうなぁ」

　殿方は本当に、こういうお話が大好きだ。

　でもお骨だの幼児誘拐事件の遺体発見現場だの、私からすれば聞いていてあんまり気持ちのいいものじゃない。須賀田さんが先に立って歩いていたので、早足で追いついた。まさにその、「コツ通り」沿いに。北の方へ向かった。

「この先、大きな神社がありますわよね」

「おや、ご存じでしたか」

「ええ、実は」ずっと以前、この辺には何度か来たことがあったのだ。それどころか――「亡くなった夫と初めて出会ったのも、そこでしたの」

「いやぁ、そうだったんですか」

「コツ通り」は先で国道4号に合流する。その交差点にあるのが、素盞雄《すさのお》神社だった。小塚原、三《み》ノ輪《わ》、町屋《まちや》など、荒川《あらかわ》区内でも一番、広い範囲を「氏子圏《うじこけん》」とする。

　実は私は結婚する前、荒川区役所に勤めていた。同僚と何人かで、三ノ輪橋にアパートを借りて住んでいた。都電に乗れば簡単に職場まで通えて便利だったからだ。長いアーケードの商店街もあって、買い物にもつごうがよかった。とても住みやすい町だった。そんなわけで氏子だから、とこの神社にもみんなでお参りに来たのだ。

ところが来てみて、戸惑った。

「ほら、ここ」私は須賀田さんに指摘して、言った。この神社は国道4号に面して、立派な鳥居が立っている。初めて来たら誰だって、こっちが正面の参道だと思うだろう。ところが境内に入って、拝殿の建物を左側に回り込むと、そちらの側にもお賽銭《さいせん》箱が置かれ、立派な拝殿正面になっているのだ。おまけにさらに左に回り込んでみると、そっちにも。

「やぁ本当だ」須賀田さんは賛同してくれた。「こんなにどの面からもお参りできる拝殿なんて、初めて見たなぁ。全国的にも珍しいんじゃないですか」

「そうなんです。だから初めて来た時、私たち困っちゃって。どこでお賽銭を入れて、手を合わせればいいんだろうね、って」

困ったね困ったね、と同僚と話し合っていた。すると、話しかけて来た殿方がいた。私らよりちょっと年上くらい。それが、後の夫だった。

「恐らく、ここが本当の正面だと思うんですよ」彼は言った。最初に国道4号沿いから入った位置から、左に回り込んだところだった。確かにそこが一番、立派なようにも見える。三面の内の真ん中だから、そういう意味でも妥当のように思える。

「でもどうして、こんな構造になってるのかしら」手を合わせた後で、素朴な疑問を口にした。

「さぁ、それはどうなんでしょう。ただここ、二柱《ふたはしら》の神様を祀《まつ》ってるらしいんですよ。だからお一人だけに偏らないように、という配慮でもあるのかな」

ほらこっち、と案内してくれた。拝殿の隣に、岩を積んで作った塚のようなものが立っていた。「これは、いわゆる富士塚です。ただ、大切なのは」

彼が指差した。富士塚の横に平たい岩があり、小さな四阿《あずまや》のように上に屋根がかぶせられていた。「瑞光石《ずいこうせき》」と書かれていた。

「ある時この岩が光り出し、二柱の神が降りて来て神託を告げたんですって。素盞雄大神《すさのおおおかみ》と飛鳥《あすか》大神。ここは、その二柱を主神としているんですよ」

へぇ、と私たちは感心してしまった。とってもお詳しいんですのねぇ。

「いえいえ」と、彼は頭を掻いた。実は、と国道の向こうの方を指差した。「実は私、建設会社に勤めてまして。そっちで、大きな工事をやっているんですよ。それで地鎮祭その他で、こちらにはとてもお世話になって。それ以来、工事の合間に時間を見つけては、お参りに来るようになったんですよ。何だかここに来ると、心が和むみたいで。周りとは違った時間が流れているようで、仕事の慌ただしさを忘れて落ち着けるんです」

言われてみて初めて、工事現場のような服を着ていることに気がついた。それまでとても物静かな雰囲気で、荒々しい建設工事に関わっているような人には見えなかったのだ。

どこか、惹《ひ》かれている自分を感じた。それは実は、夫もそうだったようで――

「あの変わった拝殿と、この岩とが出会いのきっかけになってくれたんですね」

「そうなんですの」須賀田さんにうなずいた。「だから私、今日はここに来ると聞いて、懐かしくって」

「そうでしたか。貴女《あなた》にとって大切な場所だったんですねぇ」

そこに、炭野さんたちも合流して来た。「おおぅ、ここだここだ」

「これこれ、この岩ですよ」吉住さんが言った。「来る途中に説明してた、『小塚原』の地名の由来というのは」私らとはちょっと遅れて歩きながら、そんな話をしていたらしい。気味の悪い中身でないのだったら、私も聞いておきたかった。

「あぁ、小寺さんは聞かれてませんでしたか。いや、この瑞光石のある小さな塚から、『小塚原』という地名が興《おこ》ったというのですよ。そうだとしたらさっきの、骨の『コツ通り』説は誤り、ということで」

私も絶対、そっちの説の方がいい。「ねぇ吉住さん、千住宿を舞台とした落語はないんですの」

吉住さんは東京の地理と同時に、落語にもとっても詳しい。行く先々でゆかりの噺《はなし》を解説してくれたりする。

「いや。それが、ねぇ」頭を掻いた。「あまりいいのを思い出せないんですよ。確かに『もう半分』なんかはここが舞台ということになってるんだけども。ちょっと陰気くさい噺なんで、ねぇ」

この辺の小さな居酒屋が舞台の噺らしかった。老客が「酒を一気に呑むのは楽しくないから」と、「もう半分」「もう半分」とちびちびコップに注《つ》いでもらい、舐《な》めるように呑んで帰って行った。ところが置き忘れた風呂敷包みに、五十両が。慌てて客は戻って来るが、居酒屋の夫婦は隠してそんなものはなかった、と言い張る。実はそのお金は客の娘が、吉原に身を売ってこしらえたものだった。客は絶望し、千住大橋から身を投げて死んでしまう。夫婦はその金で店を大きくし繁盛するが、生まれた赤ん坊があの老客に生き写しで……

「あぁ、やっぱり聞かなければよかったですわ」

「ねぇ」吉住さんが苦笑した。「ましてやこれから、その大橋を渡ろうというんですから」

境内を出、国道4号を歩いて大きな橋を渡った。千住大橋だった。吉住さんによるとこれは、徳川家康が江戸に入った後、隅田《すみだ》川に架けた最初の橋なのだという。そしてここが奥州街道、日光街道の最初の宿場。まさにここから、江戸を後にする旅が始まるのだ。

そして、その代表格こそが――

「やぁそこに説明板があるぞ」炭野さんが指差した。橋を渡り終えたすぐ左脇に小さな公園が整備されていて、「奥の細道　矢立初めの地」の碑が立っていた。それに併せてこの近辺の、「奥の細道」ゆかりの地に関する説明板もあったのだ。

そう。あの松尾芭蕉《まつおばしょう》もまたここから、奥州へと旅立って行った一人だった。「行春《ゆくはる》や鳥啼魚《とりなきうお》の目ハ泪《なみだ》」これが「奥の細道」の第一句であり、吟中旅の始まりでもあった。

旅立とうとした芭蕉翁もまだまだ後ろ髪を引かれる思いで、見送ってくれた人々との別れを惜しんだ。その想《おも》いがこの歌には込められている、という。

私も思わず振り向いた。対岸の河岸に、高層マンションがいくつも立ち並んでいるのが見えた。

そう、あれこそが私と夫の出会うきっかけとなった大きな工事、「大橋プロジェクト」が完成した姿なのだ。なのに――

胸がざわついた。そして当然のように、ついつい浮上して来る名前があった。マリコ……

橋を渡るとすぐ目の前を、線路の高架が横切る。京成線《けいせい》である。左手にある高架駅もそれこそ「千住大橋駅」だ。

でも私たちはそこに達する前、大きな交差点で国道を渡った。向かいにあったのは「東京都中央卸売市場　足立《あだち》市場」だった。

ただ私たちが道を渡ったのは、市場に行きたかったから、ではない。ここで「旧日光街道」が国道から斜めに分かれていて、せっかくだからこちらを歩こうという話になったのだ。市場の前にも小さなスペースが設けられていて、松尾芭蕉翁の石像が立っていた。

「ここは何かにつけて、芭蕉ゆかりを前面に押し出そうとしているようですな」

「そりゃこれだけのビッグ・ネームだ。売り出すなら使わないテはないでしょうから」

「それに確かに、江戸から奥州に旅立った代表者であることは間違いないですからな」

確かに旧街道の趣きを漂わす道を歩きながら、かつては芭蕉翁もここを歩いたのかと想像をめぐらせると、楽しい。

途中、左手に小さな公園があり、「千住掃部《かもん》宿」と書かれた説明板があった。ここも千住宿の一つで、北千住から大橋を渡って南千住まで4キロにも町並みが続く長い宿場町が形成されていた、とある。

「こっちの方には私、あまり来たことがありませんの」主に須賀田さんに向かって、言った。

「だって橋を渡ってこちらに来ると、足立区に入っちゃいますもの」

「あぁ、そうか」須賀田さんが手を打った。「荒川区役所の管轄を外れてしまう。縄張り外に出てしまうことになるわけですから」

「えっ、何。小寺さんって以前、荒川区にお勤めだったんですか」

「そうなんですの」

須賀田さん以外はこの話題の時、まだ素盞雄神社まで到着してはいなかった。だからこそ夫との出会いの場、なんて話も持ち出すことができたのだ。

ここでも、そこまで明かす気はなかった。ただそんなわけで荒川区内には、それなりに土地勘があると説明するに留《とど》めた。

やがて旧道は商店街につながった。それまでよりぐっと、人通りが増えた。子供の手を引くお母さんや、買い物袋をぶら提げた人の姿も目立った。地元の生活の場なのだ。その匂いが、ぐんと強くなった。

「その先を右へ行けばもう北千住駅ですよ」

「もう、ですか。思ったより近かったな」

「どうしましょうか」吉住さんが立ち止まって、みなに相談を持ちかけた。「駅前の大通りを渡った先、北の方にも昔の宿場町の雰囲気が残っている。本陣跡の碑とか、江戸時代後期の商家だとか。そっちまで足を延ばしてみますか」

いいや、とみなが首を振るまで、そんなに時間はかからなかった。即、だったと言っても構わないくらいだった。せっかく繁華街にたどり着いたんだ。そろそろ足も疲れて来たことだし、癒しの一杯と行きませんか。

結局は目的はこれである。反対は誰からも、挙がろうはずもなかった。

この辺にいい店を知っている。須賀田さんに導かれて、駅にほど近い細い路地に入った。古そうな呑み屋さんが立ち並んでいて、いかにもみなさんが好みそうなところだった。

「お客にそれこそ、かつては足立区に勤めていたという人がおられましてね。その人のツアーをお手伝いした後、連れて来てもらったんです」

須賀田さんは「路線バス旅のコーディネイター」なんてことをやっている。私もそれがきっかけで、彼と出会うことになったのだ。そこから、みなさんとのおつき合いに広がって行った。人の縁なんて不思議なものだ。しみじみ、感じる。

通りの中でも一きわ賑《にぎ》やかな一軒に、須賀田さんが案内してくれた。

「おぅ、これはいい感じですな」

「今日を締める一杯に、ふさわしそうな」

「そうでしょう。だから今日は北千住に行くと聞いて、最初からここにご案内しようと決めていたんです」

店に入ってテーブルに着いた。既に店内はほぼ満席で、そこここから楽しそうな声が上がっていた。私たちも早くその輪に加わろう、とばかりに最初の一杯、生ビールを注文した。

乾杯を交わして、ビールを口に含んだ。あぁ、美味《おい》しい。歩き疲れた体の、隅々に染み渡って行くようだった。疲れを解《ほぐ》してくれているように感じた。

「ここに来たなら絶対、こいつは食べなきゃ」須賀田さんのオススメで注文した、「千住揚げ」なる料理が到着した。見た目は普通のさつま揚げのようだ。ただ――

「おおぅ！」

「いや、これは美味《うま》い!!」

殿方たちの口々から、賞賛の声が上がった。確かに基本は、魚のすり身を練って揚げたさつま揚げである。ただ中に、刻んだ玉ねぎが入っている。そのシャキシャキの歯応えがすり身の甘みと一緒になって、何とも言えない味わいになっているのだった。

「こっちもオススメですよ。さぁ、どうぞどうぞ」

同じ「千住揚げ」だけど、こっちは「ニンニク入り」だった。

「いやぁ、なるほど。これもまた美味い」

「私はこっちの方が好みですよ」

「確かに、なぁ。でもこれは結構な量のニンニクですよ。後で人と会ったら、嫌な顔をされてしまいそうだ」

すると郡司さんが笑った。「吉住さんや炭野は奥方がいるから、気にしなきゃならんだろうが。俺と須賀田さんは気楽な独り身だ。余計なことを気にせず、好きなだけニンニクを楽しむこともできる」

「全くですな」

ビールを呑み終えると殿方は、これも須賀田さんのオススメという「ニンニク酒」を注文していた。

「うわっ、これまた凄《すご》いニンニクの香りだ」

「しかし、美味いな。これはクセになってしまいそうだ」

ワイワイ言いながら店の雰囲気にどっぷり浸っている。そんな殿方を眺めながらこちらもお酒を嗜《たしな》む。とても心地《ここち》がよかった。ただ――

ふっ、とため息が出た。

そこを須賀田さんに、目ざとく見られてしまったらしい。「どうしました。さすがにちょっと、歩き疲れましたか」

「あぁ、いえ」小さく首を振った。「ただやっぱり、夫のことを思い出してしまって」

「あぁ」

ならば少し放っておいてやった方がよかろう、と判断してくれたようだった。須賀田さんは他の殿方との会話に溶け込み、最初にこの店に来た時の思い出なんかを話し始めた。

ふぅっ、ともう一度、ため息が出た。須賀田さんの気遣いは本当にありがたい。ただし、実はちょっと違うのだ。思い出は思い出でも、甘いものではない。むしろほろ苦さの方が、ずっと勝っている。

夫は生前、仕事仲間を家に呼ぶのが大好きだった。私の手料理をつまみにお酒を呑み、仲間と大いに盛り上がるのが常だった。私もまた、そんなお手伝いをするのが嬉《うれ》しかった。

ただ、ある時のことだった。

夫が後輩、片瀬《かたせ》さんを連れて来た。私も知らない人だったわけではない。ただし海外の仕事に就くことが多かったとかで、我が家のこの席に呼ばれて来たのは、初めてだった。

「いやぁ、世界中を股に掛けての活躍、お疲れ様」夫は片瀬さんと乾杯して、言った。「これからは日本で、ゆっくりできるといいな。それともしばらく国内にいたら、また海外に飛び出たくなってしまうのかな。そういうものかな」

「いえいえ」片瀬さんは首を振った。「やっぱり日本がいいですよ。落ち着きます。それに食べ物が。長く外にいて帰国すると、日本食の美味しさをしみじみと感じます」こちらを見て微《ほほ》笑《え》んでくれた。「また奥さんの手料理が最高だ。本当、お世辞じゃないですよ」

「おっ、いいこと言ってくれるじゃないか。さぁさぁ、遠慮せず呑みな呑みな」

「あっ、いやこりゃ、ありがとうございます。しかしこんなに料理のお上手な奥さんをもらって、小寺さんも幸せですね」

「またまた嬉しいことを言ってくれるね。なぁ、ねねい（私の名前）。お前もそう言ってもらえたら、やり甲斐《がい》もあろう、ってモンだろう。さぁさぁ片瀬君、呑んだ呑んだ」

夫は本当に楽しそうだった。私もその雰囲気を心から味わい、台所と居間とを行き来していた。

そんな中でのことだった。自分の仕事で建てたビルや施設について、家内に話すのが大好きなんだ。夫は片瀬さんに熱く語っていた。事実、夫の仕事については私はいつも詳しく聞いていたのだ。その時間を私も楽しんでいたのも、間違いない。

「しかし」ちょっと冗談めかしたように、片瀬さんは言っていた。私はちょうど新しい料理を取りに台所に向かうところで、廊下で聞くともなしに耳にした。「あの現場だけは、話題に出す気にはなれないいんじゃないんですか。例の、千住大橋の」

はっ、とした。私と夫が出会うきっかけになった、あの「大橋プロジェクト」の話ではないか。確かに二人にとって特に思い出深い工事だったはずなのに、完成後にどうなったのか、夫から話に聞いた覚えはなかった。

台所に行っても声はまだ届いた。どことなく興味を引かれ、私は聞き耳を立てていた。あの現場についてだけは夫は、私に話していない。その気になれないとするならば、それはなぜなのか。

「言えるわけないだろうが」夫が返しているのが、聞こえた。これまでの楽しげな声とは一転、憮然《ぶぜん》とした口調に変わっていた。「全く、あれだけは思い出したくもない。ふざけやがって。してやられたよ、マリコに」

マリコ⁉　女の名前？　それにしてやられた、って、いったいどういうこと……⁇

そこからはさすがに、大声で話すにはためらわれる中身と思ったのだろう。くぐもったような声に転じた。聞き取りにくくなった。

それでもついつい、耳を澄ませてしまっている私がいた。「まさか、なぁ。まさか、あんなマネを。俺の人生、最大の過ちさ。それだけは、認めるよ。認めないわけにはいかんよ」

そこからさらに、声は低くなった。それでも何度か、漏れ聞こえて来る言葉があった。「みづな」……

みづな。苗字《みょうじ》だろうか。みづなマリコ。それが女の名前？　そしてその女が、「大橋プロジェクト」にどう関わったというの。夫が「人生、最大の過ち」というくらい⁇

そこから先は記憶があいまいに霞《かす》んでいる。私はその後も料理を運んだり、お酒を注いだりを知らん顔して続けたんだろう。「何かあったか」などと夫から訊かれた覚えもない。様子が変になっていたら二人にだって、気づかれていただろうから。

ただそ知らぬ風を装いながら、私の頭の中には疑問がぐるぐる渦巻いていた。

殿方が「人生、最大の過ち」なんて言葉を、しかも女にからんで使うのならば真っ先に浮かぶ仮説は、「浮気」だ。でも、それと工事現場が、どうつながるのか。一緒に仕事に携わった女。それについつい、心惹かれてしまった、というのだろうか。

そして「ふざけやがって」「してやられた」という夫の言葉。浮気をバラすぞとでも脅され、まんまと何かを取られでもしたのだろうか。お金。それとも工事現場に絡むのなら、完成した後のマンションの権利でも提供させられた、とか。もしそうだとしたらそんな仕事の話、私にする気にもなれない、というのもよく分かる。

疑問がぐるぐる回った。仮説が浮かんでは頭の隅にこびりついた。

それは日が経《た》っても、変わらなかった。むしろ時間が経つだけ、重くのしかかって来るように感じられた。

訊けなかった、もちろん。あれは、何の話だったの。夫に尋ねる気にはどうしてもなれなかった。ずっとしこりのように、胸の中に残ったままだった。

そうして疑問を晴らす機会を得られないまま、夫は逝ってしまった。それどころか最後の最後に、謎をさらに深めてくれさえした。

脳梗塞で、夫は倒れた。脳の血管が詰まり、細胞が死んでしまう病気である。発見が早ければ大事に至らないことも多いが、夫の場合は、遅れた。

それは私が息子夫婦に会いに、仙台《せんだい》に行っていたから。会社の都合で向こうに住んでいて、なかなか会えないので久しぶりに孫の顔を見に行ったのだ。夫には用事ができてしまって来られず、一人旅となった。逆に夫は一人、家に残された。だから――

私が帰宅したら昼間なのに、部屋は煌々《こうこう》と灯《あか》りがついたままだった。何かあった。不審に、即座に気づいた。探すと、夫は居間で椅子の横に倒れていた。慌てて救急車を呼んだ。

危険な状態だったが懸命の治療の甲斐あって、いったんは持ち直した。意識を取り戻し、たどたどしくながら私と会話もできるまでになった。

「本当によく頑張ったわ」病室のベッドにかがみ込むようにして、私は言った。「早くよくなって、今度は一緒に仙台に行きましょうね」家に一人、残してしまったせいでこんなことになったんだから。罪悪感が、胸にあった。

横たわったまま、夫はにっこりと微笑んだ。そして、言ったのだ。「あぁ、行こう。楽しみだ。それに退院したら毎日、散歩にも出よう。『大橋プロジェクト』。ぜひ、連れて行きたいんだ。実は公園に、秘密があるんだ」

「大橋プロジェクト」⁉　ずっと胸にわだかまっていた、あの疑惑の元ではないか。なのにそこに今さら、散歩に行こうとはどういうことか。おまけにそこの公園に秘密がある、って……

結局この直後、夫の容態は急変した。あれよあれよと状態が悪化して、もう意識を取り戻すことはなかった。命は天に召され、残された私は呆然《ぼうぜん》とするしかなかった。葬式その他の後始末にてんやわんやだったはずだけど、よく覚えてはいない。夫に先立たれたショックのあまり、記憶があいまいになってしまっているのだろう。

後始末もひと段落つき、あれこれと手伝ってくれた息子の嫁も「それじゃぁお義母《かあ》さん、これで」と仙台に帰って行った。夫のいない部屋で一人、私はふーっ、と吐息をついた。まだ、寂しさを実感している余裕はなかった。

代わりにひしひしと思い知った。これで疑問を解消する機会は、永遠に失われたのだ……いや
本当にそうだろうか。片瀬さんはまだお元気で、本社の子会社に社長として就任し、今も務

めておられる、と聞く。あの人に話を聞けば、謎は解明される。「みづなマリコ」とは何者か。夫と何があったのか。聞き出すことは、不可能ではないだろう。

「いやぁ、これも美味いなぁ」

「たまらん。これはまた酒が、何杯でも行けてしまう」

できるのか。盛り上がっている殿方四人を、どこか遠くを見るように眺めながら、自分に問うていた。片瀬さんに会って、あの夜のことを訊く勇気が自分にあるのか。一歩を踏み出す力が、体の中にあるのだろうか――

数日後、私はもう一度、千住大橋のたもとに来ていた。「大橋プロジェクト」の完成した姿、「千住リバータウン」に足を踏み入れた。生まれて、初めて。夫と出会ってつき合っている間、話には聞いていたが実際に来たことはなかったのだ。そしていざ完成したら、夫は決してこの仕事のことだけは口にしなかった。

一階がショッピング・モール。二階以上が公民館などの行政施設、図書館、子育て支援施設などが入り、さらに上層部にはオフィスフロアが続くビル。これを中心にして、高層マンションが取り囲んでいる構造だった。

「このタウン一つで全てが成り立つ」工事中、夫は言っていた。「生活から仕事、子育てまで。住民は全てをこの町の中だけで完結することができる。俺の理想なんだ。完成したら全く新しい町のあり方を、全国に提示することができる」熱く語っていたのを思い出す。そんな姿に惹かれた面は、大きくあったのは間違いない。

俺の理想。夫は確かにそう言った。そして事実、来てみたら町はその通りに見えた。なのになぜ、完成したら私を連れて来ようとはしなかったのか。

公園があったのでベンチに座った。ふっ、と息を吐いた。

実はあの翌日、私は勇気を奮い起こして片瀬さんと連絡をとろうとした。夫の勤めていた建設会社の、子会社。社長に、取り次いでほしい、と電話をかけてみたのだ。

「社長は現在、出張中です」秘書を名乗る女性が電話口に出た。「どういったご用件でしょう」

「小寺と申します」私は名乗った。最初につながった総合受付でも名乗ったが、繰り返すのが礼儀だろうと思った。「実は夫が生前、本社で片瀬さんの先輩に当たたって。ですからこの名を伝えていただければ、思い出してもらえるはずです」

「あぁ、そうでしたか」言葉は丁寧だけどどこか、よそよそしさが感じられた。社長ともなればいろんな人が接触して来ようとするだろう。怪しげな人が嘘《うそ》を名乗って、電話をかけて来ることだってあるかもしれない。警戒するのは、当然なのだろう、と自分に言い聞かせた。「それで、どういったご用件で。私の方から、社長に伝えておきますので」

「は、はぁ、実は」口ごもった。聞かれたらこんな風に説明しよう。事前に考えていた。でもいざとなったら、なかなか上手《うま》く口にすることができなかった。そんな態度がまた、疑いを呼んだのかもしれない。「夫が生前、関わったプロジェクトなんです。あの、千住大橋の」

とたんにこれまでとは、口調がガラリと変わった。明らかにこちらを不審者と思っているのが声からだけでも分かった。「千住大橋の。千住リバータウンのお話、ということで、間違いないですね」

「あ、は、はい」

「分かりました」突っぱねるような物腰だった。声だけではっきり、伝わって来た。「社長にはその旨、お伝えしておきます。出張から帰って来ましたら、こちらからご連絡いたします」

「あ、はい。あ、あの」

「ご用件は確かに、社長にお伝えします。こちらから必ず、ご連絡いたします。今日のところはそれでご容赦ください」

「あ、いえ。容赦とか、そんな。片瀬さんだってお忙しいのは、分かってますし」

「失礼いたします」

最後まで固い口調のままだった。こちらを拒否しているのは、明らかだった。

だからなおさら、分からない。綺麗《きれい》な町並みのど真ん中にいて、私は戸惑うことしかできなかった。

先日と同じく、とてもいいお天気だった。真っ青な空に綿のような雲がぽかり、ぽかりと浮かんでいて、見上げているだけで気持ちがよかった。

公園には何人もの人の姿があった。恐らくほとんどはここの住民のようで、どの顔にも日々の暮らしに満足しているらしい表情が浮かんでいた。俺の理想。夫の夢は見事に実現したのだ、と思える。

なのにこの町を話に出しただけで、あの態度の変わりようは何だろう。「みづなマリコ」は夫だけでなく、会社全体を困らせるようなことでもしたのだろうか。何十年も経った今でも、内部の人間を固まらせてしまうような。

人生、最大の過ち。夫は確かに、言った。女がらみならそれは浮気では、と私は疑った。だが幸い、そこだけは違うのだろうか。夫が浮気したからといって、会社がいつまでも警戒する事態になるとは思えない。

それとも浮気を元に脅されて、夫は会社全体に迷惑をかけるようなことでもしてしまったのか。今となってもしこりが残ってしまうような、何かを。もしそうだとしてもそれにはどんなケースが考えられるのか、素人《しろうと》には想像もつかないけれど。

あぁ、分からない。ベンチに座ったまま、頭を抱えた。

「大丈夫ですか」須賀田さんの声が頭に蘇《よみがえ》った。実はあの夜、私はついつい呑み過ぎてしまったのだ。気がついたら杯を重ねていて、ちょっと気分が悪くなっていた。心配して、須賀田さんが送ってくれた。

普通なら殿方は帰りも、できるだけバスだけを使おうとしたはずだ。でもこの時だけは私を早く送り届けようと、電車を使った。北千住からJR常磐《じょうばん》線で日暮里《にっぽり》に出て、山手線に乗り換えた。

「済みません」謝るしかなかった。他に何ができるだろう。「気がついたら、こんな」

「気にすることはないですよ」須賀田さんの声はあくまで、優しかった。「悪酔いすることは誰だってあります。特に男なんて。調子に乗って呑み過ぎて、なんて経験は、何度も」

気がついていたはずだ、彼だって。夫との思い出に浸りたい、と称してお店ではちょっと放っておいてもらった。でも思い出が楽しいものばかりだったら、こんな酔い方をするわけもない。須賀田さんが時々、気になるように私の方を見ていたのも分かっていた。嫌な思い出も含まれてるんだろうな、と察しはつけているのは間違いない。

でも、何も言わないでくれる。ありがたかった。気遣いが、何より嬉しかった。

渋谷で、山手線を降りた。私はここから東急バス。須賀田さんは都バス「06」系統で、自宅に向かう。乗り場も西口と東口、と分かれている。

「大丈夫ですか」須賀田さんは最後まで心配そうだった。「あれだったらおうちの近くまで、お送りしても」

「いいえ。大丈夫です」実際、列車にゆっくり座れたことでかなり気分もよくなっていたのだ。彼が横にいてくれている、という安心感も大きかった。「今日は本当にありがとう。おかげで、助かりました」

須賀田さんも私も、連れ合いを亡くして今は独り身。子供も遠くにいてなかなか会えない（特に彼の場合、息子さんはアメリカにいて元は断絶状態だったらしいが、今はメールでやりとりできる仲になれたと聞いている）。境遇が何となく似ていて、それもあって親しみを覚えていた。今日のように全員で集まるまではなくても、二人でどこかへ出かけることは最近よくあった。一緒に過ごせる時間が、私にとってはとても大切なものになっていた。

でも、まだダメだ。夫との間にこんなわだかまりが残っているままでは。何も気にすることなく、須賀田さんと会い続けることはできない。この件に何とか、決着をつけなければ。

それもあって勇気を振り絞り、片瀬さんの会社に電話をかけることができたのだ。なのに——

謎は深まるばかりだった。「みづなマリコ」が何者だったか、どころか、ますます分からないことが増えてしまった。いったいその女、夫と会社に何をしてしまった、っていうの？

おまけに、と顔を持ち上げ、周りを見渡した。夫は最後に、散歩に行こうと私を誘った。大橋プロジェクトの公園。そこに秘密があるんだ、と。

親子連れが遊具で、楽しそうに遊んでいた。お父さんに押されてシーソーが高く持ち上がるたび、小さな女の子がきゃっきゃっと歓声を上げていた。お母さんに抱っこされたままブランコに揺られている男の子の、笑顔は本当に輝かんばかりだった。見ていて、思わず微笑みがこぼれてしまいそうな風景が広がっていた。

でもここに、何の秘密があるというの。いまだに会社が警戒する「みづなマリコ」がらみのこの公園に、どうしてあなたは連れて行きたいんだなんて私を誘ったの⁉

家に帰って来たら、電話にランプがついていた。留守電がありましたよ、という知らせだ。思えば家の電話に、留守録が残ってるなんていうのも久しぶりだ。今はたいていの通話はスマホで済ます。最近では固定電話にかかって来るのなんて、いい投資先がある、なんて誘うような妙な話ばかり。

再生ボタンを押した。

「あぁ、ご無沙汰しております。私です」片瀬さんだった。名乗られるまでもなく、声だけですぐに分かった。今も若々しく、力強かった。「たった今、出張から帰って来まして。そうして聞いたら秘書が大変、失礼なことをしてしまったそうで。ただ、怒らんでやってください。これには理由がありまして。もしよろしければ、久しぶりにお会いしませんか。小寺さんの思い出話でもしながら、説明させてください」

社長室、と呼ばれる部屋に入るのは思えば生まれて初めてだったかもしれない。まぁ区役所に勤めていた時には、区長室に入ったことは何度かあったけども。やっぱり公共機関の長よりも、民間の方がぜいたくにしつらえられているように感じた。来客をいい気持ちにさせなければならない、というニーズが民間の方がより強いのだろう。革張りのソファは本当にふかふかで、腰が沈み込みすぎて小さく悲鳴を上げてしまったくらいだった。

「先日は大変、失礼をいたしました」ここに通される前、片瀬さんの秘書という女性から何度も頭を下げられた。あんまり恐縮されると逆に、こっちの方が済まなく感じてしまうくらいだった。「すっかり勘違いをしてしまいまして。社長からお小言をもらいました。本当に申し訳ありませんでした。何と、お詫《わ》びをすればいいいか」

「いやぁ失礼をした上にわざわざお越しいただいて、本当に申し訳ない」久しぶりに再会した片瀬さんからも冒頭、陳謝された。ご無沙汰しております。お元気でおられましたか、の最初のやり取りから即、そうなった。「ただ我が社は正直、本社の施工した工事の尻拭い役も担っているようなところでして。まぁ工事なんてのはどこかに、もめ事の種も転がっているものでしてね。それも、大規模なものになれば、なるほど。つまるところトラブル・シューターみたいな役回り、というわけです」

「ではあの『千住リバータウン』にも将来、トラブルになりかねない種がある、ということですのね」

「そうなんですよ」済まなそうに小さくうなずいた。「だから奥さんからその話、と聞かされて秘書としても、警戒してしまったというわけなんです。どうか許してやってください。小寺さんの存在もお名前も、彼女は存じてなかったわけですし」

トラブルの種。だからこそ夫は生前、あの話だけはしなかった。では、その中身は……

「海砂《うみずな》なんです」片瀬さんは言った。「コンクリートはセメントを練った後、固まる前に砂を混ぜる。ところが海から採った砂だと、よほど綺麗に洗わない限り塩分が残る。するとそいつが後々、悪さをしてしまうわけです。内部の鉄骨や鉄筋を錆《さ》びさせ、強度が劣化してしまう。だから良心的な施工主だと、なるべく使わないようにするのが常識なんですが」

答えの一つがいきなり、ぽんと目の前に差し出されていた。「海砂」。「みづな」ではなかったのだ。単なる私の聞き間違い。ではやはり、「マリコ」の方も——

「大きな工事ですと業者があちこちから入りますものね」胸がドキドキ鳴っている。何とか抑え込んで、私は尋ねた。「中にはそういう、良心的でないところも」

「そうなんですよ」今度は大きくうなずいた。「下地開発《しもじ》というところだったんですけどね。そこがこっそり、安価な海砂を使っていたんです。気がついた時にはもう手遅れでした。建物はあらかた完成して、今さらどうすることもできなかった」

塩分を含んだ砂を使っていたら後になって、内部の鉄骨や鉄筋が錆びて強度が落ちる。建物としての信頼性に関わる。だからこそ「千住リバータウン」の今後について会社は神経を尖らせていて、発生しそうなトラブルにびくびくしていた、というわけだ。なのにいきなり、「社長に用がある」「リバータウンの件だ」と電話がかかって来たのだから秘書が警戒してしまったのも、しかたのないことだった。

「定期的に非破壊検査はしているんです」片瀬さんは言った。「今のところまだ、強度的に問題は発生していない。ただ今後どうなるか、楽観はできない。あそこは我が社にとって、非常に敏感にならざるを得ない物件なわけなんです」

「実は」と打ち明けた。「ずっと以前、片瀬さんがうちにお見えになったことがあったでしょう。あの時、夫と話されているのがちょっと聞こえたんです。『ふざけやがって』とか『人生、最大の過ちだ』とか。夫があんな風に言うのを聞いたのは初めてでした。それで、ずっと気になっていたものですから」

「下地開発を信用して、工事に加えたのは小寺さんでしたから。それは、責任を感じるのも無理はなかったでしょう」

そんな曰《いわ》くある工事なんだったら、私に話す気にもなれなかったのも、当然だった。これでほぼ、疑問の答えはもらえた。あと、残るのは一つだけ。

気づかれないように深呼吸した。心を落ち着かせて、最後の質問をした。「あの時、変な言葉も聞こえたんです。夫が『マリコにしてやられた』、とか、何とか」

ぽかんと一瞬、呆気《あっけ》に取られたような顔をしたがすぐに「あぁ」と手を叩《たた》いた。ははっ、と笑った。「『マリコン』ですよ。マリン・コンストラクター。海洋関係の建設工事を専門としている、業者ですな。下地開発もそうだったんです。ただ当時、海洋以外の分野にも積極的に進出しようとしていて。それで、うちの工事にも関わって来たわけです」

やっぱり私の聞き間違い。「みづなマリコ」でも何でもなかった。それどころかどちらも、人の名前ですら。

ほっ、と胸を撫《な》で下ろした。夫は浮気をしていたわけでも何でもなかった。ただ悪質な業者を工事に引き込んだ責任を、ずっと感じていた。私が勝手に独り相撲《ずもう》をとっていただけ、というわけだ。

「マリコ」という言葉を勇気を持って片瀬さんにぶつけた。察しをつけられてはいないだろうな。残る懸念は、それだけだった。聞き間違ってずっと、夫の浮気を疑っていたなんて。みっともないこと、この上ない。

「いやぁしかし、本当にずいぶんご無沙汰しちゃって。あの小寺さんが亡くなるなんて、ねぇ。

想像もしてはいませんでしたよ。人一倍、バイタリティの塊のような方でしたからねぇ」

片瀬さんの言葉にあいまいに返しながら、私の頭の大半を占めていたのはただただ恥ずかしさ、だった。どうか、察しをつけないでいてくれますように。


ぷっ、と吹き出した。いつも品を失わず、おっとりと構えている、彼女が。そんな炭野夫人、まふるさんを見るのも考えてみれば初めてだったかもしれない。「あぁ、失礼。失礼いたしました。でも、ついつい」

「いいんですのよ」笑って返した。それだけの余裕が既に、私には戻っていた。「笑われて当然ですもの。本当にみっともない限りですわ、我ながら」

「いえいえ。分かりますわよ、ねねさんの気持ち。私だってそんな聞き違えをしてしまったら、心穏やかでいられるわけが」

「聞き違えなんてするわけないでしょう、まふるさんだったら」

「しますわよ、私だって。むしろおっちょこちょいは、私の方が勝ってるかも」

「そんなことありませんわ」

炭野家にほど近い、喫茶店だった。女どうし最近、こうして会って甘いものをいただいたりするようになっていたのだ。まふるさん、ねねさんと名前で呼び合うのも今では普通になっていた。

「おっちょこちょい、そうですわよ」キャロット・ケーキをフォークで一口用の大きさに切りながら、私は言った。「せっかくその人に、会いに行ったのに。一つ、肝心なことを訊くのを忘れてしまってたんですもの。まぁ、こっちの方は尋ねたからって答えが返って来るのかどうか、分かりませんけども。片瀬さんだってご存じの話か、どうか」

「旦那様が最期に残したあの言葉、ですわね」

うなずいた。「あの工事が曰く付きのものだった、ってことはよく分かりましたわ。でもそしたらなおさら、なぜ夫はそんなところに散歩に行こう、なんて私を誘ったのかしら。おまけに公園に秘密がある、なんて。それがどんなものか、想像もつきませんけども」

「そこなんです、一つ気になるのは」まふるさんが言った。かぼちゃのプリンを小さくスプーンですくい、口に持って行った。「病床で旦那様、こうおっしゃったんでしょう。『大橋プロジェクトに連れて行きたい』って。でもその時にはもう、とっくに工事は完成していたんじゃありませんの。それなら、『プロジェクト』なんて呼び方をしますかしら。完成した名前、『千住リバータウン』と呼ぶのが、普通なのではないのかしら」

あっ!!

今回もまふるさんの推理力に見事に、してやられた形だった。言われてみれば、おっしゃる通り、なのだ。あの頃にはもうとっくに『プロジェクト』は終わり、『リバータウン』は完成して長かった。

そこで再び、片瀬さんに電話してみた。もしかしてあの時点で動いていた、二番目の『大橋プロジェクト』があったのではないのか。

答えは案の定、だった。「あぁ、えぇ。あの時期に我が社で動いていたと言えば、池尻《いけじり》大橋のプロジェクトですね。小寺さんが退職される前、ギリギリまで計画策定に関わってましたし。きっと、そのことをおっしゃってたんでしょう」

大橋は大橋でも千住ではなく、池尻大橋だったわけだ。確かにあそこなら、うちから歩いて大した距離ではない。散歩に行って、公園で足を休めるならちょうどいい。そもそも千住だったら、「毎日、散歩に」など行けるような場所でもなかった。

そこで早速、行ってみた。首都高速が地下と橋梁《きょうりょう》とでつながる場所で、大規模工事に伴ってシンボルのように大きなビルが立ち、周りも綺麗に整備されていた。

小さな公園があった。あぁ、きっとここに違いない。足を踏み入れた。ベンチに腰を下ろし、ほっと息をついた。

ここでも小さな子供が、お母さんと遊んでいた。遊具を見て、あぁ、と納得がいった。夫が言っていたのは、これだったのだ。

ネズミをかたどった遊具だった。見渡してみると公園には、ネズミの人形がいくつも飾られていた。気がついて立ち上がり、公園の入り口に戻った。「ネズミ公園」と名前が石板に彫られていた。

「ねね。漢字で書けば『子子』、だな」夫の言っていた言葉が、よみがえった。声まで聞こえて来るようだった。「十二支の最初。縁起がいいじゃないか。お前の両親もいい名をつけてくれたものだな。なぁ」

建設会社なのだから縁起をかつぐ。施設を建てる場所の方位だ何だ、と気にする癖がつく。だから十二支にも自然と思いが行くんだ、と夫は語っていた。

最後に計画策定に関わったプロジェクト。そこで彼は密《ひそ》かに、私の名前にまつわる公園を作ってくれたのだ。建設工事に生涯、誇りを抱いていた夫。完成した場所にこっそり、私の名前を刻んだ。

毎日、散歩に行こう。秘密があるんだ。

誘ってくれた真の気持ちが今こそ、分かった。

ベンチに戻って空を見上げた。今日もいい天気で、抜けるような青空だった。子供の笑い声が耳をくすぐる。先日とは違う、晴れ晴れした気持ちで雲を眺めることができた。

須賀田さんの顔が浮かんだ。

同時に、苦笑している自分が分かった。

ごめんなさいね、須賀田さん。心の中で、お詫びをした。

ここにはまだしばらく、貴方《あなた》を連れて来る気持ちになれそうもありませんわ。

第六章　お化けの正体

長年、足立区《あだち》に勤めた影響でも何かあるのだろうか。住むのなら東京都の真ん中ではなく、周縁部の方が何となく、落ち着く。特に、埼玉県との県境に近い辺りが。

そもそも、境界線の辺りに惹《ひ》かれる質《たち》でもあるのかも知れない。境目が入り組んでいるような場所に来ると、どことなしに嬉《うれ》しくなってしまうのだ。もう引っ越すことはないであろう現住所、練馬《ねりま》区西大泉《おおいずみ》はちょっと北へ行けば、もう埼玉県新座《にいざ》市に入る。終《つい》の住処《すみか》として我ながら、自分向きのところを選んだものだ、としみじみ思う。

そればかりでなく近所には二十三区内唯一の牧場や、東京初のワイン醸造所、なんてところまである。あちこちに畑が広がり、野菜の直売所が点在する。とても東京とは思えない環境で、これまた自分向きと言えた。

その分、駅まではちょっと距離がある。最寄りの西武池袋線《せいぶいけぶくろ》、大泉学園駅まではどんなに急いで歩いても、十五分ちょっとは要す。が、構わなかった。そもそも足には自信があり、散歩は趣味でもある。おまけに最近、新たな楽しみまで見出《みいだ》した。路線バスだった。駅から遠い分この辺りには、バス路線が充実しており私からすればこの上ない環境だった。

その日、私は最寄りの「学園橋」バス停から、西武バス「荻15」系統に乗り込んだ。これは乗っていてとても楽しい路線だ。最近、まさにこういう感覚になった。

まず駅北側から、西武線の立体交差を潜りぐるりと回り込んで、南口のターミナルに至る。そこでかなりの人数が乗って来る。学芸大通りを南下して富士《ふじ》街道に出ると、左折。下石神井《しもしゃくじい》大泉線を右折して、石神井公園の大きな池の間を突っ切る。西武新宿《しんじゅく》線の線路にぶつかると、左折。千川《せんかわ》通りに入る。二つ先の信号で右折して、上井草《かみいぐさ》駅前の踏切を渡る……と本当によく右左折を繰り返す。

ずっと南下して青梅《おうめ》街道に出、左折。後は基本的にこの通り沿いに走るが、ここから先の車窓も楽しい。街道沿いには店がずらりと立ち並んでおり、眺めていて飽きないのだ。環8を立体交差で跨《また》ぎ、ＪＲ荻窪《おぎくぼ》駅前へ。この界隈《かいわい》は、人気ラーメン店が多くファンがいつも列を成している。

荻窪駅前を過ぎると今度はＪＲの線路を跨ぎ、レールの南側を走る。分かっていないとちょっと、方向感覚がおかしくなる。地下鉄丸《まる》ノ内《うち》線、南阿佐ケ谷《あさがや》駅のところで左折し、北へ向かうとＪＲ阿佐ヶ谷駅の南口に至るからだ。街道とレールとがさっき、Ｘ形に交わっていたのだと実感する。

だがその日、私は終点までは乗らなかった。まさにその南阿佐ケ谷駅の頭上、「杉並《すぎなみ》区役所前」バス停で降りた。中杉《なかすぎ》通りを渡り、地下鉄の2a出口の前で待った。

さして待たされることはなかった。「やぁ、どうも」出口から友人、藤倉《ふじくら》が地上に上がって来た。「お待たせしましたか、乙川《おとかわ》さん」

「いえいえ」私は首を振った。「ついさっき、着いたところです」

「乙川さんはやっぱり、ずっとバスで？」

今度は頷《うなず》いた。「その方が来易《きやす》いですから」

「でもかなり、乗るんでしょう」

「一時間も掛かりませんよ。途中、道の混み具合にもよりますが」

「さぁそこだ」藤倉が腕を組んだ。「この先、環7が混んでなければいいのですが」

「そうなったらなったで、いいんじゃないですか」

藤倉は吹き出しそうな表情になった。「さすがの感覚だ。すっかり、須賀田《すかだ》さんに染められてしまったみたいですね」

「いやぁ」頭を掻《か》いた。「元々、そういう質《たち》もあったんでしょうか、ね」

笑い合った。

傍《はた》から見れば長いつき合いの二人に見えたかも知れない。が実は、私達の出会いはさして古いものではなかった。まさに今、話題に出て来た須賀田を介したものだった。「路線バス旅のコーディネイター」などと珍妙なことをやっている男で、私も藤倉も「ツアー」に参加した経験がありそれで知り合うことになったのだ。

ただし同じツアーに参加した、というわけでもない。私の依頼などそれこそ珍妙な中身で、勤務していた足立区内の隅々をバスで回ってみたい、というものだった。それを須賀田は、見事に果たしてくれた。お陰ですっかり、バスに乗る趣味に取り憑《つ》かれてしまったのだ。今ではどこへ行くにも、なるべく鉄路は使わず路線バスだけで完遂しようと試みる。また、いいルートを見つけ出すと心から満足する。乗る前からワクワクしている自分に苦笑せざるを得ないのだが、これればかりはどうしようもない。趣味とはそんなものであろう。

一方の藤倉は私程のめり込んでるわけではなかった。現に今日、ここまでバスだけで来ようとすれば来られないわけではは決してなかった。自宅は荻窪駅の近くである。私もついさっき、駅前を通った。だから同じ路線に途中から、合流することだってできたのだ。

「いやぁ」だが提案すると、彼の反応はこうだった。「あのバス停は、北口に当たるでしょう。回り込むのは、ちょっと」

確かに彼の家があるのは、駅の南側である。だからあのバスに乗るには線路を潜《くぐ》って、北口に回り込まなければならない。それが面倒だ、というのだった。

「最終的に乗るのは、『渋66』系統なんでしょう。それなら地下鉄で行った方が、ずっと合理的だ」

荻窪駅の南口から北口へ、と線路の地下を潜るのならそのまま地下鉄に乗ってしまった方が、早い。言われてみればその通りだが、この趣味にあまり「合理的」を追求しても、という本音は拭えなかった。おまけに我々、七十歳以上が取得できる東京都シルバーパスは路線バスなら何社のものでも無料になるが、東京メトロの丸ノ内線ではそうはいかない。

まぁこちらの趣向をあまり押しつけても仕方がない。それに彼は、須賀田の影響で多少バスにも興味を持つようにはなったとは言え、元からのもっとずっと大切な趣味があるのだ。

「あ、来た来た。さぁ乗りましょう」

都バスと京王バスの共同運行「渋66」系統がやって来た。阿佐ケ谷駅と、渋谷駅とを結ぶ路線である。渋谷駅に近づくと、かなり細い道に入り込んだりしてまたなかなか風情があるが今日、私らの乗る区間は残念ながらそうは言い難かった。

中杉通りから青梅街道に出ると、左折。高円寺《こうえんじ》陸橋下で環7に右折し、後は延々、これに沿って走るだけである。ここまで乗って来た「荻15」系統に比べれば、変化に乏しいのは否めない。

「いやいやそんなことはありませんよ」藤倉は笑った。「私はこの路線、結構好きですよ」「堀《ほり》ノ内《うち》の妙法寺《みょうほうじ》など、古刹の前を通るのは確かですな。立正佼成会《りっしょうこうせいかい》の大聖堂も車窓からよく見えますし」

「いやいや。私が言っているのは、そういうことでは。道の上り下りなんですよ」

彼が指摘する通り、「堀ノ内」バス停を過ぎると道は下り坂になった。大聖堂を左手に見たかと思ったら「和田堀橋《わだぼり》」のバス停を過ぎ、道は急な上り坂に転じた。坂上を左右に横切るのは、方南《ほうなん》通りだった。

「まさに今、通ったバス停名がヒントです」

「橋。そう言えば一瞬で通過したからあまり意識しなかったけど、川を渡ったんですね」

「その通り」大きく頷いた。「善福寺川《ぜんぷくじ》です」

方南通りを越えると道は再び下り坂になった。今度は意識していたので直ぐに分かった。再び橋を渡ったのだ。道はまたも、上り坂に転じた。

「こちらにはバス停はありませんが、今のは『方南橋』といいます」藤倉が説明した。「渡ったのは、神田《かんだ》川です」

「そうか」漸《よう》く飲み込めた。「善福寺川は、神田川の支流だ」

「そう。この少し東側で、両者は合流します。合流地点には東京メトロの車両基地があって、丸ノ内線や銀座《ぎんざ》線の車両が留置してあるのを見ることができる。地下鉄の車両が地上にずらりと並んでいる眺めというのも、なかなか壮観なものですよ」

「そうか」分かった。「道の上り下りがこんなに連続しているのは、その二本の川が大地を削ったせいなんだ」

「そうなんですよ」満足そうに微笑《ほほえ》んだ。「間もなく合流する運命にも拘《かかわ》らず、こうして二つの谷を明確に形作っている。こんなに近接して川の存在を実感できる大通りもそうはない。だから私この路線、好きなんです」

「成程ねぇ」

自分のように路線バスが曲がりくねって走るのを、楽しむばかりではない。このような味わい方もあるのだなぁ、と感心した。

そう。藤倉の趣味は川歩き。しかも特に好むのは、その中でも特殊な……

「おや、そろそろですな」

環7が甲州《こうしゅう》街道とクロスする「大原《おおはら》」の交差点で、バスは左折した。直《す》ぐの停留所、「代田《だいた》橋」で降りた。さっき曲がった交差点の方へ戻るように、甲州街道を歩いた。環7を渡った。

「あそこのバス停を『代田橋』と名づけたんじゃちょっと不親切ですよねぇ」歩きながら、私は笑った。「ただまぁ、『代田橋駅前』とつけてないだけ、マシか」実際、京王線の代田橋駅とはかなり離れている。知らずに降りたら、辿《たど》り着くのにかなり苦労するのは間違いない。

「ただねぇ。元々この名は玉川《たまがわ》上水を甲州街道が渡る、その箇所に架けてあった橋の名から来ているんです。だから駅の場所とは必ずしも、一致しないわけで」

「あぁ、そうか。そしたら元々の代田橋は、さっきの場所の近くに架かってたんですか」

「いや」と首を振った。「それは確かに、違います。さっきの交差点よりはずっと西だったことは間違いない、と思ってますが」

彼の言う、橋のあった箇所を目指すかのように甲州街道を西に歩き続けた。途中、右手に伸びる商店街があり「沖縄タウン」と書かれたアーチが通りの入り口に架かっていた。「和泉《いずみ》明店街」とも書かれていた。

「ここ、有名ですよね」私は言った。「話に聞いたことがあります。何か、沖縄ゆかりの地だったんですか」

「ここに特別ゆかりがあった、というわけではなかったようですね」藤倉が笑った。「ただ、杉並区全体としては沖縄出身者が多かったということで。寂れた商店街を活性化させる政策の一環として、ここで『沖縄タウン化計画』が進められたということのようです。中に入ると沖縄料理の店や、特産品を売る店なんかが立ち並んでますよ。あ、でもどうせ、直ぐにこっちに戻って来ます。その時に、また」

甲州街道をもう少し先へ行って、路地を右に折れた。直ぐに立ち止まった。「さぁ、この辺り」

「あぁ、ここですか」

「実はもう、はっきりしないんです。ただ、この辺りだったことは間違いないと私は睨《にら》んでいます。ほら」街道にほぼ並行に走っている路地を指し示した。「この、左右にくねりながら続く道。川の蛇行のように見えませんか」

「確かに」

そう。藤倉の好む川歩きとはこのように、上に蓋をされてしまった暗渠《あんきょ》を探して巡ること、なのだった。成程この道のくねり具合は、蛇行に見える。と言うことはここも昔は川で、今では蓋をされて分からなくなってしまっている、ということなのだろう。

私も以前、別の暗渠に連れて行かれてその魅力を片鱗《へんりん》くらいは味わった。それで今度は、もっと面白いところに行ってみようと誘われて今日ここに来た、という次第なのだった。

「ここ、正式名称は『神田川笹塚《ささづか》支流』といいます。でもそんなの、つまらないでしょう。だから私は通称の『和泉川《いずみ》』で呼んでます。他にも地元では、『笹塚川』と呼ばれることもあったらしい」

「ここの辺りにその川の水源があった。『和泉川』というのは当の地名から来ているわけですね」

「その通りです」

「しかしさっきの、『代田橋』の話からすればこの辺り、玉川上水も流れてたわけでしょう」

有名な玉川上水は江戸時代、市中へ水を送るために人の手で造られた運河だ。「その近くに自然の水源もあった。随分と水と関わりの深いお土地柄のようですね」

「いやいや。いいところに気づいてくれました」藤倉がパチンと手を打ち合わせた。「玉川上水は多摩《たま》川の羽村《はむら》から四谷《よつや》まで、長さは43kmもあるのに高低差は92mしかありません。殆《ほとん》ど平らなところを、それでも逆流しないよう微妙な地形を縫うようにして、掘削《くっさく》して行ったわけです」

「江戸時代にそれだけ、優れた土木技術があった、ということですね」

「武蔵野《むさしの》台地には谷が多い。上水はその谷に落ち込むことがないよう、尾根筋を辿るようにして繋《つな》がっているわけです。一方、自然の水源は大抵、窪地《くぼち》から水が湧き出す。恐らくこの辺りも、上水が湧水を微妙に避けるように掘られていたんだと思います」

さぁ行きましょう、と促されて歩き出した。細い路地に入った。道は相変わらず、右に左にくねりながら続いていた。路面にはマンホールが並んでいた。

前に暗渠に連れて行かれた時、藤倉から説明を受けたことがある。以前、川だったため暗渠は今も、下水道として利用されているケースが多い。そのためこのようにマンホールが並んでいるのだ。だから左右にくねっている小道で、なおかつマンホールがあればまず暗渠と見て間違いない、と彼は嬉しそうに解説していた。

「我が家の近くにも元『桃園川《ももぞの》』の暗渠がありましてね」以前、嬉々《きき》として語っていた。「荻窪駅の北側に天沼《あまぬま》弁天池公園があって、昔は水が湧いていた。そこを水源としていた川だったんです。ＪＲ中央線の北側から南側へ、線路を縫って進むように東向きに流れて最終的には、東中野《なかの》駅の南側で神田川に注いでました」

つまりそれもまた神田川の支流だった、というわけだ。ただし彼のこの発言に、聞き捨てならない点がある。

当然、彼はその川の跡を最初から最後まで辿ってみたことであろう。荻窪駅の北側にある、というその公園から。しかし彼は今日、自宅のある南口から北へ回り込むのは面倒だ、とバス路線に乗るのを避けたのではないか。

大好きな暗渠巡りのためならどこまででも歩くが、そうではない時は避けたがる。趣味のためならどんな苦労も苦とは感じない。繰り返すが所詮、そんなものなのであろう。

やがて路地の左手に、昔のマーケットのような古ぼけた建物が迫って来た。思ったら、商店街にぶつかった。先程の「沖縄タウン」だった。ここまで戻って来たのだ。

この建物は本当にかつて、いくつもの商店の入るマーケットだったのではなかろうか。入り口には「めんそーれ大都市場」と書かれており、今では飲食店がいくつも入っているようだった。

「そろそろ腹拵《はらごしら》えをするのにいい頃だ」藤倉が提案した。最初からその積もりだったのだろう。「ここで食べて行きませんか」

勿論《もちろん》、異論などあろう筈《はず》がない。「めんそーれ市場」の中は夜、呑《の》み屋として営業している店が多そうだったが、奥に沖縄料理の専門店があった。入って迷わず、「ソーキそば」を注文した。

「あぁ、美味《うま》い」思わず吐息が漏れた。「沖縄そばと言うと麺が硬目で切れ易いイメージがあったが、これはそんなことはない。モチモチしていていい食感だ」

「それにこれ、生姜の細切りが入ってますよ」藤倉が指摘した。「モチモチした麺の間に、シャキシャキした生姜の歯応えが混じる。ピリッとした風味がアクセントになる。成程、これはいい」

「アオサも入ってますね。ソーキは柔らかく、ダシが染み込んでてもうとろけるようだ」

二人とも、大満足で店を出た。これでこの後、延々歩く体力も湧いて来るようだ。

市場の建物を出ると、商店街を横切って先の路地に入った。これまでと同じような、いかにも元川という細道が続いていた。

家並みの裏を抜ける。まさに裏路地という奴《やつ》。他人の生活を覗《のぞ》き見に来たようでちょっと後ろめたさも湧いたが、仕方がなかった。ここには確かにかつて、川が流れていたのだ。

やがて、大きな車道に出た。環7だった。ここまで戻って来たのだ。

環7とT字を成すように、正面に真っ直《ます》ぐ伸びる車道があった。彼方には新宿《しんじゅく》の超高層ビルが見えた。

「これは水道道路です」藤倉が説明してくれた。「玉川上水の新水路の跡なんです」

江戸時代に築かれた玉川上水だが、時代が明治に入ると水質の悪さが問題になって来た。老朽化したのと何より、尾根筋を縫うように曲がりくねっているため流れが悪く、汚水が溜《た》まり易くなっていたのだ。そこで淀橋《よどばし》地区に浄水場を造成し、玉川上水の旧水路から分岐して真っ直ぐな水路が造られた。その跡がこの、「水道道路」というわけだ。明治の新技術だから尾根筋を縫う必要もない。大規模な築堤《ちくてい》が行われ、水路は一直線に引かれた。

現在、新宿駅西口に立ち並ぶ超高層ビル街は、元はその淀橋浄水場だったのだ。水道道路が直線でその先にビルが見えるのも道理、だったわけである。

「ただお陰で、『和泉川』の痕跡がこの辺りでは失われてます」藤倉が残念そうに言った。「ただまぁ、この先へ行けば、再び」

環7を渡り、水道道路沿いに歩いた。杉並区清掃事業所の建物の先に、道路から分岐して斜めに伸びる怪しい路地が現われた。

「おぉ、これこれ」私にも分かった。「これが川の続きですね」

「気づいてくれましたか」

この後、暗渠は基本的に水道道路の堤下《つつみした》に寄り添うように続いていた。歩いていると右手は坂というより、崖に近いような急斜面であり、時おり護岸の跡らしきコンクリートや、石積みで保護されていた。

「おぉ、これは」今度の発見にもついつい、声に出してしまっていた。

「あるでしょう。動かせぬ証拠、という奴が。私も最初、これを見つけた時は嬉しくて嬉しくて」

これまで、暗渠を横切る道はいくつもあった。だが今回、その道との間に欄干《らんかん》の跡が残っていたのだ。欄干、つまり昔は橋があった。まさに「動かせぬ証拠」。ここに川が流れていた、という証《あか》しに他ならない。

回り込んで見ると、欄干の親柱に「堺橋」と書かれた銘板が埋め込まれていた。「橋の名前までちゃんと残っているのか。これは素晴らしい」

「以前はこれ、『境橋』とも書いたらしいんですよ。今もこの辺り、渋谷区笹塚と杉並区方南の境界に当たりますからね」

「うーん」境界、の言葉に胸が躍る。「成程なぁ」

川は、住民の生活に様々な影響を及ぼす。きっと以前、多くの人がこの橋を渡っていたのに違いない。想像を膨らませると楽しくなって来た。暗渠めぐりの魅力がまた一つ、分かったような気になった。

その先、学校の敷地に遮られて一部、迂回《うかい》しなければならない箇所もあったが基本的に、いかにも川の跡らしい路地を辿り続けることができた。

途中には塀を突き破るようにして、暗渠の上に幹を伸ばしている木も複数、見掛けた。ただしどれもよく見ると、本当に突き破ったのではない。最初から木を避けるように、塀を分断したり穴を空けたりしてあるのだ。

「これ、初めて見た時には感動しましたよ」藤倉が言った。「塀を作るために木を切ることだって可能だった筈なのに。むしろその方が簡単だった筈なのに。そうはせず木を残すことを優先した。住人の心意気が伝わって来るようではありませんか」

「本当ですねぇ」頷いた。「ここに川があったから、木の成長にもよかった。だからこんなに逞《たくま》しく育った。家を建てた人も切る気にならない程。何だか以前、水が流れていた頃が想像できるようですね」

「本当にその通りです」

やがてまた、大きな車道に出た。「中野通り」だった。

「ここにも、ほら」

今度は指摘されるまで気づかなかった。路地だったところに道が合流して来て幅広くなり、分かり辛《づら》くなっていたのだ。だが見てみると、一目瞭然だった。川の跡だった筋が中野通りにぶつかるところに、またも欄干の跡があった。

「しかしこれ、欄干の基礎部分だけのようですね」

「専門用語では地覆《じふく》といいます」藤倉は頷いた。「残念ながら残っているのはこれだけです。ただし、ほら」中野通りの道向かいを指差した。

「あっ、本当だ」確かに道の反対側にも、こちらと同じ地覆が残っていたのだ。さっきの「堺橋」では、残っていたのは片方だけだった。こちらにはちゃんと一対。橋らしさが、ぐんと引き立つ。

中野通りを渡ってもう一方の地覆のところへ行くと、その向こうは低くなり細い路地がまた延びていた。しかもそこに降りる、数段の階段まで設けられていた。

「何だか『暗渠を歩け』と言われているみたいですね」最早、私の方がはしゃいでしまっていた。「何て粋な計らいだ」

誘われるように階段を降り、暗渠の続きを進んだ。ただし直ぐに車道にぶつかり、そこから先は川の痕跡が見えなくなった。

「この歩道が川の跡です」道の左側にガードレールが設けられ、歩道と車道とを分断していた。この下が暗渠、ということのようだ。

暫《しばら》く、川の痕跡が分からないままが続いた。ただ左手に渋谷区立の小学校があり、それを過ぎるとまた左側に分岐して行く暗渠が現われた。しかもこの分岐点に残るものもさっきと同じ、地覆のようだ。何だか見ただけで嬉しくなってしまう。もうすっかり、藤倉の土俵《いい》に引き摺《ず》り込まれてしまっている自分がいた。

彼の説明によるとこの先、川の跡が不明になる箇所はもうないらしい。それどころか、これまでは言われなければ気づかないかも知れない薄暗い路地だったのが、ここから先はちゃんと遊歩道として整備されている。川の先がどちらに行ったのか、と迷うことなく歩くことができるらしい。

「ただ我ながら天《あま》の邪鬼《じゃく》ですが、逆につまらないという本音もあるんですよねぇ」藤倉が苦笑した。「川の跡がどちらに延びているのか。探すのが楽しいのです。迷わずに行ける、ということになるとその楽しみが殺《そ》がれてしまう」趣味人ならではの実感なのだろう。

楽しく歩いて来たがそろそろ、さすがに足がちょっと疲れて来た。公園があったので有難くベンチに腰を下ろした。滑り台にブランコ、砂場と公園にお決まりの遊具が揃《そろ》っており、子供達が元気よく遊び回っていた。そんな声を聞きながら佇《たたず》むのも心地《ここち》のよいものだった。

「もう半分、以上は来ましたよ」藤倉が言った。「少し足を休めれば、踏破はそう難しいことじゃない」

「いやしかし、歩き終えてしまうのが惜しいくらいですよ」私は言った。「藤倉さんの気持ちがよく分かるような気になって来ました。確かにこれは、楽しい」

「分かって頂けましたか。これは嬉しい」

子供達の歓声が響く中、笑い合った。これはまた、中休みにも丁度いいところがあったものだ。おまけに今日は天気がよく、散歩日和という奴。空が目に眩《まぶ》しいくらい青く、見上げているだけで心が晴れるようだった。

ただし子供の声を聞いていて、ちょっと気になることがあった。二組に分かれて鬼ごっこする、所謂《いわゆる》「ドロケイ」をやっているのだが、「警察」側が「泥棒」を入れる「牢屋《ろうや》」のことを「お化けジム」「お化けジム」と称しているのだ。

「『お化けジム』と子供達が言っているのは」どうやら藤倉も同じことが気になっていたらしい。「あの、ジャングルジムのことでしょうか、な」

「そうみたいですね」私は頷いた。「しかし何故、あれが『お化け』になるんだろう」

「お化けのように巨大だ」というのならまだ分かる。だがそんなものではなく逆に、小型のジャングルジムなのだ。プラスチック製のパイプが組み合わさって出来ており、簡易な代物に過ぎない。だからこそ逆に、そこに閉じ込められた「泥棒」は窮屈な思いを強いられることにはなりそうだが。

「ねぇ、坊や」ドロケイも一時中断らしく、ベンチの方へ戻って来て水筒の水を飲んでいる男の子がいたので、話し掛けた。「どうしてあのジャングルジムが、『お化けジム』って呼ばれてるの」

「あぁ、あれさぁ」水を飲み終え、水筒の蓋を閉めながら、言った。小学校二、三年生くらいだろうか。そろそろ仕種《しぐさ》の一つ一つが、少年っぽくなり始める頃合いだ。「朝になったら、向きが変わってたんだ」

するとわらわら、と子供達が私らの傍《そば》に寄って来た。「そうそう」「前はあっちがブランコの方を向いてたのに、今は変わっちゃった」「ある日、朝になったらそうなってたんだよ」「見て、ビックリした。訳分かんなくって、『きっとお化けだ』って」口々に、言うのだった。よほど誰かに説明したかったのだろう。

「いやぁ、確かに」立ち上がって、ジャングルジムに歩み寄った。手を触れてみた。「大人、数人がかりでなら動かせないわけでもなさそうだが」

　プラスチック製だし地面に置いてあるだけだから、動かすのは無理、というわけではない。ただしやはり、それなりの力仕事になるのは間違いない。

「それはそうですな。しかし、何のために」

　そんなことをしなければならない理由が思いつけない。向きを変えたからと言って遊び勝手がよくなったとも思えない。またもしそうであれば、要望を出すのは子供の方であり、応えてくれた大人がいたとすれば有難がりこそすれ、不思議がる展開にはなり得ないだろう。

「ねっ、そうでしょ」最初の男の子が言った。「だからやっぱりこれ、お化けがやったんだよ」

「嫌ぁ、怖い」女の子が大袈裟《おおげさ》に震え上がった。

「呪われるぞ。うお〜っ」追い掛け回したりし始め、直ぐに最初の鬼ごっこのようになった。こうして子供の遊びは延々、終わることなく続くのだ。

「しかし確かに、不思議ですな」遊びを再開した子供たちを尻目に、周囲を見渡した。「いったい誰が、何のために」

「うん、ちょっと」藤倉が指差した。「これをあそこまで運べば、上のベランダに手が届きませんか」

　公園に隣接したマンションだった。確かにジャングルジムをあの傍まで運べば、ベランダによじ登ることができそうだ。身軽な若者であれば、の話だが。

「空き巣、ですか」

「そう。そうやって忍び込み、盗みを終えた。ジムをここに戻した。ただ、無造作にやったので向きが変わってしまった。まぁ元々どちらを向いてたかなんて、気にもしなかったのかも知れませんが」

「うーん。成程、なぁ」

「しかし向きを変えてしまったお陰で、子供の注目を集めた。私達に勘づかれてしまった。これで推理を進めれば、空き巣事件の真相を突き止めることができるかも知れませんぞ」

遊歩道に戻って、歩き始めた。これまで通り、川の跡を辿ることには違いないが、さっきのことのために胸に何かが引っ掛かったままだ。

「しかし何故、あのベランダなんでしょう」当然の疑問をぶつけた。「あの階には余程の金持ちが住んでいるのか」

「そうですな。簡易ジムとは言っても、一人では動かすのは難しい。複数がかりでやるのだから、それなりの実入りがあると最初から分かっていたことになる」

「おまけに金持ちだからと言って、家に財産を置いているとは限らない。入り込めば金になる、と確信していなければやりはしないでしょう」

「そうですなぁ」

実は二人とも最近、こういう推理遊びを自然にするようになっていた。須賀田を介した知り合いに物凄《ものすご》い推理力の持ち主がいて、その人に疑問をぶつければ立ち処《たどころ》に解いてくれるのだ。私は先輩のお墓をどちらに向けるのが遺志に沿うのか、に答えを出してもらったし、藤倉はお風呂屋でいつまでも焼《く》べられない薪の謎を解いてもらった、という。お陰で二人とも胸のすくような思いを味わい以降、すっかりハマってしまった。町をうろつくたびに何か気になるものを探し、見つかるとあれこれ推理を戦わせるようになっていた。

「家に財産を置いているかどうか、だけではないですよ」私は指摘した。「その日は確実に家にいない、と分かっていなければならない」

「そうですな。かなり内部の事情に通じている人間でなければ」

「家に金があって、この日は留守になる。そこまで押さえた上で仲間を集め、実行に移したことになる。それだったら捜査する側だって、犯人の目星はつけ易いんじゃないんですか。条件は絞られるんですから」

「そうですなぁ」藤倉は腕を組んだ。「だからきっと、盗まれても当人にもなかなか気づかれないようなものだったんですよ。そうすれば捜査当局が乗り出すのも、ずっと後になる。遠くへ逃げ出す時間が稼げる」

「そうか。だから公園のジムという手近なものを使ったわけですな。なのに、向きを変えてしまうというミスを犯してしまった」

「そう。そこを私達に見抜かれた。お陰で犯人の目論見《もくろみ》は外れて、事件は解決に向けて……」

わいわい議論を戦わせた。お陰で川沿いの風景を楽しむゆとりを、すっかり失っていた。

「あっ、そうだ」突然、藤倉が吹き出した。「そもそもこの推理、無理があった。もし本当に空き巣事件があったとしても、犯人があのジムを動かす理由にはならない。だって梯子《はしご》を用意すれば済む話なんですから」

「あっ、本当だ」

私も吹き出した。全く、仰《おっしゃ》る通りだ。梯子か脚立さえ用意していればベランダに登るのに、ジャングルジムは必要ない。動かすための人員も調達しなくて済む。後で仲間割れする恐れだってなくなるわけだ。その前に、分前《わけまえ》をやる必要も。

「全く、これだから素人《しろうと》探偵はしょうがないですな」笑い合った。「最初からありそうもない仮説にこだわって、あぁでもないこうでもないと推理してるんですから。傍から見たら時間の無駄、以外の何物でもない」

「しかし、じゃぁあのジムは誰が何のために動かしたんでしょうか」

「まぁもう『下手の考え休むに似たり』という奴じゃないでしょうか」お手上げ、というように藤倉は言った。本当に手を半分、挙げた。「どうしても、ということであればこれはもう、あの人にお願いして解いてもらうしか」

「そういうことですな。それよりせっかくの暗渠巡りだ。今はそっちに集中しましょうよ」


遊歩道の先に、広いグラウンドが現われた。元、区立小学校の跡、ということだった。「あっちの小学校と合併して、小中一貫校として生まれ変わったらしいんです」

「子供の数が減ってますからな。これからもそういうことは続くでしょう」区役所に勤めていたのでそういった話は、素直に胸にすとんと落ちる。「それよりもさっきも、川沿いに小学校がありましたね」

「よくぞ気づいてくれました」またも藤倉は、パチンと手を打ち鳴らした。「川の跡を歩いていると、学校などの公共施設に行き当たることは多いんです」

かつては川沿いには田圃《たんぼ》や畑が広がっていた。やがて近代に入り、人口が急激に増加するとそれらが潰され、家々が立ち並んだ。広い敷地が確保できるため、公共施設の用地として元農耕地が選ばれるケースは多かったのだ、という。

「ただ私は、ちょっと問題があると思うんです。川沿いだったのだからそういうところは、基本的に地盤が悪い。地震で揺れ易い恐れがあるわけです。なのに学校は普通、避難所に指定されてるでしょ。そんなところを安易に指定して大丈夫なのか、という指摘は以前からあるんですよ」

「成程ねぇ」行政としては安く敷地が確保できるから、とそういう場所を選ぶ。深い考えもなしに。実は危険があると分かっても後の祭りだ。いかにも役所がやりがちなこと、と感じた。

またも大きな車道に出た。環状6号、通称「山手《やまて》通り」だった。

「あぁ、ここは時々通るな」私は言った。山手通りは交通の大動脈なので、バス路線がいくつも走っているのだ。「そう、ここの交差点は『清水《しみず》橋』だった。そうか。この川に架かっていた橋だったのか」

「そうなんですよ」ここの遊歩道の途切れるところにも、橋の欄干があった。ただし、いかにも新し過ぎる。模したモニュメントに違いなかった。「でもそれより、ほら、あっち」

山手通りを渡ると、反対側にもモニュメントがあった。だが藤倉が指摘しているのは、それではなかった。

道を渡ると交差点に立つ交番の裏を回り込むようにして、遊歩道は続いていた。そこに、昔の欄干が保存してあったのだ。「おおぉ、これですか。こんな保存の仕方もあるんだな」ここに至るまでもいくつもの橋の跡があった。残し方も様々なのだな、と実感していた。

「ねぇ。いつまでも古い欄干を残しておくのも、見た目が悪い。あのようにモニュメントにするのも一興でしょう。かつては橋があったんだ、ということが通行人にも分かりますからね。ただ、昔の欄干を捨ててしまうのもいけない。だからこうして保存する形を採ったんでしょう。いいやり方だと思いますすよ」

「都営地下鉄大江戸線の『西新宿五丁目』駅にも、副駅名に『清水橋』とついている。お陰でここに橋があったんだ、と広く知れ渡る効果が期待できる」

「そうなんですよ。あれも素晴らしいと思いますね。役所にも粋な人がいるんですね」

そう、役所だって色々なのだ。安易に突っ張ることもあれば、小粋な計らいを見せることもある。まぁ担当者にもよるし、あくまで予算の範囲内、という制限はつき纏《まと》うが。

「清水橋」の交差点は、山手通りと方南通りとが交わる。交番の裏を回り込んだ遊歩道は、直ぐにまた方南通りに出た。今度は川の跡はこの通りを渡るのか、と思ったが、違った。

「ほら、あれ」

何ともう一度、蛇行するようにして方南通り沿いに立つマンションの裏手に回り込んでいたのだ。自然の流れだから一筋縄ではいかない。こちらの安直な予想など遥《はる》かに超越して、曲がりくねる。

「いやはや、これはやられましたな」

「ね。自然に勝てるわけなんかない、と改めて思い知るでしょう」

「全くです。これは本当に、面白い」

藤倉がこの川に誘ってくれた意味が分かるような気がした。交番に続いてマンションの裏手も回り込み、漸く川の跡は方南通りを渡る。通りの先にも遊歩道は続いており、清水橋までの路床は赤いタータントラックが使われていたのに対し、ここから先は青だった。タータントラックとは、陸上競技場用の合成ゴムを敷き詰める舗装材で、水捌《みずは》けがよいことから競技場以外でも広く利用されている。

「赤と、青」指摘して、訊いた。「何か意味のある色分けなんでしょうか」

「さぁ。ただそのせいなのかどうかまでは分かりませんが、清水橋の辺りまでは渋谷区内だったのに対し、ここはギリギリ新宿区に入るんですよ。色分けしてそのことを示した、のかどうかまでは分かりませんが」

無理して色分けしようとしたのか、は分からない。ただ、区の違いが色にも影響しているのはあり得る、と私は思った。それくらいこの辺りは、両区の境が入り組んでいるのだ。思うと、ワクワクして来た。

「ほら」と藤倉が指差した。

左手の建物には「渋谷区本町3丁目」の住所表示。ところが右手には「新宿区西新宿5丁目」とあるのだ。つまりこの川は両区の間を流れている。と、言うより区境を川に沿って引いたのであろう。

「実はこれも、暗渠を歩いていてよくあるんですよ」藤倉が教えてくれた。「川が流れているから当然、人の流れも分断される。橋を架けなければ行き来し難い。だから区の境を設ける際に、川沿いに設定するのが理に適《かな》っていたのでしょう。ただ、全てがそう単純なわけでもなく」

再び指差した。暗渠の左手。間に通り一本なく、ぴったりくっついて立っている建物なのに左手が渋谷区、右が新宿区になっていた。区境はずっと川沿いに引かれるわけでもなく、さらに入り組んで時にはこういうケースも見受けられる、ということだ。

高揚感が更に増した。私が境界好きであることを藤倉が知っていたとは思えない。彼にそんな話をした覚えはない。だからそこまで勘案した上で、この川歩きを提案したわけではなかろう。

ただ彼の言っていた通り、行政の境界を川沿いに引くのは理に適っている。だから暗渠巡りをすれば自然に、境界線に行き当たることも多いのだろう。失われた川の跡を歩くというのはそういう意味でも、私向きなのかも知れなかった。複雑に入り組んだ境界線も、私の想像力を掻き立ててくれた。

境界を設ける際にはしばしば、利権が絡む。お前はあそこを取ったんだから、こっちは俺に寄越せ、というような駆け引きが繰り広げられる。何があってこうも複雑化したのか。ここにいるままでは結論も出せないが、煩多な折衝の果てであろうと想像することはできた。水利権の分捕り合い、というのはいかにもありそうなことだからだ。

「おや、これは」歩いた先で更に、面白いものを見つけた。「何だ、これは。変な家だなぁ」

「どれどれ」藤倉も寄って来た。「おや、本当だ。私も何度かここを通ってるけど、初めて気づきましたよ。確かにこれは変だ。何でこんなことをしたんだろう」

暗渠沿いの土地に立つ、古そうな家だった。二階建てで、敷地面積もそれなりにある。入り口は二つあり、一つは暗渠の反対側の一階部分。もう一つはこちら側で直接、階段に繋がり二階に上がれるようになっていた。階段はドアの中にあり外からは見えないが、建物の形状から存在することは明らかだった。

どうやら二世帯住宅として使われているようだ。郵便受けはそれぞれのドアの脇にあり、一階の入り口の表札には「近藤孝徳《こんどうたかのり》」、階段に繋がる方には「近藤孝之進《たかのしん》」とあった。

「いや、不思議ですな」私は首を捻《ひね》った。二世帯住宅として別々に入り口を設けることは、よくある。ただそれにしても、普通は同じ側に造るのが自然ではないか。なのに背を向け合うように、180°反対の場所にある。こんな変な建て方、初めて見た。何らかの理由があるのだろうが、想像もつかない。「いったいどういうことだろう」

両方の入り口を行き来して、見比べてみた。確かに暗渠の反対側に当たる方が、他の家も密集していて道も狭い。ただし二つ目の入り口を設けるスペースすらない、というわけでも決してない。

一つ、気づいたことがあった。さっきも話題になったようにこの辺りは、区の境界が入り組んでいる。それぞれの入り口を出るとどうやら、それぞれ別の区に足を踏み入れることになってしまうようだ。しかしだからと言って、この建て方は……??

「どうやら最初から二世帯住宅ではなかったようですな」藤倉が指摘して言った。「最初に増築した時は、アパートとして使っていたんじゃないかな」

「あぁ、成程」

二階に直接、上がる階段はいかにも後からくっ付けました、というような壁で覆われているのだ。つまり元々この階段は、外から丸見えだったのだろう。階段を上った先はそのまま、外に面した廊下になっておりドアが並んでいる。それぞれの中は入居者の部屋となっている。昔ながらのアパートでよくある造りだった。その場合一階は大抵、大家の居宅である。

「元は二階をアパートとして貸していた」私が推論を述べた。「ところがそこに、息子が家庭を作って戻って来ることになった。だから二階部分を急遽《きゅうきょ》、改築して二世帯住宅にした。まぁあってもおかしくない話、とは私も感じますが」

ただしそうであったとしても、疑問の答えには全くならない。そもそも二階部分をアパートとして増築する際、どうして階段の降り口をこちら側に設けたのか。先述の通り向こう側にだって、降りられるスペースは充分にあるのだ。住民にこちらの区に行きたい人があった、なんて説がふと浮かんだが、有望な仮説とはとても思えない。直ちに打ち消すしかなかった。

「いやぁ、分からないなぁ」二人で首を捻った。「さっきの『お化けジム』と言い、今日は難問が多いようだ」

「私らの推理力では到底、太刀打ちできそうにありませんな」

これ、という仮説も思いつけないまま、再び歩き出した。その後も暗渠に橋の跡がいくつも見出せ、興味深かったが心の底から楽しむことはできないでいた。謎がどうしても、胸の奥にこびりつく。

「おぉ、ここですか」

目の前がぱっと開け、先に川が左右に横たわっていた。神田川だった。暗渠はここでぶつかって、終わり。支流「和泉川」の合流地点だった。

柵の上から身を乗り出して、川面《かわも》を眺めた。底から護岸まで全てコンクリートに覆われており、人工の川の匂い芬々《ふんぷん》ではあるが、やはり水の流れを見ると気分が違う。解放感を覚える。

「一応、川の最後の姿を見ておきましょうか」

藤倉の提案に従い、神田川の向こう岸に橋で渡った。反対側から見ると先程、自分達の立っていた場所の足下に矩形《くけい》の穴が空いていた。ずっと地下を流れて来た水は、あそこから流れ出て本流に注ぐ。ただし水流は驚く程に少なかった。殆ど流れていない、と言ってもいいくらいだった。

「普段は別水路で下水処理施設に直接、流されてるんです」藤倉が説明してくれた。「大雨など大量の水が流れ込んだ時だけ、直接ここに流されるわけで」

つまりこの開口部は主に大雨などの非常時用、というわけだ。普段は別の方へ水は流れている。それでも元は川だった跡を、ずっと辿って来た達成感はあった。歩き疲れてはいたがそれもまた心地よかった。

神田川沿いに青梅街道に出、「成子坂下《なるこさかした》」から都バス「宿91」系統に乗った。二つ先の「新宿駅西口」で降りた。さすがに疲れて、坂を歩いて上がる気にはなれなかったのだ。

バスを降りると西口の呑み屋街「思い出横丁」に行った。駅から直ぐで線路沿いの一等地ながら、細い路地に小さな呑み屋がひしめくように立ち並ぶ、雑多な街だ。昔からの客は正式名称ではなく「しょんべん横丁」と呼ぶ。理由は、簡単に予想のつくその通りだ。

戦後間もなく開店した、ここでも最も古い店の一つに入った。細い階段で二階に上がり、藤倉と乾杯した。生ビールが喉を流れ落ち、疲れた身体《からだ》の隅々に沁《し》み渡る。それがまた、心地よかった。

「いやぁ、楽しかった」心から礼を言った。「暗渠巡りの醍醐《だいご》味《み》がまた一つ、分かったような気がしましたよ」

「そう言ってもらえれば私も、誘った甲斐《かい》があったというものです」

そこにもう一人、やって来た。最初からそういう話になっていたのだ。私達を元々、引き合わせた「路線バス旅のコーディネイター」須賀田。彼も暗渠巡りから参加したかったのだが、別用があるということで最後の呑み会だけ合流することになっていた。

「いやぁ、新宿でよかったですか」再び乾杯を交わした後、須賀田は言った。「私はこっちで用があったから、ここにさせてもらったんですが」

「私は新宿、都合がいいですよ」注文して出て来た鯨カツを口に運びながら、藤倉がご機嫌で言った。今では珍しくなった鯨料理がいくつも食べられるのも、ここの魅力である。「ＪＲ中央線でも地下鉄でも、荻窪までは一本で帰れます」

またも路線バスで帰ろうという発想は彼の口からは出て来ない。まぁこれだけ鉄路で便利なのだから、その方が自然なのではあろうが。

「私も『品97』系統から天現寺《てんげんじ》橋で『都06』に乗り換えるだけなので、新宿から帰るのは楽なのですが」須賀田が言った。彼の自宅は赤羽《あかばね》橋なので、確かに「都06」系統なら目の前を通る。

「大泉の乙川さんはちょっと、帰り辛いのではないですか」藤倉と違って私は極力バスで帰ろうとするのを、須賀田はよく知っている。

「いやぁ」と私は手を振った。「ちょっと大回りですが、都バス『白61』から新江古田《えごた》で西武バス『練48』、というテがある。これだと私も乗り換え、一回で済みます」

普通なら新宿からＪＲ山手線で池袋に出て、西武池袋線に乗り換えるのが一般的だろう。だがそうしないのが我々〝バス乗り〟の矜持《きょうじ》なのだ。

「いやぁ、成程」須賀田が膝を打った。「そんなテがありましたか。一回の乗り換えで済みますか。それは、素晴らしい」

「いやぁ、やるなぁ」藤倉も笑っていた。「そこまで」彼はともかく、この路の〝先輩〟須賀田を感心させたのは少なからず鼻が高い。

「ま、まぁ」ただしあまり自慢げに見えてしまうのも、本意ではない。自分から話題を換えた。「その前に新宿は、歩き疲れたゴールから近かったというのが一番、有難いですよ」藤倉も大きく頷いて同意した。

「あぁ。どうでした、今日の暗渠巡りは。私も参加したかったなぁ」

「素晴らしかったですよ」即答した。「須賀田さんが来る前にその話をしてたとこでしたけど。痕跡の分かり難《にく》いところもあれば、遊歩道として整備されているところもある。橋の遺構もあちこちに残ってる。暗渠歩きの醍醐味があちこちに詰まってる、と感じましたねぇ」

「いや、分かってらっしゃる」今度は藤倉が膝を打つ番だった。「そう。そうなんですよ、今日の川は。そこを感じてもらいたくって、私もお誘いしたんですけど」一瞬、口を噤《つぐ》んでから、続けた。「ただ、ねぇ。邪魔《いい》も多くって。なかなか暗渠の魅力だけに没頭することもできなくって」

「あぁ、そうそう」賛同して、笑った。「それには、謎が多過ぎましたよね」

「何ですか何ですか」須賀田も食いついて来た。町の小さな謎をいつも解いてくれるのは彼の友人、炭野だ。もっと言うとその、奥方だという。私はまだ両名とも会ったことはないが、そうして何度も胸のすく思いを味わい須賀田もすっかり、謎解きの魅力に取り憑かれてしまっていた。「何かまた、興味深いものに巡り会いましたか」

「えぇ、それはもう」説明した。「お化けジム」に「両面から入る二世帯住宅」。一本の川歩きで二つもの謎に出会うなんてもうお手上げだ、と。「見当もつかなくて最早、仮説も立てられない。これはもう須賀田さんを介して、例の名探偵の推理に委ねるしかないな、と話してたとこでして」

「ははぁ」須賀田は笑った。「またあの奥さんのお手を煩わすしかないのか。いつもいつもお願いしてばかりなので、心苦しいなぁ」

「だって二つの入り口が正反対を向いてるんですよ」私は言った。「どうしてそんな建て方をしたのか。元々の家を増改築して二階をアパートにしたにしても、入り口を逆側にするなんて。どんな理由があり得るのか、想像もつかない」

「あ、いや」藤倉が遮った。「そこは、分かりますよ。ちゃんと理由が説明できますよ」

「え」飛び上がりそうになった。「そうなんですか」

「はい。古い家は入り口が暗渠の反対側にあるのに、新しいのはこっちを向いている。暗渠巡りをしていると、よく見掛けるケースなんです」

　藤倉によるとこういうことだった。言うまでもなく暗渠は、昔は普通に川である。だからそちらにドアを作っても出られないから、玄関は反対側に設けられる。

　ところが上に蓋をして、暗渠化された。そうなるとそちらの方が歩き易く、出入りに便利になる。そこで新しく建てられた方は、暗渠側に玄関が設けられるケースが増える。

「だから見ていて、面白いんですよ。玄関がどちらを向いているのか。それによってこの川がいつ頃、暗渠化されたのかが朧《おぼろ》げに見える。この家が建った頃にはまだ川だったのが、こっちの家の頃にはもう蓋をされていたんだろうなぁ、なんて。想像を巡らせながら歩くのもまた、この趣味の一興なんです」

「そうすると、こういうことですか」須賀田が言った。「件《くだん》の家は元々、まだ川が流れている時代に建てられた。だから玄関は反対側に造られた。ところがアパート用に増改築する頃には既に暗渠になっていた。だから出入りし易いそちらの側に、階段が設けられた」

「二世帯住宅化する時もその構造は、そのまま残された」藤倉は頷いた。「そういうことだったんだろう、と私は思いますよ」

「ちょっと待って下さい」今度は私が遮った。確かに考えてみればこの謎について、互いに仮説を述べ合うことはしなかった。私が疑問に思っていることをあの場で彼にぶつけていなかった。もしそうしていれば、即座に解答は得られていた、ということか。「それじゃぁ藤倉さんはいったい何を、あんなに不思議がっていたんです」

「だって、ねぇ。両者の郵便受けを見ると、どう見ても年配の名前の人が二階に上がる方に住んでいて、若い方が一階に住んでるじゃないですか。恐らく二階が父親で、一階が息子。普通は逆じゃないですか。歳《とし》をとると足腰が弱くなるから、階段を上がり降りしなくて済む方を選ぶ。だから二世帯住宅にするにしても何故、わざわざそんなことをしたんだろう、と思って」

「あぁ、それなら」私は言った。「説明がつきますよ。恐らくこういうことなんだろう、と想像できます。住所をどちらにするか、の選択だったんじゃないのかな。あの家、二つの区に跨るように立ってますから」

区画や地番が入り組んだ箇所に立っている家の、住所をどことするかについては基本的なルールがある。まずは敷地の占める面積の内どの地番が一番、広いか。例えば家が1番、2番、3番の区画に跨っているとして、2番が最も広ければ基本、2番となる。

ところが一方、玄関がどの位置にあるか、も重要になるのだ。敷地としては2番が一番、広いが出入りその他、最も重要な用途は1番の土地である。だからうちは1番の住所を名乗りたい、と住民が訴えた場合、諸般の事情を勘案して認められるケースもないではない。

「あちらの区には、順番待ちが出るくらい人気の高い公立幼稚園が、近くにあるんですよ」私は言った。「恐らく息子さんにはそれくらいの年頃の子供でもいるんでしょう。玄関はそちらを向いていたから住所は、従来そちらの区に設定されていた。だからうちはこの区民だと主張するために敢《あ》えて、一階に住んでいることにしてるんじゃないのかな。反対側に出る玄関じゃ強く言えませんからね。そういう事情だったんじゃないのかな、と私は察します」

「何だ何だ」須賀田が笑った。「元公務員の乙川さん。暗渠に詳しい藤倉さん。二人は同じ家を見て、別々な疑問を抱えていたわけですね。実は目の前の専門家に聞けば、答えはその場で与えられていたのに」

「そうだったみたいですね」私達も笑うしかなかった。「そう言えばあの場で二人、『不思議だ不思議だ』とは言っていても中身について話し合うことはなかった」

「『お化けジム』の時はそうしたのに、ね。やっていれば謎なんかなかったわけだ。純粋に暗渠巡りの楽しみを満喫できた」

「あ、ちょっと待って」今度は遮ったのは、須賀田だった。「その『お化けジム』の話ですけどね。お二人、勝手に話を複雑にしてる面があるんじゃないですか。だって夜の公園、って酔っ払った若者が屯《たむろ》することも多いじゃないですか。そういう連中がフザケて、小型のジャングルジムを持ち上げて遊んだ。男どうし、酔った勢いで力比べ、なんてよくやったりしますから。そうして下ろした時に、別に意識もしていなかったから向きが変わってしまった。空き巣云々《うんぬん》なんかよりそちらの方が、ずっとありそうな仮説だと思うんですけどねぇ」

「あっ、本当だ」今度は膝を打ったのは私と藤倉、ほぼ同時にだった。「確かにそっちの方が、ずっとあり得る」

「もちろん絶対にそうだ、と言うことはできませんよ。でもねぇ。大方、真相はそんな辺りにあるんじゃないかと私は思うんですけど」

「確かに確かに」笑うしかなかった。「不思議だ不思議だと思ってるから勝手に、問題を複雑化してしまう。空き巣、なんて珍妙な仮説まで飛び出す。もっと単純に考えてみればよかったんですな。子供の主張に引き摺られてしまいましたかな」

「幽霊の正体見たり枯れ尾花《おばな》、という奴でしたかな」

「今回の場合は『お化け』の正体見たり『酔っ払い』なのかも知れませんけども」

いやぁ上手《うま》いなぁ、と讃え合った。既に酒はビールから酎ハイに移っており、それで再び乾杯した。謎が解き明かされ、胸のすく思いを早々に味わえたことに対して。

「しかし、こんなこともあるんですなぁ」須賀田がしみじみ、言った。「あの名探偵に相談する前に、謎が解決してしまうなんて」

「まぁそもそも」藤倉が言った。「謎でも何でもなかったわけですけど」

「そうそう」私も合わせた。「今日も藤倉さんと話した通りだ。素人探偵なんて所詮、こんなものですよ。推理、以前の問題なんですから」

笑い合い、盛り上がった。歳を取っても少しも進歩しない。男の呑み会なんてのもまた、こんなものなのだ。

第七章　追い掛けて、博多

「あっ、アラの出とる。あんた、ちょっと待って待って。こらぁ、よかアラばい。こげんと見たら、買わんわけにゃ」

「これからいくつも、行くところがあるんだぞ」スマホでの動画の撮影を一時、中断して私は言った。「魚の切り身をぶら提げては、回れないよ」

「ばってんこげんよかアラ、なかなか出らんばい。あんただって鍋、食べたかろうモン。どげん美味《おい》しいか、よぅ知っとろうモン」

ごくり、と喉が鳴った。誘惑に負けそうになった。確かに鍋で煮込んだアラの美味《うま》さは、格別だ。福岡に住むようになって、思い知らされた。鍋のために生まれたような魚だな、としみじみ感じる。が――

「いや」と首を振った。心を鬼にした。「それだけいいアラだったら尚更《なおさら》、だよ。新鮮な内に持って帰らなきゃ勿体《もったい》ない。でも今日は、それができない。それともお前だけ、買って先に帰るか」

「イヤよ！」即答だった。「今日はこの先、楽しみにして来とるっちゃモン。……はいはい分かりました。諦めました。アラにはまた次も出会えるごと、祈っとこう」

妻と二人、「柳橋連合市場《やなぎばし》」に来ていた。那珂《なか》川に架かる柳橋の袂《たもと》、「博多《はかた》の台所」と称される市場である。昭和初期、大浜《おおはま》の魚市場で仕入れた鮮魚を大八車に載せて運び、この地で売っていた人物がいた。そこに次々と店が集まり、現在のような形に発展して行った、という。

定番の鮮魚に野菜、精肉から昆布、海苔《のり》、漬け物や蒲鉾《かまぼこ》などをそれぞれ扱う専門店。中には馬肉専門の店、なんてものまである。博多らしく明太子の店や、酒店まで。とにかくここに来れば食材は何でも揃《そろ》う。化粧品屋だってある。

店の並んだ細い路地が鋭角に交わって横たわり、一日中、活気が絶えない。特に年の瀬の賑《にぎ》わいは、博多名物の一つと言っていい。

歩いているだけで楽しいが、ちょっと疲れれば喫茶店で一息つくのも悪くない。食堂だってある。とにかく色んな楽しみ方のできる場所であることは間違いない。そして一度、来ればまた直《す》ぐ来たくなってしまうところであることも。

ちなみに「アラ」というのは魚を捌《さば》いた後に残る部位や、骨にくっ付いた身ではなく魚種の一つの名前だ。一般に呼ぶ「クエ」の仲間で、大きいものだと2m近くまで成長することもある、という。

大きな魚は大味のイメージもあるが、そんなことはない。脂身がしっかりしていて、煮込むとそれが汁に滲《し》み出す。他では味わえない深いコクが出る。鍋のために生まれたような魚、というのはまさに実感なのだ。

だからいいのが出てるから買って帰ろう、という妻の誘惑はかなり応えた。頑として振り切るには、相当の胆力《たんりょく》が必要だった。これからいくつも、行くところがあるんだぞ。自ら口にしたセリフ。そう、そうなのだ、と自分に言い聞かせた。この市場が最終目的地ではない。まだ、行かねばならないところがある。それどころかここは、最初の訪問地に過ぎないではないか……


このようなことをしようという切っ掛けになったのは、三日ほど前だった。知人からメールが入った。以前、久しぶりに東京に戻った時に知り合った男で名を砺波《となみ》といった。

「同じ須賀田《すかだ》さんのツアー仲間で、芦沢《あしざわ》さんっているじゃないですか」彼はメールで書いていた。「あの人が十日ばかり後、福岡に遊びに行く、っていうんです」

「はぁ、成程」私は返した。「そうですか」

まず、須賀田のことから説明させてもらいたい。彼は東京で「路線バスツアーのコーディネイター」という珍妙なことをやっていて、「都内をバスでこんな風に回りたい」と要望を述べると、最適なツアーに仕立て上げてくれる。頼めば一緒に乗って、あれこれと世話を焼いてもくれる。IT機器の使いこなしが巧みなのでちょっと質問すれば、あっという間にその場で調べて答えてくれたりもする。至れり尽くせりのサービスなのに料金は基本的に、取らない。精々が終わった後に呑《の》み屋で一杯、奢《おご》らせてもらうくらいである。

私も友人から彼の存在を教えられ、興味本位でツアーを企画してもらったことがある。長年、東京に勤務したが定年退職し、今は妻の生まれ故郷の福岡に移住している身としては、懐かしい土地をのんびり回る嬉《うれ》しさがあった。かなり、奇妙なテーマをお願いしたが彼が用意してくれたのは、想像以上に素晴らしいコースだった。

同じように彼にツアーを企画してもらい、すっかり虜《とりこ》になったという者は少なくないようで、そうしたファンの集いのようなものまで出来上がっている。彼のホームページにツアーの模様を書き込む掲示板があり、読んで賛同した者が「私もこんな楽しい思いをした」「私も」「私も」と投稿している内に輪が広がって行ったのだ。

今ではファンが須賀田を囲み、一杯やる会すら時おり開かれたりしている。丁度また、上京する用が出来た際にその集いがあると聞いたので、私も参加した。砺波と知り合ったのも同席で、だった。

「芹沢さんって以前、築地《つきじ》市場に勤めておられた、ってあの方でしたね」彼もまたその席にいた。確かそんな風に自己紹介していたな、と思い出した。

私がメールで確認すると、砺波は直ぐに返して来た。「そうですそうです。だから須賀田さんに築地と豊洲《とよす》、新旧二つの市場を回るツアーを組んでもらったんだがそれが殊《こと》の外、面白かった、と」そうそう。確かにそう言っていた。

「ははぁ。ではこちらに来られた時も、市場を案内すれば喜んでもらえるかな」

「そりゃぁ喜ぶと思いますよ。あ、それと、もう一つ。芹沢さん最近、元寇《げんこう》に凄《すご》く興味があるんですって」

「ほほぅ」

鎌倉時代、元の率いる軍隊が九州を襲った、例の歴史的事件である。チンギス・ハンがユーラシア大陸を広く制圧し、強大なモンゴル帝国を築き上げた。跡を継ぐ元も更に勢力拡大を図り、日本にも魔の手を伸ばして来た。史上最大の帝国が上陸して来たのだからその力は圧倒的だ。迎え撃つ日本軍は後退を余儀なくされ、博多の町は焼き払われた。日本軍は太宰府《だざいふ》まで撤退するしかなかったのだが、蒙古《もうこ》軍は何故か上陸地の船に引き上げ、そこに強風が吹いたため大混乱に陥って大陸へ逃げ帰って行った、という。これが元寇の一回目、「文永《ぶんえい》の役《えき》」（一二七四年）である。

二回目の「弘安《こうあん》の役」（一二八一年）では日本側が予《あらかじ》め、博多湾の海岸線に防塁《ぼうるい》を築いていたため蒙古軍はなかなか上陸できず、手を拱《こまぬ》いている内にまたも暴風が吹いて壊滅的打撃を被《こうむ》った。お陰で日本は神に守られている「神国」であり、危機に陥ると「神風」が吹いて敵を追い払ってくれる、という迷信まで生まれた。この迷妄が泥沼の太平洋戦争を呼んだ、とされるから後世に随分、悪影響を及ぼしたものでもある。

ともあれ謎は第一回目、「文永の役」である。九州陥落の目前まで追い込みながら何故、蒙古軍はわざわざ船に戻るという自滅的な行為に出たのか。当時の状況を見ながら科学的に分析した本が最近、出版されベストセラーになった。実は私も興味深く読んだのだが、芦沢も同じだったらしい。

「それならこっちは元寇、所縁《ゆかり》の場所がいくつもある」私は書き込んだ。「史跡としても残されている。そこを回れば、喜んでくれますかな」

「そりゃぁもう絶対、ですよ」

「分かりました。では私も博多版、須賀田としてツアーを組んでみましょうかな」

「芦沢さん、福岡に行った甲斐《かい》があったと絶対、仰《おっしゃ》いますよ。是非ゼヒ、お願いします」

「了解しました」

東京は都バスに加え、鉄道各社やその他の企業が路線バス事業に参入しているが福岡の場合は、かなり違う。大手私鉄の西日本鉄道、及びそこから独立した子会社各社の運行する「西鉄《にしてつ》バス」が、県内のほぼ全域に渡って路線網を張り巡らせている。

特に福岡市内について言えばその存在感は、圧倒的だ。他にも昭和バス、ＪＲ九州バスなどの路線もないではないが、特に都心部に限れば見掛けるのはほぼ全て西鉄バス、と言っていい。しかも昼間に車道を見ていれば、その姿を目にしない瞬間などない、と感じる程の本数である。

私も免許を持たないではないが東京に長年、住んでいるとハンドルを握る機会というのは本当に少ない。こっちに来ても自然、避けるような感覚が拭い切れない。おまけに九州人気質か、我々から見るとこちらの運転はどうにも荒っぽく映るのだ。狭いところにも車で強引に入り込んで来ようとするし、周りの流れなど気にもせず大通りの真ん中で右折しようとしている車の姿もしょっちゅう、見掛ける。実際に目にすると更に、尻込みの感覚が増す。

それに一転、バスに乗ってみれば本当に市内ならどこにでも行けるのだ。鉄路はＪＲと西鉄、そして市営地下鉄が三路線。そこにバスを組み合わせれば、もう自由自在に行き来が可能。お陰ですっかり、自家用車に乗る機会は失われてしまっていた。須賀田に会い、路線バスに乗る楽しみを教わってからは尚更、だった。

西鉄バスには六十五歳以上なら乗り放題、という「グランドパス65」という定期券もある。これはいい、と最初は一年定期を買ったのだが、やはり暑い夏や冬の寒い日となるとどうしても外出する気が失《う》せる。ある時など、せっかく定期があるのだからと無理に出掛けて危うく、熱中症になり掛けた。やはり九州、夏の日差しは生半可なものではない。

だから今では多少、割高になろうと三ヶ月定期や一ヶ月ものを適宜、購入し利用している。逆に春や秋の気候のいい時分には始終、外出しているのでこれで充分、元は取れているのだ。芦沢には定期、というわけにはいかないが福岡市内には「1日フリー乗車券」もあるので、これを勧めてみればよいだろう。月や日の部分の数字をスクラッチしてその日限りの乗車券にする、という今どき古風なチケットであり、東京から来た人なら面白がってくれるのではなかろうか。

ただ問題は、路線網の煩雑さだった。本当に網の目のように張り巡らされており、あまりに入り組んでいるため、ちょっと乗り間違えただけで違うところへ運ばれて行ってしまうのだ。まぁ違った、と気づけばその場で降りて、正しい方に乗り換えればさして問題はないが。郊外の方へ延々、行ってしまわない限り傷口はあまり大きくならずに済む。

ただしそれは、自分一人であれば、の話だ。他人を連れ回しているのに、「あれ間違えた」

「ありゃ、あっちだった」では済まない。向こうは「いいですよ」と言ってはくれるだろうが、内心は絶対に反対の筈《はず》。逆にスムーズに案内することができれば、「さすが」との評価を得よう。それこそ喜んでくれるに違いない。

「あんた、そら絶対そうよ」話して聞かせると、妻も賛同した。「せっかく来てもらうっちゃけん精一杯、楽しんで帰ってもらわな。〝博多っ子〟の名折れたぃ」

厳密には彼女は〝福岡っ子〟であり、〝博多っ子〟ではない。「博多」というのは一説には『魏志倭人伝《ぎしわじんでん》』の時代にまで遡る、古い地名らしい。一方の「福岡」は関ヶ原《せきはら》の戦いで戦功のあった黒田長政《くろだながまさ》が、この地を拝領し城を新たに築いた際、黒田家発祥の地「備前《びぜん》国福岡」にちなんで「福岡城」と名づけたのが始まり。故に那珂川を挟んで城のある西側が武士の町「福岡」、東側が昔ながらの商人の町「博多」と呼ばれ続けた。市最大のＪＲ駅も東側にあるため「福岡駅」ではなく、「博多駅」なのもそうした由来がある。

妻は生まれ育ちは那珂川の西側なので、繰り返すが厳密には博多っ子ではない。が、まぁいいではないか。比較的、新しい地名よりも古い方がやはりこの地にはしっくり来る。それに先祖代々、ここに住んだ者からすれば「他所《よそ》から来た人が他所からの由来でつけた地名」よりも、有史以来のものを尊ぶのも自然な感覚ではあろう。

天然の良港を持ち、大陸との窓口だったこの地は太古から海外との交流が深かった。遠い外国の文化が流れ込んで来た。外から来た人を歓待し、殊更にもてなしたがるのはこの土地の特性が育んだ気質に間違いなく、その意味でも確かに妻には博多っ子の血が流れている。

「じゃぁ最初に、考えておくべきはどこで待ち合わせるか、だな」私は言った。「まぁまず確実に、来るのは飛行機で、だろうし。すると最初に会うのは、福岡空港、か」

市場に連れて行く、というまず最初の条件から、自然に頭に浮かんでいたのは「柳橋連合市場」だった。だが最寄《もよ》りのバス停「柳橋」を通る西鉄バスの路線は非常に多いが、残念ながら空港と直結しているものはない。

「まぁ空港から博多駅なら、いくつもの路線が走ってるし。駅前でいったん乗り換えてもらうしかないか。博多駅まで来さえすれば、柳橋に行く便もこれまたいくらでもあるからな」

いざとなったら地下鉄に乗ったっていい。空港から博多駅まで地下鉄だとたったの二駅。「一番、都心部に近く便利な空港」とされるのも当然である。その分、飛行機が都心の上空スレスレを飛んで来るため危なく、騒音問題も馬鹿にならない。またお陰で空港を広げる余裕もなく、滑走路は今のところまだ一本切りで、日本で最も過密な混雑空港でもある。

「あんた何、言ぃようと⁉」妻から指摘された。「空港に着いて直接、市場に行くとは限らんやん。むしろ普通は荷物ばいったん、ホテルに置いてから行くやろ。もしかしたらこちらに着きんしゃるとは、遅か時刻かも知れんとやけん。そしたらホテルに一泊してから次の日、行くことになるやろうモン」

「あぁそうか」そこまで頭が回っていなかった。確かに彼女の言う通りだ。「旅行者なんだから、出発地はホテルになるのが普通だな。でもそれがどこか、聞いていない。つまり今の段階で、そこについてあれこれ考えてみても無意味、ということか」

「まぁ普通は、博多駅か天神《てんじん》の近くのホテルば取りんしゃろうけん。そこんところは今からあんまり、考えんでもよかっちゃなかと」

西鉄の「天神・福岡」駅。そしてＪＲの博多駅が、この市の二大ターミナルだ。間を地下鉄と無数のバス路線が繋《つな》いでおり、その密度は驚くばかりと言っていい。交通の便のよさは申し分ない。つまりそのどちらかに近いホテルであれば、余計なことを考えておく必要はないということだ。その場で決めても、簡単に第一の目的地へ向かうことができる。

「そうか。じゃぁ最初の足は、あまり気にしなくてもいいわけだな」私は言った。「考えておくべきは『柳橋連合市場』から後、次にどこへ行くか、だ。行先番号、何番の便を利用すべきか」

東京のバスだと路線名は「都○○」とか、「渋××」というように管轄する営業所名などと数字を組み合わせた、「系統」で呼び表すのが普通だ。が、こちら西鉄バスでは「行先番号」が使われる。「天神から博多駅まで『行先番号3番』に乗って下さい」というような表現となる。

厳密に言うと「行先番号が3番」で天神から博多駅へ行くのなら逆方向、天神へ戻って来るのは当然「行先」が違うわけだから、「番号」も違っていなければおかしい。だが実際には同じ「3番」である。つまり「行先番号」と呼び習わしてはいても、実際には「系統番号」ということだ。

だがまぁ、いいではないか。在住者の誰も、そこにさして不便を感じてはいないようだし。

郷に入れば郷に従え。私も現在では普通に、「行先番号」で便を表すのに慣れてしまっていた。

大まかな検討を済ませた上で実際に、現地を踏査《とうさ》してみることにした。そんなわけでまず最初に、妻と一緒に「柳橋市場」に出て来た、というわけである。

我が家のあるのは福岡市南区長住《ながずみ》。だから「行先番号65番」に乗った。バス停を出ると「大《おお》池《いけ》通り」を西鉄高宮《たかみや》駅方向に走る。通りの名の元になった「野間《のま》大池」を右手に見たあと西鉄の高架を潜《くぐ》り、「清水《しみず》四ツ角」で「日赤通り」へ左折。今度はこちらの通り名の元である「福岡赤十字病院」を左手に見、天神方向へ北上する。「渡辺《わたなべ》通一丁目」の交差点で「住吉《すみよし》通り」へ右折すると、次のバス停が「柳橋」だ。降りればそこはもう市場の目の前である。

「あんた、せっかく行くなら動画ば撮っとったがよかよ」この提案も妻だった。「後から見返して、あれこれ検討のできる。その場ではなかなか気づかんこともあるかも知れんけんね。絶対、その方がよか」

そんなわけで市場の中を歩き回りながら、私はスマホで同時録画を続けた。ちょっと歩き疲れたため市場の奥の「めん処《どころ》」に入った。製麺所もやっている店で、とにかく饂飩《うどん》が美味い。前にも一度、妻と来たことがあったので知っていた。

「あぁ、腹に染み渡るな」一口、汁を啜《すす》って私は思わず漏らした。「しっかりダシが利いている。やっぱり、これだな」

博多の饂飩は讃岐《さぬき》などとは正反対で、麺がとにかく柔らかい。歯ではなく唇で強く挟めば切れるくらいだ。それを勢いよく啜ると、汁が表面に絡まって口の中に飛び込んで来る。舌の上で解《ほぐ》れる。この感触が堪《たま》らない。こちらに来てしみじみ、思い知った。

「あんた、それ、もうよかね」

私は「丸天うどん」、妻は「ごぼ天うどん」を注文していた。所謂《いわゆる》「さつま揚げ」をこちらでは普通に「天ぷら」という。具材は殆《ほとん》どなく、ただ魚の擂《す》り身を丸い形に揚げたのが、「丸天」。牛蒡《ごぼう》を包むようにして揚げた「ごぼ天」。どちらも饂飩のトッピングとしては甲乙つけ難い。だから妻と二種類、注文して途中で交換するのが常だった。言うまでもなく鰡《かじ》り掛けだが、長年、夫婦をやっているのだから何の支障もない。私は妻から半分の長さになった「ごぼ天」を受け取り（妻の方は言うまでもなく、逆）、両方の味を堪能《たんのう》した。

「あぁ、美味しかったぁ」二人、心から満足して店を出た。「次に行く気力も、湧いて来るごたる」

「全くだな。じゃあ、行くか」

市場の敷地を出、目の前の「住吉通り」を渡った。逆方向へ行く「柳橋」のバス停。目的の「行先番号11番」が間もなく来てくれたので、乗り込んだ。「住吉通り」を元来た方向へ戻り、「渡辺通一丁目」の交差点を今度は曲がらず突っ切って、西鉄「薬院《やくいん》」駅下の高架を潜る。通りの名はここで、「城南線《じょうなんせん》」と変わる。

通りは緩やかなカーブを繰り返し、坂を上り下りするなど乗っていて飽きない路線だ。途中、福岡斎場の前も通る。沿道には店やマンションがずらりと並んでいて変化に富み、そういう意味でも車窓を眺めていて飽きることはない。

やがて福岡を代表する繁華街の一つ、「六本松《ろっぽんまつ》」へ。かつてはここに九州大学のキャンパスがあったが、移転した跡に裁判所が移って来るなどして街の様相はまた一変した。

面白いのは街の中心地が三角形をしていることだ。それぞれの辺を縁取る道をバスが走っており、同じ「六本松」停留所でも乗り場を間違えると、全く違う方向へ行くことになってしまう。

この「11番」は「六本松」の交差点で左へ緩やかに曲がり、「六本松（福銀前）」のバス停へ。出来たばかりの裁判所前を通って、国道202号を走り出す。

だがずっと、この通り沿いに行くわけではない。「別府橋《べふ》」で樋井《ひい》川を渡ると直ぐ、左の側道へ。国道が「別府新橋」で立体交差になるのを潜り、回り込むようにして片側一車線の「鳥飼藤崎線《とりかいふじさき》」に入る。

次の、「城南区役所北口」バス停で降りた。ここは、ちょっと検討の余地のあるところだった。歩くか、乗り換えるか。

乗るにしてもたったの一区間である。だから効率を優先するなら、歩いた方が早かろう。だが芦沢がどちらを好むのかがよく分からない。あまり歩くのは嫌だ、などと言い出す可能性も否定はできない。

「ほんならあんた、実際に歩いてみとったらよかやんね」これも提案したのは妻だった。「どれくらいの距離か。事前にやってみて分かっとったら、その人に言う時もイメージが伝え易《やす》かろ」さすがは人を出迎えるのが大好きな〝博多っ子〟。それぞれの立場に合った視点が、自然に浮かぶものらしい。

そんなわけで彼女の意見に従い、「城南区役所北口」から歩いてみることにした。次の信号を右に折れ、北へ向かう。この道は「鳥飼別府線」という。

住宅の立ち並ぶ中にぽつん、ぽつんと店舗が点在していた。公園や、学校の広いグラウンドなんかもあった。

「ここが『鳥飼五丁目』のバス停か」立ち止まって、私は言った。さっきの「城南区役所北口」で「行先番号6番」などに乗り換え、目的地の最寄りまで来るとしたら降りるのはここになる。「まだちょっと、離れてるな。乗り換えてまで来る程のことはないようにも思えるな」

「とにかくあんた、行くだけ行ってみよう」

更に歩いた。直ぐに目の前がパッと開けた。さっき、別府橋で渡った樋井川が大きくカーブして、こちらに流れて来ているのだ。

ここに、架かっている橋の名が大切なのだった。「塩屋《しおや》橋」。

「元寇」と言われれば、誰もが思い出す絵図があろう。歴史の教科書に必ず載っている。

馬が大きく後足を蹴り上げており、それに乗った武士が血を流している。目の前にはモンゴル兵らしい三人が立っており、武士に矢を射掛けている。何かが爆発している様子も描かれていて、「てつはう」の文字もある。「鉄砲」だ。火薬を使用した当時の最新兵器に、日本側は苦戦しているように映る。

これは「蒙古襲来絵詞《えことば》」という絵巻物のほんの一部で、全体では二巻、長さは約40mもあるものだ。馬に乗っているいる武士は肥後《ひご》国の御家人竹崎季長《たけざきすえなが》で、武勲を立てたこの戦闘を伝えるため彼がこれを描かせたとされている。

絵と共に説明文も添えられているので、どこでどういう状況になったのか把握がし易い。この場面は要約すると、「モンゴル軍が麁原《そはら》から来て鳥飼潟の塩屋の松の下で戦闘になった」と説明されている。確かに絵をよく見ると、武士と馬の上に松の枝が伸びている。

この辺りはかつて、広大な低湿地だった。入江が深く切り込んでいた。塩屋というのも古い地名で、製塩用の小屋があったことからついた名だという。塩は海水を蒸発させて作るから、つまりは海辺だったということの証《あか》しであろう。

ただ、現在はもう塩屋の地名は残ってはいない。唯一、名残《なごり》としてあるのがこの橋の名だけなのだ。あの有名な絵の場面は、まさにここだった。あの戦闘はこの辺りで繰り広げられた。振り返るのに何より、縁《よすが》となるのがこの「塩屋橋」なのである。

「そら元寇好きやったら、ここに連れて来られたら喜ぶくさ」妻は言った。高揚が表情に滲み出ていた。「あの絵の舞台はここやった。そげん言われたら、興奮するくさ」

「そうだなぁ。じゃぁやっぱり、ここは欠かすわけにはいかないな」私は応えて言った。「歩いて来た時間も、五分とちょっと。そんなに長い距離でもない。この場所の重要性を考えるなら、『歩いてみましょう』と提案するのも悪いことじゃなさそうだな」

「そうよ、あんた。それに途中に、公園とかもあったやん。足が疲れたなら、ちょっと座って休むこともできるやん」

「そうだな。じゃぁここは、そういうことにして、と」

来た道を戻った。

実はこのまま橋を渡って真《ま》っ直《す》ぐ北へ行けば、鳥飼八幡宮に至る。地名を冠した有名な神社で、参拝客も多い。戦前の政治家で東條英機《とうじょうひでき》と対立し、自殺に追い込まれた地元の国士中野正《なかのせい》剛《ごう》の像も立っている。

ただし神社の立つ地は住所で言えば、鳥飼ではなく中央区今川《いまがわ》だ。悲劇の政治家の像を芦沢が見たがるかどうかも分からないし、あそこまで回っていたらかなりの時間を要す。先方からたっての要望でも出て来ない限り、行くことはなかろうと判断した。

「城南区役所北口」バス停に戻り、次に来た「11番」に再び乗り込んだ。先へ進んだ。

「城南藤崎線」は先程も言った通り、片側一車線だ。ところによってはバスが擦れ違うには苦労する程、狭い。そこを車は引っ切りなしに行き交う。停留所も道にギリギリのところにあったりするので、バスを待つのもなかなかに危ない。

ところが直ぐ南にはこれと並行して、道幅に余裕のある「市道鳥飼線」が通っているのだ。なのにこのバスは頑《かたく》なごとく、細い方を走る。確かにこちらの道の方が住民の生活に、密着しているように思えなくもない。やはりバスは地元民の足なのだ。こういう路線に乗っていると、改めてしみじみと感じてしまう。

「早良《さわら》街道」との交差点を過ぎて直ぐ、「昭代《しょうだい》一丁目」のバス停で降りた。北側の、住宅の立て込む中を曲がりくねった道の通る一画に入ると、直ぐに目の前に小高い丘のようなものが現われた。「祖原山《そはらやま》」だった。

全体が公園として整備されている。山頂まで登ると、「元寇麁原《そはら》戦跡」と書かれた記念碑が立っている。

そう、先程も出て来た地名だ。例の「蒙古襲来絵詞」の有名な場面。説明文には「モンゴル軍が麁原から来て鳥飼潟の塩屋の松の下で戦闘になった」とある。当てる漢字は「麁原」から現在は「祖原」に変わったが、呼び方は同じ。ここは敵兵が一時、陣を敷いたところだった。

博多湾に侵入した蒙古軍は百道《ももち》浜、現在の福岡タワーの立つ近くの沖に船団を停泊させ、上陸した。昔の資料には「蒙古軍は息《おき》の浜沖（現在の東公園沖）から上陸した」としているものが少なからずあるらしいが、現在では否定する研究が多いという。

元の上陸を聞きつけた日本軍は、筥崎《はこざき》八幡宮（東公園の北に位置する）の辺りに本陣を敷いた。「蒙古襲来絵詞」の主人公、竹崎季長は僅か五騎のみを率いてそこに参陣し、今は蒙古軍は赤坂の辺りにいるらしい、と知って出撃する。

途中、蒙古兵の首を太刀に刺して凱旋して来る御家人と出会い、戦闘で元軍を鳥飼潟に追い落として来た、と聞く。竹崎はそこで更に敵を追い込み、武勲を立ててやろうと腹を固める。

蒙古軍はいったん引いて、麁原山に集結し守りを固めていた。そこに竹崎が僅かな兵と共に斬り込んで来たため、山から降りて来て襲い掛かった。あの有名な絵は、その場面を描いたものだった。苦戦を強いられた竹崎だがそこに別の御家人が駆けつけて来たため、蒙古兵を追い払うことに成功した。

「息の浜」は日本軍が陣を敷いた筥崎の近くであり、そこに蒙古軍もいたのではこのストーリーに合わなくなってしまう。話の流れと位置関係的に、おかしい。故に今では百道浜上陸説が主流になっているらしいのだ。

ここ、祖原が歴史的に重要な場所であることもまた、まず間違いない。元寇に興味のある者ならきっと、魅了されることだろう。

ちなみに先述のベストセラーによると、大船団を作る材料や人手に時間、更に上陸に掛かる時間なども勘案すれば資料に書かれている蒙古兵の数は、明らかにおかしい。恐らく数字は過剰に嵩増《かさま》しされたものであって、日本軍としても苦戦はしても追い立てられてはいない。逆に劣勢に立たされたのは蒙古軍の方で、船に逃げ帰ったのもそのせいだろうとの推論が挙げられていた。

「うわぁここ、眺めのよかねぇ」山頂に立って、妻は感嘆の声を漏らした。「遠くまで見渡せる」

「今はビルが立ち並んでるけど、昔はずっと見晴らしがよかった筈だ」私は言った。今日は天気がいい。周りを見ているだけで、気分がよくなって来る。「元軍が反撃のチャンスを狙って、ここに陣を敷いたのも当然に思えるな」

「さっき行って来た、『塩屋橋』はあっちの方かね」指差した。

「そうそう」頷《うなず》いた。「ここから見張っていたら、僅か五騎でやって来る武士がいた。追い返してやろうと蒙古軍は襲い掛かった。そういうことが起こった、と思って眺めるとまた、感慨深いものがあるな」

「上陸した百道浜があっちで、赤坂があっち。いったん引いたとがここで、あの絵の元になったとこがその、目の前。そげん風に説明されると、分かり易かよ。あぁ、ここは全体ば見渡すとに最適ばぃ。ほんによかとこばぃ、あんた」

「お前にそう言ってもらえると、百人力に感じるな」

満足して丘を降りた。麓にも「元寇遺跡」と書かれた石碑が立っており、説明板もあった。ただ、位置的にはバス停の逆側に当たる。道は高台をつづら折りに上っているため、伝って歩いていると方向が違って来るのだ。

「どうしようか」ちょっと迷ったので、相談した。「さっきのバス停に戻る積もりでいた。でもまぁこっちからも、行けないわけじゃない。ただこっちだとバスを降りた先で、ちょっと歩くことになってしまうけどな」

「さっきの『塩屋橋』のところでも歩いたけんねぇ」妻は応えて言った。「ここでも山登りしたし。もうあまり歩かんでいいルートにした方がよかっちゃなかかと」

「そういう気もするんだよなぁ」

スマホを取り出し、時刻表を検索してみた。須賀田がいてくれるといいのにな、と感じるのはまさにこういう時だ。〝伝家の宝刀〟タブレット端末であっという間に欲しい情報を手に入れてしまう。

一方の私はこの体たらくである。慣れないスマホで何度もタップを間違え、求めてもいないサイトに連れて行かれてしまう。散々、手間取った挙句に何も分からない、という結果に往々にして落ち着く。

幸い、この時は何とか上手《うま》く行ってくれた。さっき降りたところではない、「祖原」バス停の時刻表に行き当たった。「あれ、何だこれは」

「どげんしたと、あんた」

「こんな路線もあったのか。いや、知らなかった」

「祖原」バス停を通るのは「行先番号3番」だけだと思い込んでいたのだ。そうであるなら「早良街道」を北上し、「西新《にしじん》」に至るまではいいがそこから逆方向、天神方面へ右折してしまう。だから目的地に行くには交差点の近く、「脇山口《わきやま》」のバス停で降りて歩くしかないか、と思っていた。

ところが他にも「行先番号93番」「95番」という路線が通っていた。

「93番」なら「脇山口」から「3番」と逆方向、左折してまさに目指すバス停に停《と》まってくれる。「95番」は交差点を突っ切って真っ直ぐ行くため、最寄りというわけではないが、それでも次のバス停で降りれば「脇山口」よりは目的地に近づいてくれそうだ。

「いや、しかし。本数が少ないな。どちらも一時間に一本しか走っていない。今は……あぁ丁度、93番が行ったばかりか。次は、一時間後しかない」

結局、「昭代一丁目」バス停まで戻るしかなかった。こちらは一時間に三本は走っている。

待つ時間は、ぐっと減る。

「でもあんた、収穫やったやん」妻が言った。いつも楽天的な彼女が、こういう時は有難い。

「他にもバスの選択肢がある、て分かった。人を案内する時に、知っとると知らんとではえらい違いばぃ」

「まぁ、そうだな。本番では丁度93番の時刻に合うように、時間の調整をしながら散策することもできるかも知れない」

三たび「11番」に乗り込んだ。「鳥飼藤崎線」を先へ進み、T字路にぶつかって右折。「原《はら》通り」を北上して、「明治通り」に出る。右折すると直ぐ左手に、「藤崎《ふじさき》バスターミナル」が見えて来る。上階には「早良市民センター」があり、地下鉄の藤崎駅とも直結している交通の要衝施設だ。

ここで「2番」など天神方向へ向かうバスに乗り換えれば、目的地はもう目前。二つ目の停留所が「防塁前」である。

防塁、そう。「文永の役」で何とか蒙古軍を追い返した鎌倉幕府は、次の襲来に備えて博多湾の海岸線に石築地《いしついじ》を築かせた。西の今津《いまづ》から東の香椎《かしい》浜まで延々、20kmにも及んだ、という。現在もあちこちに遺構が残っているが、この西新地区のものがちょうど中間地点に位置し、元が最初に上陸した百道にも近いことから象徴的でもあろう。どれか一つに行くとしたら、最も相応《ふさわ》しいように思われた。

「明治通り」の交差点名はそのもの「防塁」だ。県立修猷館《しゅうゆうかん》高校の敷地の脇へ入る、路地の角には「元寇防塁入口」の石碑も立っている。

路地に入れば目的地は直ぐそこだ。修猷館だけではない。ここは西南《せいなん》学院の敷地などが隣接した学園町であり、取り巻くように住宅も立ち並んでいるが、その真ん中にポッカリと緑地が開け、防塁の一部が見学できるように保存展示されている。

「うわぁ。来たと、久しぶり」妻が声を漏らした。「やっぱり、迫力のあるねぇ」

緑地の中には堀が穿《うが》たれ、石築地の上部を露出させていて、どんな様子だったかが窺《うかが》える。砂浜の上に粘土を敷いて基盤を安定させた上に、基部幅3・4mで石を積み上げて築かれた。ここに保存されているのはほんの一部だが、これが20kmにも渡って連なっていた、と想像すると気が遠くなりそうだ。それだけ海から攻め込んで来た外敵の存在は脅威だったのであり、何が何でも次の上陸はさせない、という幕府の強い意志が伝わって来る。

ここからちょっと西へ行った百道地区にも、石塁の表面が露出した形で保存されている。ただしこちらと違って、堀までは設けられてはいない。

「ずっと西、今津にもこげんして保存されとるとこがあるとやろ」

「そうらしいな」妻に頷いた。「調べたところでは、市内に『防塁跡地』として記されているところは、十一ヶ所だ。ただし展示室に移設してあったり、石碑が立っているだけだったり、と状況は様々。現地のまま堀まで作って保存しているのは、ここと今津だけらしいけど」一息、ついて続けた。「まぁ全部、回ろうと思ったらできないことはないだろうけど。でもまぁ後は、本人の意向がどうか、だな」

今津まで行くとなると結構、遠い。それよりはここから程ないところ、長浜《ながはま》の魚市場の方に行きたがるのではないか、という気がしていた。例の、「長浜ラーメン」で有名になったところである。

元々あのラーメンは近所の魚市場で働く人を対象として始まったもので、忙しい客のため早く茹《ゆ》で上がるように、極細麵とした。だから大盛りにすると麵が伸びてしまうので、量を食べたい客のために「替え玉」が考案された。

「築地で働きよった人やモン」妻も同意した。「最初の柳橋市場は築地の、場外のごたる雰囲気。旅の終わりに今度は場内のごたる、長浜に行くとなったらその人も喜びんしゃぁとやなかね」

「あぁ、俺もそう思ったんだが」うん、と腰を伸ばしながら言った。「まぁ繰り返すが最終的には、その人がどう言うか、だけどな。こちらはどんな要望が出ても対応できるよう、準備しておけばいい」

敷地の中には「防塁神社」も作られていた。験《げん》を担いで妻と二人、手を合わせた。一週間後の本番、上手く行ってくれますように、と祈った。

「さて、と」お参りを終えて辺りを見渡した。「この後、どうするか。直ぐ近所だし、百道地区の防塁跡も行ってみるか。それとも長浜に直接、向かうか」

長浜を通るのは「行先番号61番」か「68番」などだ。ここから直接、行く路線はないのでどこかでまた乗り換えるしかない。本数を考えるならいったん、天神まで出て戻って来る方が時間的にも早いかも知れない。

この辺り、百道は元寇だけでなく他にも見所が多い。私が好んでいるのはここは、『サザエさん』誕生の地でもある点だ。

『サザエさん』は元々、地元紙「夕刊フクニチ」で連載がスタートした。その後、掲載紙があちこち移り、朝日新聞になったお陰で一躍、全国区になったが発祥はここ福岡だったのだ。原作者の長谷川町子《はせがわまちこ》は当時、西新三丁目に住んでいて近所を散歩しながら、『サザエさん』の構想を膨らませて行った、という。主人公を始め登場キャラクター名が全て海に因《ちな》んでいるのも、海岸線を散歩しながら発案したためだったらしい。

だからこの辺りを散歩しながら、そんな由来について解説するのもいいかも知れない。歩き疲れたらまたバスに乗って、いよいよ長浜へ向かう、というコースもありなのかも。ぼんやりと考えていた。

「あんた」妻の声で我に返った。囁《ささや》くような小声になっており、不穏の様が窺われた。何か、あったのか。「あ、急に動かんで。ただ、ちらっと見てみて。あっち」

緑地の先、木陰に佇《たたず》む男の姿が認められた。距離があるので顔まではは っきり分からなかったが、青いセーターが印象的だった。

「あの人、さっきもおったばぃ」妻は言うのだった。「ほら、前に行った祖原山。あそこでもあの人、確かに見た」

「そうか」私は言った。「じゃぁ彼も元寇、所縁の地を巡っているのかな。歴史ファンだとしたら同じところで見掛けるのも、不思議ではないのかも知れないよ」

「でもあんた。私あの人、柳橋市場でも見たごたる気のすると」

「何だって」

「やけん私、祖原山で見掛けた時に気になったたっちゃん。そしたら今度は、ここでも、やろ。もしそうやとしたらやっぱり、おかしかろ」

「そりゃそうだな」

程なく、男は立ち去って行った。

姿が消えてしまったことを確認してから私は早速、スマホで撮っておいた動画を再生してみた。

「あっ、ほら」

妻の指差した通りだった。柳橋市場の路地の先にも、青いセーターの男が映っていたのだ。こちらでは顔もはっきり分かった。全く見知らぬ男だった。

「祖原山とここだけだったら、いい」私は首を振った。「単なる元寇ファン、という説で片づけられる。でも市場まで一緒だったとなると、尋常ではないな。説明がつかない。少なくとも、思いつけない」

「尾行されてた、ってこと、私達」

「うーん」

どうにも気になって仕方がない。『サザエさん』に長浜市場どころか、どこであれ今さら行ってみる気も失せてしまった。妻と二人、さっさと家路に就いた。

「どげんことやろ、あんた」帰りのバスの中でも一応、周りを見渡した。あの男の姿はない、と確かめて少なからず、ホッとした。やはりかなり、不安に陥っていた。「尾行《つ》けられるごたる理由、思い当たるね」

「いやぁ」

　自宅に帰って来た。家の周りも確認してみたが、不審は認められなかった。さすがにこんなところまで、追って来てはいない。それとも私の家などもうとうに突き止めているから今更、来る必要などないということなのか。日常の行動くらいとっくに把握しているため、普段とは違う行動に出た今日だけ尾行された、ということなのだろうか。

「心当たり、全くないとは言わない」妻に正直に打ち明けた。彼女だって最初に、浮かんだ不安はそれだったろうから。無理に隠したりしようとすれば逆効果にしかなるまい。「お前も知っての通りだ。私の昔の職業。どこに恨みを買っていたとしても、おかしくはない。それだけは否定のし様もない」

「まぁね。やけん私も、怖ぅなってしもうたっちゃん」

　私は定年退職するまで、警視庁に籍を置いていた。警備局公安部公安第一課。所謂、公安警察に一貫して勤めた。

「日本赤軍」のような、極左暴力集団を捜査対象とする部署である。そう言うと随分、時代掛かって聞こえるかも知れないが、現実には残党は今も、海外を含めあちこちに潜伏している。また国内には未だ彼らに賛同し、支援を続けている者もそれなりにいる。

そうした、将来の危険要因となりそうな面々の情報を集め、必要とあらば身柄を拘束する。そこから更に先へと辿《たど》って行く。私は半生をその任務に費やし、それなりの逮捕にも関わった。基本、隠密の仕事である。疑わしいターゲットを延々、尾行し情報の収集にこれ努めた。膨大な資料を掻《か》き集め、整理だけで徹夜続きとなった日も枚挙に暇《いとま》はない。

正直、かなり殺伐とした仕事内容だったことは否めない。それもあって退職後はのんびり暮らしたいと願い、妻の故郷の福岡に移り住んだ。土地柄も性に合い、望み通りの後半生を手に入れた。バスという趣味も得、生活を楽しんだ。少なくともそう思っていた、ついさっきまで。

「私に逮捕され、恨みに思っている者もいるだろう」私は言った。「いつか復讐《ふくしゅう》してやる、なんて狙っている者もいて、不思議はない。それがたまたま福岡で私の姿を見て、あっあいつだ、と気がついた。それで情報収集のために尾行を開始した。あり得ない話ではない、と私も認めるよ。ただ、なぁ。うーん」

自身が逮捕に関わった相手なら当然、顔は覚えている。そもそも身柄拘束に至るまで延々、追い掛け回すのが公安の仕事なのだ。その点、こいつが犯人だろうと踏めば即、逮捕に踏み切り取り調べで落とすのを優先する、刑事部とはかなり行動パターンが異なる。

ターゲットについて知り得ることは全て、手に入れる。ある意味、本人以上にそいつのことを知悉《ちしつ》している。それくらいでないと公安の任務は務まらない。

「知らん顔やったわけやね、今日の男」

「勿論《もちろん》、逮捕した張本人でない場合だってあり得ないではない。例えばそいつに凄く恩を感じている弟分、とか。だから私を『兄貴の仇《かたき》』と憎んでいる、なんてこともないとは言わない。ただなぁ。やっぱり、うーん」

それだけ関係の深い者ならこちらだって、把握している。情報を収集するのは本人ばかりではないのだ。周囲にいる者についてもでき得る限り、情報は集める。兄貴の代わりに仕返ししてやろう、なんて思うくらいの間柄ならば当然、こちらのアンテナにも引っ掛かっていて然《しか》るべきなのだ。少なくともそれくらいの仕事はしていた自負はある。

「勿論、人間のやることだ。網の目からすっぽり、抜け落ちていた奴《やつ》がいなかったとは言い切れない。ただなぁ。それでも」

「あんたの気になっとるとは、分かるよ」妻は言った。やはり長年、連れ添ってくれた女性だ。こういうところは今更、口にしなくとも通じてくれる。「この人から受ける、印象やろ」

さすが、だった。その通りなのだった。

私を恨みに思って、つけ狙っている。そんな男なら当然、気を放っている筈なのだ。殺気に近いものだ。内心の思いが強ければ強い程、外に滲み出す。抑え切れるものではない。

そして、ならば私が、そいつを感じ取れない筈がない。職を離れて既に久しいが、それでもそこまで感覚が鈍ってはいないとの自負はあった。もしかしたら本当に衰えていて、自分で認めたくないだけなのかも知れないが。

「私もそこは同じばぃ」妻は頷いた。「この人から気迫のごたるものは感じられんやった。ただ、そこにおるだけの感じやった。まぁばってん、どこに行ってもついて来るんで、怖ぅなっただけで」

「うん。ただ、そこにいるだけ。全く同感だな」頷き返した。「しかしそれなら、どういうことだろう。彼は私を憎んでいるわけではない。なのに、尾行している。そこに、どんな理由が考えられるだろう」

「恨みに思っとるとは、この本人ではないんかも」一つの説を挙げた。「恨みに思っとる人から、頼まれてやっとるとかも」

「例えば雇われてる、とか。探偵とか、か。うーん」

やはりどうも、しっくり来ない。そもそも彼からは、密《ひそ》かに尾行している感じすら受けなかったのだ。

「例えばあの青いセーターだ」私は言った。「どうにも、目立つ。実際、あれのせいでお前は印象に残ったんだろう」

「そうやんねぇ」首を捻《ひね》った。「こっそり、尾行《つ》け回そうていうんならもっと、目立たん格好ば選ぶ筈よねぇ」

「そうだろ」

どうにも、納得がいかない。どの説も腑《ふ》に落ちない。喉に引っ掛かった小骨のように、いつまでも不快のまま留《とど》まる。

ちらり、と時計を見た。まだ電話を掛けて、失礼な時刻でもない。二人で知恵を絞っても袋小路から出られないのなら、他に助けを求めるだけだ。誰より頼りになる、心当たりがいる。だからもうお手上げ、となったら迷っている暇はなかった。直ちに電話を掛けた。

幸い、先方は直ぐに出てくれた。「やぁ、飛崎《とびさき》か。どうも久しぶり」

「やぁ、炭野《すみの》。急に済まんが、ちょっと話を聞いてもらえないか」

「あぁ。別に家内と二人、夕食を終えて一息ついているところだ。何か用があるわけでもない。構わんよ」

警視庁時代の友人、炭野だった。前述の通り私は公安、彼は刑事畑を一貫して歩んだが、たまたま仕事の中で出会った。追っていたターゲットが殺され、殺人事件として彼が捜査に当たった。

本来なら極秘任務の最中で、警察内部と言えど情報の共有は忌避《きひ》されがちなのだが、何故か彼とはウマが合った。幸い事件も無事、解決を見て以降、個人的にもつき合うようになった。家族ぐるみ、互いの自宅を訪ね合う仲にまで。

「どうだぃ。こっちも妻と一緒だ。ビデオ通話で話さないか。その方が早いだろう」

「あぁ、いいよ」

妻どうしも仲がいい。久しぶりやねー、ご無沙汰。こちらこそ、お元気のようで何より。女性どうしも社交辞令を交わして早速、本番に入った。

炭野の奥さんは名探偵、ということは既に、仲間内では密かに知れ渡っている。こういう相談を持ち掛けるには、この上ない相手なのだった。

「成程なぁ」説明を聞き終えて、炭野は腕を組んだ。「元寇に関わる場所だけならまだしも、市場にも姿を現わしていた、となるとやはり奇妙だな。尾行されていた、と受け取れてしまうな」

「だろ。確かに心当たりはないではないんだし」

「まぁ俺も、現役時代は何人もの逮捕に関わった」殺人を取り扱う刑事だったのだから彼の方が、その数はずっと多い筈だ。「その誰に恨みを買われていても不思議はない、とは自覚しているが」

「そうなんだよ。ただなぁ。どうにも納得がいかなくて」

「尾行者であるなら当然、発している筈の気が感じられなかった、か」

「そうなんだよ。それに、妙に目立つ服を着ていた」

「成程なぁ。うーん」

「あの、ちょっといいでしょうか」炭野の奥さん、まふる夫人が割って入って来た。言うまでもなくどうぞどうぞ、と促した。炭野には悪いが真に意見を聞きたい相手は、こちらの方なのだ。「お話を伺った限りでは、その人が貴方《あなた》がたを尾行していた可能性は低いように感じたのですけれど」

「そうなんよ」妻もまた割り込んで来た。やはり相手が女性の方が、彼女も話がし易いのだろう。真相を知りたい思いだって、私に負けず劣らずの筈なのだし。「ただ、ほんなら何でその人は、行く先々でずっと私らと一緒やったとか」

「尾行ではなかった。その仮定に立つならば、最もありそうな仮説は一つだろうと私は思うんですの」

えっ、と声が漏れそうになった。可能性の一つが既に頭に浮かんでいるのか。やはりさすが、だった。仮説の一つも思いつけないから、こちらは途方に暮れていたのだ。

「市場と元寇。この取り合わせ。一方だけならまだしも、両方となると偶然とはとても思えません。ならばその両者に興味を持っている方。考えられる存在は一人だけです。芦沢さんという、そのお方」

えっ、と今度は本当に声が漏れた。「い、いや、しかし」戸惑いが隠せなかった。「芦沢さんには会ったことがあるから顔は知っている。彼ではなかった。それにそもそもこちらに来られるのは、まだ一週間も先の筈だ」

「いえいえ、そうではございません」まふる夫人が手を振った。「飛崎さんがこの件について話を聞かれたのは、芦沢さんご本人からではなかった、というお話でしたわよね」

「あぁ」

それは確かにそうだ。聞いたのは砺波からで、考えてみれば芦沢本人とはまだ一度も、この件について話してはいない。何時の飛行機で来福《らいふく》するのか。ホテルはどこに泊まるのか。具体的なことは事前に確認しなければならないが、それはもうちょっと日が近づいてからでもいいかと思っていた。こちらの計画を先に詰めておいた方がいいと判断していた。

「芦沢さんが福岡に行くらしいから、よろしく。貴方にそう仰ったのは、別な人。実はそのことを、芦沢さんご本人も知らないとしたらどうでしょう。彼は彼で他の福岡の知り合いに、『そっちに行くからよろしく』と頼んでおられたとしたら、どうでしょう」

「あっ」

妻と二人、同時に声を発していた。確かにそうだ。それが今のところ、最もありそうな仮説だ。間違いない。

「あなた」夫人が炭野を向いていた。「そう言えば須賀田さんのお客さんで、飛崎さんと同じような境遇の方がいらっしゃいませんでしたかしら。ずっとこちらに住んでいて、仕事を離れて福岡に引っ越された、という方が」

「あぁ、そう言えば」炭野がポン、と手を叩《たた》いた。「いたいた。確かその人からも依頼を受けたんだ。ずっと疑問に思っていたことがある、と。富士塚に関する謎で、それをお前が解き明かしてあげた」

「そういうようなことが確か、ありましたわよね」

「飛崎」炭野がこちらを向いた。「一度、また須賀田さんと連絡を取ってみるといい。そうすれば何か分かるんじゃないかな。妻の推理が当たっていれば今回のことが、謎でも何でもなくなってくれる、かも」

「いやぁ、参りましたよ」生ビールで乾杯を交わし、笑い合った。「貴方のような存在があった、とはね。もっと早くに知り合っていればよかった。そうすれば今回のようなことも、起こってはいなかった」

「同感ですね」今日は着ているのは青いセーターではない。だがもう、お馴染《なじ》みになった顔だった。今、目の前にいた。「ただまぁ、お陰で忘れられない出会いにはなってくれましたよ」

「本当ですね」

中洲《なかす》の居酒屋だった。あの日の青セーター、末次《すえつぐ》と会っていた。面と向かうのはこれが初めてだが、既にメールや電話で連絡は取り合っていた。

須賀田に確認してみるとやはり、まふる夫人の推理は見事に真を突いていたことが判明した。ずっと東京在住だったが全ての職を離れ、妻の故郷である福岡に移住した。私と全く同じ境遇の男がもう一人、いたのだ。彼には富士塚巡りという趣味があり、まだ訪れていない富士塚をできる限り回りたい、と須賀田に相談した。例によって完璧なツアーに仕立て上げてもらい、心から満足した。

おまけにずっと胸に燻《くすぶ》っていた、疑問まで解消してくれた。須賀田を介してとある名探偵（言うまでもなくまふる夫人）にアプローチすれば、どんな謎でも解き明かしてくれる。仲間内の口コミで既に、評判になっていたのだ。

彼は二重の目的で須賀田にツアーを依頼し、この上ない結果を得た。バスに乗る趣味に取り憑《つ》かれ、仲間も増えた。中でも最も気が合うのが、芦沢だった。

「私も妙だなと思ってたんですよ」末次は言った。「芦沢さんのご希望に沿うように、博多版須賀田さんの予行演習をしてみた。そしたら何故か行く先々で、貴方たち夫婦に出会う。どういうことなんだろう、と不思議でならなかった」

彼もまた逆に、私達を見て戸惑っていたのだ。あの日は本当に天気がよかった。芦沢のやって来る一週間前でもあった。実際にバスで行ってみよう、と思い立った日が同じだったのも、滅多にない偶然、というわけでもなかったらしい。

「しかし、ねぇ」笑うしかなかった。「諸悪の根源は砺波さん、というわけですね」

「そうそう」末次も笑った。「まぁあの人はどこか、トボケたところがありますからね。いかにもやり兼ねない、というか」

「そうそう」頷き返した。「おまけに妙に、お節介なところもある」

須賀田と連絡を取り色々と聞いて行く中で、全ての根源が明らかになった。砺波だった。彼は何と間違えて、私にメールを送っていたのだ。本当は末次に送る積もりだった、という。言われてみて改めると確かに、メアドはあってもメールに宛名は書かれてはいなかった。遣《や》り取りをしている間もずっと彼は、相手は末次と思い込んでいたらしい。

一方、芦沢は末次に直接「今度、来福する」旨を告げていた。「市場に行きたいのともう一つ、元寇に興味があるので所縁の場所を回りたい」とお願いしていた。実は砺波が、全く違う相手に同じことを依頼しているとはつゆ知らず。かくして今回の騒動が巻き起こった、という次第だった。

「ただ、ねぇ」おきゅうとをつまみに、芋焼酎を口に含んで私は言った。「おきゅうと」とは海藻を練って固めたもので、新潟県あたりでは「エゴネリ」などと呼ばれる。酒呑みの多い福岡では特に好まれる。つまみに最高なのだ。「こうして貴方と知り合うことができた。期せずして機会が得られたことに、感謝です」

「全くですね」末次は言った。「まずは明日の、芦沢さんの出迎えだ。彼への歓待が終わったら、次は妻どうしの顔合わせ。やるべきことは目白押しですな」

「本当に」

そう。いよいよ明日、芦沢が福岡にやって来る。末次も考えていたコースは私とほぼ同じだったようで、先日と同じルートを回ることになるだろう。

「あぁ、そうか。塩屋橋。確かにあそこも連れて行けば、より喜んでもらえそうですな」

私に指摘されるまで、末次は塩屋橋まで行くことは考えていなかったらしい。お陰であの日、あそこでは彼を見掛けなかったのでありその後、同じ場所を回っていても微妙に時間がズレていた。バスの中でまで一緒にならなかったのは、そのせいもあった。

「そうでしょう。私らは歩いてみたけど、大した距離ではなかったですよ。是非、行ってみましょうよ」

「そうしましょう」

我ながら、高揚していた。この歳になってウキウキしているなんて、自分でも可笑《おか》しいくらいだ。

何となればこれから、楽しい日々が待っている。明日以降の、芦沢を迎えてのツアーは言うまでもなく。その後に待っている妻どうしの顔合わせも、きっと上手く行くだろう。夫は東京の人間で、定年後に自分の故郷に連れて来た。境遇の似た者どうし、彼女達も打ち解け合ってくれるに違いない。

何より嬉しいのはこうして、近場に同好の士が出来たことだ。これからは一緒に西鉄バスの小さな旅を楽しんだり、別な場所へ行った帰りに落ち合って今夜のように酒を酌み交わしたり、という機会も増えるだろう。

キナ臭い尾行なんてとんでもない。福岡での暮らしがより愉快になってくれる。今となっては砺波が「おトボケさん」だったことに何より感謝、であった。

第八章　〝バス・フィッシャー〟を探して

我が家に一番、近い駅となればＪＲ中央線の「信濃町《しなのまち》」だろうが、四ツ谷《よつや》駅だって大した距離ではない。赤坂御所を右手に見ながら、のんびりと坂を上がった。ここ「鮫河橋坂《さめがばし》」は先日も、郡司《ぐんじ》先輩と一緒に歩いたな。思い出に浸った。そう、今日も彼に会うことになる。いや、それどころか――

坂を上がり切ったところが外堀《そとぼり》通りと甲州《こうしゅう》街道との交差点「四谷見附《みつけ》」で、二つの信号待ちをして対角線状に道を渡った。そこはＪＲ四ツ谷駅のメイン入り口だが、私は外堀通りを更に先へ進んだ。

そもそもＪＲに乗るのではない。乗りたいのなら道を対角線状に渡ることなく、地下鉄との乗り換え口である赤坂《あかさか》口から構内に入ることだってできた。

そうではなく次の「四谷見附北」交差点を右に折れ、ＪＲ線路を跨《また》ぐ橋を渡った。橋の途中に「四谷駅」停留所がある。「都03」系統。目的はバスだった。最近、先輩の影響でこんなことを好んでするようになったが、特に今日は重要だった。やらない、という選択肢はあり得なかった。

橋の途中から発車したバスは先程の「四谷見附北」交差点で左折。更にさっきの「四谷見附」交差点で左折して、甲州街道を走り出す。最初のスタートから百八十度反対側、皇居の方向へ向かう。

「半蔵門《はんぞう》」のT字路で、右折。内堀《うちぼり》通りを、皇居のお濠《ほり》に沿って走る。この辺りは高台なので眺めがいい。左手にはお濠の静かな水面が見下ろせ、対岸に凜《りん》と立つ皇居敷地の濃い緑が目に優しい。

反対側の右手には国立劇場、更に最高裁判所の厳《いか》つい建物が見えて来る。両者の対比が面白い。坂を降りると今度は警視庁の庁舎だ。「桜田門《さくらだ》」と言えば東京における警察の俗称。道のこちら側は政治と行政の中心地なのだな、と思い知る。自分だってついこの前まで、こっちの方の人間だった。

バスは日比谷《ひびや》公園の横を抜け、有楽町《ゆうらくちょう》のガード下を潜《くぐ》る。銀座《ぎんざ》のど真ん中を突っ切り、歌舞伎座の前を通って築地《つきじ》に出る。市場は豊洲《とよす》の方へ移ってしまったが、見る限り人通りは元のままのようだ。築地場外に残る店の魅力は、変わらず人を惹《ひ》きつけているのだろう。

道は緩やかに上り坂に転じ、勝鬨《かちどき》橋で隅田《すみだ》川を渡る。ぱっと開けた水面がまた、心地《ここち》いい。最近、しみじみこうした風景が胸に沁《し》みるようになった。

橋を渡り終わって直ぐ、「勝どき橋南詰」バス停で下車した。次の「勝どき駅前」まで乗ってもいいが、続く乗り換えのためには信号を渡って、来た道を戻って来なければならない。それより一つ手前で降りた方が合理的だろうと判断した。最近、こういう感覚が自然に湧くようになった。

清澄《きよすみ》通りの交差点を左折して、こちらの「勝どき駅前」停留所から、「門33」系統に乗り込んだ。これで、今日の最初の目的地まで行ってくれる。ゆったりと座席に身を委ねた。

バスは延々と清澄通り伝いに走る。月島《つきしま》を抜け、門前仲町《もんぜんなかちょう》の交差点で永代《えいたい》通りを突っ切る。「門33」系統という名前なのはこの街を通るからだ。最近、こういうことにもつらつら考えが向くようになった。

地下鉄、清澄白河《しらかわ》駅の頭上を通り、森下《もりした》の交差点で新大橋《おおはし》通りを渡る。この頃にはこの道は、真《ま》っ直《す》ぐ北を向いている。京葉《けいよう》道路を渡り、ＪＲ総武《そうぶ》線のガードを潜った先の「都営両国《りょうごく》駅前」停留所で降りた。

両国と言えば有名なのは国技館《こくぎかん》だが、私はそちらを背にして車通りを東へ向けて歩き出した。直ぐ、右手にちょっとした広さの公園が見えて来た。ここが今日の、待ち合わせ場所なのだった。

「よぉ、枝波土《しはど》」

郡司先輩がもう来ており、手を振った。かなり早目に出て来た積もりだったのでこれは意外だった。今日の集まりの中では自分が断トツの若造だ。最も気を遣わなければならない立場にあった。

「いやぁ、済みません」小走りで駆け寄った。「お待たせしてしまいましたか。一番で到着するよう期していた積もりだったんですが。面目ありません」

「いやぁ」と先輩は首を振った。「俺は家が遠いからな。こっちの方へバスだけで来ようとしたら、なかなかに乗り継ぎも悪い。だからどうしても早目、早目に出なきゃならんことになるんだよ。仲間内の集まりでは俺がいつも一番乗り。もう、定着しちまってるんだよ」

「済みません」

そうしている内に三々五々、他の面々も集まって来た。まずは警察のもう一人の先輩、炭野《すみの》さん。今日の集まりの中で私がよく知っている、と言えるのは彼までだ。他は会ったことはあっても、まだ顔馴染《なじ》みと称するには程遠い、という程度の仲に過ぎなかった。

次にやって来たのは吉住《よしずみ》さん。元不動産屋で、東京の地理にはとても詳しいという。炭野さんがこの人と出会ったことから、路線バス乗りを趣味とする集まりが徐々に形成されて行った、と聞いた。

最後に到着したのは須賀田《すかだ》さんといった。「路線バス旅のコーディネイター」などという珍妙なことをやっていて、ツアーに客として参加した面々からも集まりの顔ぶれは更に広がって行った、と聞く。ただし今日、この場で待ち合わせたのはここまでだった。

「今日はよろしくお願い致します」主に郡司さん、炭野さん以外の二人に向かって頭を下げた。親しいとまでは言えない間柄なのだから、自然だろう。「本当はまだ、僕なんかが参加させてもらっていいのかどうか。よく分かってもいないんですけれど」

「いえいえ」と二人はにこやかに返してくれた。「そんなに堅苦しく考えることはないですよ」

「そうだよ、それに」と郡司さんが私を向いた。「お前、どうやってここまで来た」

四谷から「都03」系統。勝どき駅から「門33」系統に乗り継いだ、と説明した。

「あぁ、今日はお天気もよかったし」途端に吉住さんが反応した。「『都03』だったらさぞかし、皇居のお濠も綺麗《きれい》に眺められたのではないですか」

「えぇ、本当に」私は応えた。さすがバス乗りの達人達。路線名を言っただけで即座に、車窓が目に浮かぶらしい。「心が洗われるようでしたね。ただし道の反対側は最高裁や警視庁など、厳つい建物ばかりでその対比もまた楽しめましたけど」

「成程。いや、確かに」

「あの道は本当に、右と左で世界が違いますからなぁ」

吉住さんに加えて須賀田さんも賛同してくれた。

「俺達だって以前は」炭野さんが笑いながら言った。「その厳つい建物の側にいたんじゃないか」

「えぇ、そうなんですよね」苦笑を返した。やはり元、同じ職場にいた者どうし。自然と感慨も同じになってしまうものらしい。「ただだからこそ、お陰様で定年になった今となっては解放感が一入《ひとしお》で」

「違《ちげ》えねぇ」郡司さんが吹き出した。「のんびりバス旅なんか楽しんでると、殺気立ってたあの頃が遠い世界に思えるよなぁ」

五人で笑い合った。

「なっ」郡司さんからぽん、と肩を叩《たた》かれた。「ちゃんと路線バスだけで待ち合わせ場所に来た。話題も提供してくれた。それだけでお前も、ここに参加する資格はもう充分にある、ってことだよ」

「ははぁ」今日は特に意識して、バスだけで来た甲斐《かい》もあったということらしい。

「そうそう。その通り。さぁ、行きましょう行きましょう」

吉住さんに促された。そう。いつまでも公園に留《とど》まっていても仕方がない。目的地はこの一画にあるのだ。『すみだ北斎《ほくさい》美術館』。江戸時代のあの有名な浮世絵師、葛飾《かつしか》北斎はあちこち転々としたとは言え基本的に、本所界隈《ほんじょかいわい》で生涯を過ごした。そんなことから、生誕地とされるここに記念美術館が建てられたらしい。

「いやぁ、しかし」建物を眺めて、須賀田さんが首を捻《ひね》った。「これはまた変わった形をしていますな」

確かに四角が変形したような形をしており、何とも言い表すのが難しい。

「超近代的なデザインに思えますすな」吉住さんが頷《うなず》いた。「ただどちらかと言えば、浮世絵の世界とは縁遠いような」

「芸術ですよ、芸術」郡司さんが一蹴した。「私らにゃちょっと分からない」こんな風に突っ撥ねてしまうのも、いかにも彼らしい。

五人、ぞろぞろと中に入った。入館料を払い、エレベータで階上に上がった。

常設展示は北斎の人生、全般に亘《わた》っての説明と展示がなされていて、見ていて飽きない。ど素人《しろうと》の私らですら何度も見たことのある有名な絵があちこちにあり、「あぁ、これは知っているなぁ」などと感想も漏らし易《やす》い。若い頃の「習作の時代」や、「読本挿絵の時代」など人生のその時々にどういう絵を描いていたか、順を追って展示がなされている。「ははぁ、若い頃はこんな絵を描いていたのか。有名な『富嶽《ふがく》三十六景』なんかとは随分と印象が違うなぁ」

「やっぱりプロというのは色んな絵が描けるんですね」

「そりゃぁ、もう。天才なんですし」

墨田《すみだ》区と北斎との関わりについても多くの説明が割かれていた。当時の本所界隈を描いたものもいくつも残されており、北斎がこの地に抱いていた愛着が伝わって来るようだった。

企画展もなかなか興味深いものが展示してあり、時間を忘れた。

「おや、もうこんな時刻だ」炭野さんが時計を見て、言った。「そろそろ、動いてもいい頃合いかも知れませんね」

「いやいや、予想外に時間を忘れてましたよ」吉住さんが言った。「やっぱり有名な人だし、見たことのある絵も多い。素人でも存外、楽しめるものですな」

「ここにして、正解でしたよ」須賀田さんが言った。「町歩きをしているとどうも、食堂に目が行ってしまって、いかん。また古い町にはいい店が付き物、ですからな。誘惑が多過ぎる」

どういうことです、と尋ねると郡司さんが教えてくれた。「これまでは、な。時間潰しに町歩きをしてたんだよ。だがそうしたら須賀田さんも言う通り、美味《うま》そうな店からいい匂いが漂って来てどうにもいかん。ついフラフラとそっちに入って行きそうになっちまう。だから反省して、今回はこういう美術館なんてところにしてみたわけだ」

「ははぁ、成程」

そう。我々は「時間潰し」のためにここに来ていたのだった。今夜は炭野さんのお宅で食事会が開かれる。炭野さんの奥さんは料理が上手で、どれを取っても美味い。私もずっと以前、まだ現役の頃にお邪魔したことがあるが、それはそれは御馳走《ごちそう》を振る舞われた記憶が鮮明にある。

加えて今では、須賀田さんのお客として知り合った小寺さんというご婦人も料理に腕を振るっている、という。ご婦人二人が食事の支度をしている間、何の役にも立たない男共はこうして時間を潰すしかないわけなのだった。

成程これからご馳走を味わおうというのに、その前に食堂に吸い込まれてしまったのでは本末転倒、以外の何物でもない。苦い経験から町歩きは止《や》め、美術館集合にしたというのはいい判断だと私にも思えた。

「俺も美術館なんて、どうかなとも思ってたんだけどな」炭野さんが言った。「素人が難しい芸術なんかを見て、分かるのか。時間潰しになるのかと訝《いぶか》ってたが、ここはよかったな。純粋に面白かった。まぁ葛飾北斎だからどれだけ素人でも、知らないなんてことはあり得ないけど」

「私は北斎が吉良《きら》家の家老の子孫だった、なんて説があるのを知りませんでしたからね」吉住さんが言った。「それだけでもへぇそうなんだ、と興味深かったですよ」

そう。展示によるとあの『忠臣蔵』の仇役《かたき》、吉良上野介《こうずけのすけ》の家老、小林平八郎《こばやしへいはちろう》は北斎の曾祖父《ひいじい》さんに当たる、との説もあるらしいのだ。そして確かに、討ち入りの舞台となった吉良邸もここ両国にある。北斎と墨田区の因縁、という意味でもそれがもし本当だったら確かに興味深かった。

「さぁ、さぁ。本当のお楽しみはいよいよだ」郡司さんが急かす《せ》ようにパンパン、と手を打ち鳴らした。「行きましょう行きましょう。いざ、吉良邸ならぬ炭野邸へ」

『すみだ北斎美術館』を出て真っ直ぐ北へ歩き、「蔵前橋通り《くらまえ》」を渡ると「石原二丁目《いしわら》」バス停だ。ここから「都02」系統に乗れば炭野さんのご自宅のある錦糸町《きんしちょう》まで直ぐ。時間潰しの場所にはその後、真の目的地まで行き易い、という条件もつき纏う《まと》。今日の待ち合わせ場所はつくづく、的確だったと思い知らされた。

「そうなんだよ」感想を述べると郡司さんは大きく頷いた。「これまでも行き易い、てぇ条件には合致する場所を選んでたんだ。ただ、なぁ。さっきも言った通り町歩きをしちまうと、どうにも上手《うま》くない。だから今日はあそこにしたわけだ。最適解に行き着くまでにゃぁこれで、試行錯誤の歴史があった、てぇことさ」

「爺《じい》さんだからなかなか、ストレートにいい答えに辿り《たど》着けない」吉住さんが言った。「迷いに迷った末に漸く《ようや》、ここまで来れたってことなんですよ」

笑っている内に目的地に着いた。バスを降りた。

考えてみれば今日は家の近くから「都03」系統に乗って、いよいよ目的地という時は今度は「都02」だったわけですね。感想を述べると皆、これにも食いついてくれた。バス好きの間ではこういう話題が好まれる。既に飲み込んでいた。

炭野さんはバス停からご自宅に直行したが、残る四人は途中で酒屋に寄った。先述した通り今夜の料理は全てご婦人が作ってくれる。だからせめて酒代くらいは男衆が出すのが暗黙のルールになっているらしかった。

「これまたいつも、手間取るのが常なんだよ」郡司さんが苦笑していた。「ご馳走になるんだからせめて、これくらいの質の酒は買ってった方がいいんじゃないのか、って。選ぶだけで迷う。なかなか決まらねぇ」

今日もそうだった。あぁでもないこうでもない、と揉《も》め、最終的に買うまでにそれなりの時間を要した。ビールは既に用意してある、というので自分達用の日本酒。これは一升瓶二本は要るだろう。それからご婦人用のワイン。小寺さんは梅酒が好きらしいというので、それも。酔って味が分からなくなったらホッピーに切り替えるのがいいというわけで、キンミヤ焼酎とホッピーも買い込んだ。

「あぁ、いいよお前は」割り勘で料金を払おうとすると、郡司さんに止められた。「記念すべき初参加だ。甘えときな」

「い、いえ。で、でも」

「そうですよ」吉住さんと須賀田さんも頷いた。「一番、若いんだ。こういう時は人生の先輩の顔を立てとくモンですよ」

「い、いや、しかし」

「じゃぁ、こうしよう」郡司さんがぽん、と肩を叩いた。「若者の務めだ。力仕事はお前、と」

確かに瓶ばかりだから、重い。運ぶのは若造の仕事、と言われれば素直に納得できた。ただし実際に持ってみたら、予想以上にずしりと来たが。それに「若造」と言ってもとうに定年を超えているのだが……

「あぁ、いらっしゃい」炭野夫人、まふるさんにお会いするのは久しぶりだった。相変わらず綺麗で、品のいい方だなぁ。しみじみ、感じた。こんな人が一方で、名探偵だなんて。「ご無沙汰してます。お待ちしておりましたわよ」

「初めまして」と頭を下げたのは小寺婦人だ。こちらは初対面だがまふるさんと同じく、とても感じのいい女性だった。「丁度、お料理の準備もあらかた済んだところでしたわ」

私は二人に深々と頭を下げた。「今日はお言葉に甘えてお邪魔しました。どうぞよろしくお願い致します」

「さぁさぁ。いつまでも堅苦しいことやってないで、こっちだ」

炭野さんから引っ張られるようにして、居間に入った。テーブルでは前菜が大皿に並べられ、後はスタートするだけの状態になっていた。まずは全員、ビールで乾杯した。

「あぁ、美味い」一口、食べて思わず言葉が漏れた。「シャキシャキの歯応えが堪《たま》らない。これは、ウドですか」

「そうですの」小寺婦人が頷いた。「茎が太目の、立派なものが売ってたので酢味噌《すみそ》あえにしてみたんですの。でもそれだけではありませんわ。これも、これもウドですのよ」

「あぁ、こっちはウドの穂先の部分だ」須賀田さんが歓声を上げた。「成程、穂先は天麩羅《てんぷら》にしたわけですか」

「これは、金ぴらですね」吉住さんが言った。「細かく切ってあるが。茎を、削ったんですか」

「そちらはウドの皮ですの」小寺婦人が答えて言った。「皮には風味が詰まってますので。ほろ苦さが、金ぴらに合うんじゃないかと思って」

「いやぁ、成程」炭野さんが言った。「部位ごとに合う料理があるわけですね。一言ウドと言っても、奥が深いなぁ」

本当だ、と胸の中で賛同した。こんな風に丁寧に調理してもらえたなら、食材だって本望だろう。

「いやいや、こっちも美味いぞ」郡司さんが言った。「生春巻きだ。パクチーの香りが、堪らない」

聞くところによるとこの会では日本料理を小寺婦人、その他をまふるさん、と役割分担しているそうだった。亡くなった夫は生前、和食が大好きでそれに応えている内、日本料理しか作れなくなってしまいましたの。小寺婦人が笑った。

してみると生春巻きの方はまふるさん、ということか。エスニック料理で中に巻くものによっては、かなり性格の強い味にもなるが今日の中身は茹《ゆ》でエビに胡瓜《きゅうり》など、あっさり目に抑えてあった。食べ合わせる日本料理の風味を壊さないよう、という配慮なのだろう。
ただそこに、パクチーだけは忘れない。あっさりした中に特有の、やはりエスニックという
アクセントが生まれる。ウドもまた独特の風味を持つ食材だから、両者はとても合っていた。
互いに相殺《そうさい》することなく、逆にそれぞれの存在感を出して高め合っていた。
こんな感じでご馳走が続いた。始終、舌が喜んでおり酒も進んだ。周りも皆そうで、瓶が
次々空けられて行った。重い思いをした甲斐があったな。心地よい酔いの中で思った。
「さぁそろそろ、今夜のメインディッシュですわよ」
出て来たのはマグロの照り焼きだった。添えられていたのはタルタルソースだった。
「二人の合作ですのよ」まふるさんが笑った。笑顔がまた、とても美しい。「まぁ私は、タル
タルソースを作っただけですので。偉そうなことを言える資格はありませんけども」
「いやいや」一口、食べて吉住さんが唸《うな》った。「このソースは美味い。入っているのは、これ
は何だ。何だか漬物のような。でも、ピクルスじゃぁないな」
その通りだった。タルタルソースに刻んだ卵やらっきょう、タマネギなんかを混ぜ込んで風
味を複雑にするのは、一般的だろう。だがもう一つ、変わったものが入っている。それに普通
のタルタルソースよりは、色がちょっと赤っぽいような。
「細かく刻んだ柴《しば》漬けですの」まふるさんが説明して微笑《ほほえ》んだ。「照り焼きという和料理には、
合うかなと思って」
「あぁ、そうか。成程」須賀田さんが膝を打った。「この風味、まさに柴漬けだ」

「マグロは下手すると獣肉並みに、脂が強い」郡司さんが言った。「だから照り焼きという調理法が合うんだが。しかしそこに、タルタルソースかぁ。おまけに純和風の柴漬けと来た。いやぁこれは絶妙な取り合わせだ。美味い、以外の言葉が浮かび様がない」

「まぁ、皆さん。グルメレポーターみたい」小寺婦人も笑った。「でも二人の合作料理ですもの。それをこんなに喜んで頂けて、光栄ですわ」

「本当ですわね」まふるさんが合わせて言った。「ただまぁ私は、タルタルソースを作っただけですけども」

「何を仰《おっしゃ》ってるの。とても手間が掛かってるじゃありませんの。だって柴漬けから、お手製なんでしょう」

「えっ、そうなんですか。お店で売ってたもの、じゃなくって」

「ええ、まぁ。赤ジソの出る季節には必ず買って来て、自宅で漬けるんですけども」

「自家製の柴漬入りタルタルソースなんですね。いやぁこりゃ贅沢《ぜいたく》だ。こんなものを味わえる我々は、本当に幸せだ」

こういう時間はあっという間に過ぎて行く。酒もどんどん消えて行く。

皆《み》んな、いい塩梅《あんばい》に酔っていた。本当に心地よかった。いつまでもこのままでいられればいい。心から、思った。

「思えば、あれからなんですよねぇ」気がつくと、炭野さんが話題を振っていた。全員かなり腹はくちくなっており、反比例するように口は軽くなっていた。「私が吉住さんと出会った。

あの、平井《ひらい》駅前」

「あぁ、そうだ」吉住さんが膝を打った。「あれが、全ての始まりだった」

仕事人間だった炭野さんは職場を離れてみると、やることが何もなくなった。一日をどう過ごしていいか、途方に暮れる有様だった。

路線バスに乗ってみたらどうか、と水を向けたのはまふるさんだったらしい。

「毎週、水曜日に女房の友達がここに集まって料理教室をやっててな」炭野さんが言った。他の面々にとっては既に承知の話なのだろう。主に私に向かって、だった。「そんな時、爺さんに家に居座られても困るわけだよ。だから何とか追い出したい。窮余の策で思いついたのが路線バス、だったんだろうさ」

「まぁそんな」まふるさんが笑って手を振ったが、「そりゃそうだろう」と茶化したのは郡司さんだった。

「だがそうしたら、乗ってみたらこれが楽しいわけだ。また現役時代、事件の捜査で都内のあちこちを歩き回ったからな。バスに乗っていて『あぁここは来たことがある』『ここで犯人に繋《つな》がる決定的な証言に巡り会ったんだ』なんて記憶が蘇《よみがえ》る。それが面白くってな。気がついたらどっぷりハマってた」

「ははぁ、成程」

ＪＲ総武線、平井駅前に来た時もそうだったという。実は炭野さんにとって、最初に担当した事件の現場だったらしい。幸い、犯人を特定し逮捕に至ることができた。被害者の両親は炭野さんの手を握って感謝してくれた、という。事件を解決する意義と、喜びを実感することができた。そんなわけで当人にとっては特に、思い出深い現場だったようだ。

「随分、時代は経《た》っていたがまだ当時の面影を残すものもいくつも見つけることができた」炭野さんは言った。「あそこの住民から得た聞き込みが後の捜査に大きな影響を及ぼしたんだった。逆にこっちの奴《やつ》の証言はいい加減で、かなり振り回されることになったんだっけ。歩いていると次々と思い出が蘇って来てね。時間を忘れていた。気がつくとかなり歩き回っていて、足も疲れていた。だから駅前に戻って、居酒屋で一杯やっていたんだ」

夕刻、駅前のロータリーが一望できる店だったらしい。人の流れを見るとはなしに眺めていて、妙な人物に気がついた。バス停のベンチに腰を下ろして待っている。なのにせっかくバスがやって来ると、その場を立ち去る。

炭野さんは平井駅の事件現場の思い出を辿るため、何日も現場に通った。そして毎回、その男を目撃することになった。居酒屋の店主も不思議がっていたという。あの人、いつもあぁしてバスを待っているのにイザ来たら、乗らずに立ち去ってしまうんですよ……

「それが、私だった、ってことですよ」吉住さんが笑った。「そりゃぁ傍《はた》から見たら随分、妙に映ったんでしょうなぁ。自分では意識もしてませんでしたけども。そもそもそんなことをやっている私に、気がついて注視している人がいる、なんてことも」

結局この時、謎を解いてくれたのもまふるさんだった。と、言うよりこの時まで、奥さんが名探偵であることに炭野さんも気がついていなかったらしいのだが。とにかく推理が当たっているか確認するために炭野さんは、吉住さんに話し掛けた。こうして二人は出会い、バス仲間の輪が広がる最初の切っ掛けとなった。ちなみに吉住さんの奇妙な行動に対するまふるさんの推理も、言うまでもなく見事に的を射ていた。

「都バスの『上23』系統。そうですよね」頃合いか、と見て私は切り出した。「上野松坂屋前《うえのまつざかや》と、平井駅前とを結ぶ」

「あぁ、そうだ」炭野さんは頷いた。「まさにそれに乗って、平井駅に通った。枝波士も知っているのかぃ」

「えぇ、そうなんです」頷き返した。「私にとっても、思い出深い路線になるんですよ。あの〝バス・フィッシャー〟に纏《まつ》わる」

「おぉ、いよいよその話題が出て来るか」郡司さんが目を輝かせた。「今日はそのためにお前、来たようなものだモンなぁ。待ってました、だぜ」

現代のネット時代を象徴する犯罪に、「フィッシング詐欺」がある。インターネット上の経済的価値のある情報を、盗み出す。ユーザ名やパスワードを手に入れれば、ネット上でその人間になり済ますことができる。クレジット・カードの番号も入手すれば限度額、一杯キャッシングすることだって可能になるわけだ。自分のクレジットであれば当然、借りた分は返さなければならないが他人名義だから、使い放題。仮想空間で別人格になることができる、現代だからこその犯罪と言っていい。何かと話題になる暗号資産（仮想通貨）だって、他人になりすまして取引することができる。

「入り用な情報を釣る」郡司さんが言った。「まさにフィッシング、というわけだな」

「えぇ、まぁ。ただしその語源がどこから来たか、は諸説ありますけどね」一息、ついて続けた。「とにかく当時、私らのチームは一人のフィッシング詐欺常習犯を追っていました。後に、路線バスを駆使して都内を動き回っていたことも判明する。〝バス・フィッシャー〟と我々専門チームが名づけることになる犯人です」

私は警視庁時代、生活安全部のサイバー犯罪対策課に長く籍を置いていた。まさにこのような犯罪に対処するための部署だった。

「同一犯と見られる事件が続いていましたからね。私らはこいつを網に掛けるべく、あちこちに捜査を広げていたわけです」

フィッシング詐欺の手口にも色々ある。最も多いのは偽メールを送りつけるやり方だった。誰もが知っている、有名な企業や店の名を騙《かた》ってメールを送りつける。この度《たび》キャンペーンで貴方《あなた》に特典が当たることになりました。つきましては手続きのため、ＩＤとパスワードを入力して下さい。言われた通りに打ち込めば、まんまと情報が盗まれてしまうというわけだ。「最初に手数料が掛かりますので」などと言葉巧みにクレジット番号を打ち込ませてしまえば、もう何だってできる。

ただ、こいつが使っているのは別だった。フリーＷｉ－ｆｉスポットを狙った手口だった。

「街中でよく見掛けますよね。そこだと無料でＷｉ－Ｆｉが使えるということで、主に若者が群がってスマホを弄《いじ》っていたりする。ただあれ、実は危ないんですよ。通信が暗号化されていないケースが多いので、デバイスとＷｉ－ｆｉルーター間の電波を簡単に傍受できる。打ち込んだ個人情報もそのまま盗まれてしまう」

どうやらこの説明までは郡司さんが皆にもしていたそうで、既に分かっているようだった。特に、須賀田さん。彼は元々、大手電機メーカーに勤めていたということで、ＩＴの扱いにも長《た》けている。タブレット端末を巧みに操り、外にいても必要な情報を即座に入手する。そんなこともあって郡司さんは一時、須賀田さんこそ〝バス・フィッシャー〟なのではないかと疑ったくらいだったという。

「だって、よぉ」以前、郡司さんは笑っていた。「バスに詳しくてなおかつ、ＩＴ機器を使いこなす。犯人の条件にピッタリじゃねぇか。だから俺てっきり、この人が〝バス・フィッシャー〟なんじゃねぇかと目星をつけて。尾行《つ》け回す、なんてことまでやらかしちまったんだ」

挙げ句の果ては須賀田さんが他の人と、バス・フィッシング（ブラックバス釣り）の話をしているのに耳を奪われた。「そいつを聞いてもうこいつは犯人に間違いない、と思い込んじまって、よぉ」

確かにまぁ語感はよく似ている。と、言うよりその言葉があったから、捩《もじ》って私らは犯人にこの渾名《あだな》をつけたのだ。「よく考えりゃぁ犯人自身は、自分にそんな渾名がつけられてるなんて知るわけもねぇのに、よぉ。炭野に指摘されるまでそこまで考えも回らねぇ始末だ。間抜けなこったぜ、我ながら」

後輩である私のためにそこまで熱心になってくれたのだから、笑うわけにもいかない。むしろ感謝すべきだが一方で、須賀田さんに申し訳ない気持ちも拭えなかった。私が余計なことを郡司さんに言いさえしなければ、あらぬ疑いを掛けられることもなかったのだから。ただ私としてはどうしても、言っておきたい胸の内があったのだ。

「始めの時点ではまだ、犯人が路線バスを駆使して都内を自由に動き回っている、とまでは把握できてはいませんでした」説明を続けた。「判明したのはまさにそこ、平井駅前だったんです。だからこそ私からしても、思い出深いわけでして」

「ほほぉ」

「こいつはフリーWi－Fiを使っている。そこまで分かった時点で関連業界を始め、心当たりには片っ端から協力を依頼しました。このような怪しい人物を見掛けたら是非、当局に通報して欲しい、と」

こういう場合、望む展開に結びつかない通報も多い。むしろ、そちらの方が絶対的な多数派と言っていい。延々の無駄足を余儀なくされる。だが、仕方がないのだ。いつかこの中に、有用な通報も入り込んでくれる、と信じる。そうでなければ捜査なんてできるわけもない。いつか、いつかは、と願って無駄足を繰り返す。それが刑事の仕事というものだ。

「そんな中の通報の一つが、平井駅に程近い地点から寄せられました」私は言った。「ほら、全国的なコーヒー・チェーン店があるでしょ。あそこからでした。あの喫茶店、店内でフリーWi－Fiが使えるんです。アクセスポイントを選択するとブラウザが起動し、利用規約が出て来る。読んで『同意する』をクリックすると接続完了。簡単に使えるんで、お客にはノート・パソコンを開いてＷｉ－ｆｉを利用している者も多い」

　最近、ちょくちょく見掛ける怪しい男が来ている、という通報だった。コーヒーを注文はするが飲むでもなく、ずっとノート・パソコンを弄っている。常連客の中にここで個人情報が盗まれた、と苦情を述べて来た方もいらっしゃったが、もしかしたら盗んでいるのはあの男なのではないか。

「言うまでもなく見た目が怪しいから、ってその男が重要容疑者ということにはなりません」私は言った。「コーヒーを飲むでもなくパソコンをずっと弄ってる客だって、他にもいくらでもいるでしょうからね。ただ、実は私らチームは既に犯人の映像も入手していたんです。顔も映っておらず、とても証拠として使えるような代物ではありませんでしたけども。それでも背格好くらいは判別できた。通報で述べられたのはまさに、それに合致する人物像だったんです」

　通報があれば一応、現場には出掛ける。ただし大半が無駄足のため普通なら、精々が二、三人の顔触れで出向くのが実情だ。ただこの時は証言が、得ていた映像に近いように感じられた。こいつではないか、という第六感のようなものも閃《ひらめ》いた。そこで特別に人数を増やして、現場まで駆けつけてみた。私も当然その中にいた。

「メンバーを外に待機させて私だけ、店内に入りました。店長にこっそり警察手帳を提示すると『あぁ』と悔しそうに言うんです。『刑事さん、遅かった。擦れ違いでしたよ。たった今、外に出て行ってしまいました』と。慌てて私も外に出てみました。ちらり、と人影が遠くに覗《のぞ》きました。入手していた映像のイメージと一致しました。あいつだ。咄嗟《とっさ》に何班かに分かれて、後を追ったんです」

私は背後をじっくりと追う。もう二班はそれぞれ左右に分かれて先を急ぎ、包み込むように両側から前方を固める。そうしてメンバーの網の中に犯人を追い込み、逃れられないように包囲網を絞って行く。

「犯人も気がついたようでした。追われている、と。背中を見れば伝わって来ました。ただ、こちらも既にかなりいい場所に追い込んでいた。三方を固めていて、逃げようたってどれかの網に引っ掛かる。よし、掌中に収めた。手応えを感じていたくらいだったんです」

後は用心すべきは、ノート・パソコンの中身を消去されてしまう事態だった。今の段階で押収できれば、フィッシングをやっていた痕跡が中に残っていよう。言い逃れの利かない証拠になる。

ただ、消去されてしまえば面倒だ。見た目や言動が怪しいというだけで逮捕はできない。まぁコンピュータの中身はちょっと消去したくらいでは、復元することも可能だから致命的な事態にはならないが。繰り返すが「見た目が怪しい」というだけでコンピュータを押収し、消されたデータを復元するまで手元にキープできるのか、という問題が残る。

と、犯人は角を曲がった。視界から消えた。小走りで後を追ったが、角のところに至ってもその背中は見当たらなかった。

「あの辺りは、道が入り組んでいるからな」炭野さんが言った。「路地も錯綜《さくそう》している。尾行者を撒《ま》くのには確かに向いている」

「ええ、そうなんです」私は頷いた。「ただ、奴の逃げ込んだ一画はチームで包囲し終えていた。どこからも外に逃げ出すことはもう不可能になっていました。だから安心はあったんです。今は見失っていても、もう時間の問題だ。後は網を絞り込むだけだ、と。だから残る心配は、コンピュータのデータ消去の件だけでした。身柄はもうこちらの手の内だ。ただあまり、奴に時間を与えるのはマズい」

焦って取り逃してしまっては元も子もない。ただしそういうわけで、あまりに時間を掛けるのもできれば避けたい。

ジレンマの中で、我々は網を絞って行った。外に出て行った人間は一人もいない。チームで互いに連絡を取り合いつつ、じわりじわり、と一画の中心部に追い込んで行った……筈《はず》だった。

「ところが、いない。チームが全員、一ヶ所に集まるまでに網を絞ったのに、奴の姿がない。完全に取り逃してしまったんです。勿論《もちろん》、家の庭などに入り込んで隠れているかも知れない。慌ててそれも調べました。それでも、いない。途方に暮れた時、メンバーが気づきました。そう言えば通行人ではないが、我々が網を絞り込んでいる最中、一画から出て行ったものが一つだけある。路線バスだ、と」

「もしかしたら犯人はその一画に住む、本当の住民だったのかも知れないぜ」郡司さんが別の仮説を挙げた、敢《あ》えて。「そいつは家の近くでお仕事に掛かってたわけで、単に自宅に帰っただけだったのかも」

「ええ、その可能性は私らも想定しました」私は頷いた。「一応、事後に一画の住民について洗ってはみました。勿論、シラミ潰しの捜査からは程遠いのは否定のし様もありませんが。ただやはり、調べた限りでは住民の中に怪しい人物は見当たらなかった。それよりも犯人はあのバスで逃げた可能性の方がずっと高い、と私らは見たわけです」

思い返してみれば角を曲がって姿を隠す直前、犯人は足を早めつつも背中を丸めて何かを見ていた。今、考えてみればあれはスマホだった。現在ではバスの運行情報は誰でもスマホで確認することができる。今あの路線バスがここを通ろうとしている。だからあそこの停留所に駆け込むことさえできれば、この窮地から逃れられる。咄嗟に読んだ上で犯人は、角を曲がったのだ。そうだったのだろう、と見るのが最も自然だった。

「成程なぁ」炭野さんが腕を組んだ。「警察に追われている、と気づけば普通、パニックに陥る。冷静にバスの運行情報を呼び出して逃げ道を探す、なんて余程バスに乗り慣れてなければ、考えつきもしない筈だ」

「そうでしょう」先輩から賛同を得たことで何となく気も軽くなった。「そもそもスマホで運行情報を見るには、まずは都バスのサイトを開かなければならない。咄嗟にそんなサイトに行くなんて、なかなかできることではない筈なんです。つまり犯人は最初から、都バスのページをスマホにブックマークしていた。普段から使い慣れていた、と考えられるわけです」

「成程なぁ」今度は賛同してくれたのは、須賀田さんだった。「私らは都バスのサイトくらい当たり前にブックマークに入れてるから、何とも思わないが。でも、そうか。一般人はそんなの、登録してないのが普通なんですものね」

「いやいや」郡司さんが笑って突っ込んだ。「私だって登録なんかしてないですよ。バスを乗り回すのに電子機器を使おうなんて、私らの歳《とし》では発想としてなかなか出ては来ない。須賀田さんだけですよ」

「いやぁ、そうなんですかねぇ」頭を掻《か》いた。「だからこそ私も、容疑者の一人として浮かび上がったんでしたかねぇ」

「あ、いや、そこは、申し訳ない」郡司さんが固まった。墓穴を掘った、と遅まきながら気づいたようだった。「あれは私の勇み足でした。勘弁して下さいよぉ。まだ根に持っていらっしゃるんですか」

「いやいや、冗談冗談」

どっと笑いが弾《はじ》けた。

「それで」まふるさんがこちらを向いた。「結局その犯人は、捕まらないままだったんですのね」

「ええ、そうなんです」頷いた。「私らはその後も必死に追及したんですけどね。取り逃した後も犯行は続きましたから。まるで私らを嘲笑っているかのようでした。ところがある時、ぱたっと犯行が止まったんです。私が定年退職する、半年くらい前のことでした。ぱたっ、と止《や》んで、それっ切り。結局そのまま、私も定年を迎えることになってしまいました」

気がつくと全員の目が、じっとこちらを見詰めていた。言い終えてどこか、遠くを見るような感じになっていたのだろう。全員、私の次の言葉を待っている。好奇心が溢《あふ》れ出ている。その対象となっていることに少々、戸惑いを覚えた。

「どうした」郡司さんが促した。「〃バス・フィッシャー〃の謎を解きたいんだろ。長年、胸に支《つか》えて来たモヤモヤを晴らしたいんだろ。だったらもっと材料を出してもらわなきゃ。事件全体の話をもっと聞かせてもらわなきゃ。まふるさんだって推理のし様がない」

ちょっと考えた。やっぱり、と首を振った。「今日はこのくらいにしときます。美味《おい》しい料理を頂いたこんな席で、さすがに話が生々し過ぎる。次の機会にしときましょう。〃バス・フィッシャー〃は消えたんだ。今さら急いたところで、どうなるものでもない」

「そうですか」吉住さんがほっ、と息をついだような感じだった。やはり話は生々しく、この場にはあまりそぐわなかったのだ。全員、息を詰めるような空気を余儀なくされていた。「それでは残念ですが、次の機会を楽しみにしときましょうか」

再び雑談が始まり、和気藹々《あいあい》とした雰囲気が戻って来た。そう、これでよかったのだ、としみじみ思った。今日はこれくらいにしておくのが順当だった。

そして私もこの空気に入り込み、甘えた。何て素敵な時間なのだろう。

我が家のマンションは谷底のような地形の場所に立つため、どこへ行くにもまずは坂を登る形になる。慣れているのでもう何てことはない。路地が細く入り組んでいるのもこの一帯の特徴だ。坂になっている路地を複雑に折れ曲がり、外苑《がいえん》東通りに出た。慣れているからいいが、不案内な人だと確実に道に迷ってしまうだろう。もう一度、同じところに来いと言っても到底できはしないだろう。

慶應《けいおう》大学病院の目の前、「信濃町駅前」バス停から都バス「品97」系統に乗った。北へ走り新宿《しんじゅく》通りに出て、左折。後はこの通り伝いに西へ向かい、「新宿大ガード」で線路を潜って「新宿駅西口」が終点となる。

階段を降りて交番の前に着くと、例によって郡司先輩はもう来て待っていた。「俺は家が遠いから」先日と同じ言葉を口にした。次に到着したのが炭野先輩、という順番まで先日と一緒だった。

ただし今日は、ここまで。吉住さんと須賀田さんは来ない。〝バス・フィッシャー〟が出没していたのはどんなところなのか。実際に行って、見てもらおうというのだ。元捜査員、以外の一般の人からすればやはり、そこまでする気にはなれないというのが普通だろう。

「まずは我々が最初に、奴の存在に気づいたところに行ってみましょうか」私は二人に言った。

「この先、都庁の近くなんです」

地下道を抜けて地上に出た。階段を上がった上、歩道の脇に立つ目立たない周辺案内図だった。

「え、ここ。これが」

「ええ」私は頷いた。「あまり知られていないかも知れませんが。でも実はここ、東京都の提供するフリーＷｉ－Ｆｉスポットなんです。街中で見掛けるこうした案内板や、公衆電話に付設してあるんですよ。実は東京は今や、一大フリーＷｉ－Ｆｉ都市と化しているんです」

急速にこうなったのは、外国人客の急増したインバウンド現象に加え、東京オリンピックの開催が決まったためだった。そうでなくても激増していた外国人客が、オリンピックともなれば更に大勢が訪れるだろう。その際、「東京では欲しい情報が街中で簡単に手に入った」「あまり迷うことなく目的地へ行けた」といい印象を持ってもらおうと、フリーＷｉ－Ｆｉスポット設置に全力を挙げた。東京都は業者に声を掛け、協力を依頼した。潤沢な予算もついた。かくして現在、このような状況となっているわけである。またそのためこれらのサイトは全て、外国語にも対応している。

「被害者となったのは、とあるビジネスマンでした」私は言った。「個人情報を盗まれた。それは絶対、あの時に違いない、と。被害届は非常に、具体的な内容でした」

営業職の仕事柄、ノート・パソコンを持ち歩いているという。中には重要な情報が入っているため、迂闊《うかつ》なところでネットに繋げたりはしない。それなりに用心はしていた、という。ところがその日はいけなかった。どうしても緊急に繋げなければならない用が出来、街中のフリーＷｉ－Ｆｉスポットを利用してしまった。不用心、と分かってはいたのだが仕方がなかったのだ。

「使い慣れないから逆に、まんまと引っ掛かってしまったようです」被害届を提出して、彼は言うのだった。「東京都のフリーＷｉ－ｆｉはまず、メールアドレスを登録する。そこまでは知っていました。登録したら即、そのメアドにメールが届き、本登録用のＵＲＬが示される。

そこにタップすれば登録完了で、後は自由に接続できる。ところがその時、パスワードも求められたんですが、普通ならそんなことはない筈らしいんです。だからあれは偽のＷｉ－Ｆｉルーターだったと思うんです。まんまとパスワードを盗まれてしまいました」

即、現場に急行してみた。それがここ、都庁近くの案内板というわけだった。

「調べてみたら、そこ」と二人に案内板の上を指差して見せた。「奇妙な機器が接続されているのが分かりました。被害者の予想通り、偽のルーターでした」

試しにスマホでＷｉ－Ｆｉ接続を試みてみた。すると接続可能なスポットとして、本物そっくりのネットワーク名が冒頭に挙がる。本物は「FREE_Wi-Fi_and_TOKYO」なのだが、こいつは「FREE_Wi-Fi_&_TOKYO」と表示される。これでは騙《だま》されるのも仕方なかろう。偽のページに誘導され、メアドとパスワードを言われるがままに入力し盗まれてしまう。

「犯人はいずれ、自分の仕掛けたこのルーターを回収に来る筈だ」私は説明して言った。「だからこちらは監視カメラを仕掛けたんです。案内板に近づく人影があったら起動し、動画を記録する。罠《わな》を仕掛けて、犯人の顔を割り出す作戦でした」

ところがこいつは、こちらの思った以上に用心深い犯人だった。予想した通りある日、ルーターを回収しに来たと思《おぼ》しき男の人影があった。ところが即、異常に気づいたらしい。当局にバレた。恐らく上空に監視カメラが仕掛けられている。ルーターを取ろうと伸び上がれば、モロに顔が映ってしまう角度に。だからそのまま踵《きびす》を返し、立ち去った。ルーターは放置したまま。

こうして我々捜査チームは犯人の映像は手に入れたが、顔までは知ることが叶《かな》わなかったのだ。ただ、背格好が分かっただけで。

「この手はもう使えない、と悟ったのでしょう。犯人は偽ルーターを使うやり方をすっぱりと諦めた。代わりに始めたのが、大勢の集まるフリーＷｉ－Ｆｉスポットを狙うやり口だった、というわけです」

ちょっと動きましょう、とお二人を促した。その場から程近く、格好の例となるスポットがあるのだ。

「さぁ、ここです」現地に着いて、言った。

「ははぁ。成程、な」郡司さんと炭野さん、ほぼ同時に溜息《ためいき》をついていた。

大型家電量販店の目の前だった。ベンチが並び、何人もが座ってスマホを弄っている。店がサービスで、フリーＷｉ－Ｆｉスポットとして提供しているのだ。有難く大勢が、使い放題でネットを利用している。

「こういうところに、利用者に混じって犯人も紛れ込んでいたわけだな」

郡司さんに頷いた。「ノート・パソコンを弄っていても周りと全く変わりませんから。別に不審に思われることもありませんよね。だがやっている中身は実は違うわけです。利用者のデバイスと、店の提供するルーターとの間を飛び交う電波を、傍受している。彼らがＩＤを打ち込んだり、パスワードを入れたりといった行為に及んだらその場で盗まれてしまうわけです」

〝バス・フィッシャー〟からすれば彼らは、釣られるのを待つ魚に過ぎない。つまりこのスポットそのものが、釣り堀というわけだ。

犯人からすれば魚、というような話を、当人達の目の前であまりする気にもなれない。ゆっくりとその場を立ち去りながら、説明を続けた。〝魚〟達は変わらず、一心不乱にスマホを弄り続けていた、危うい行為と知ってか知らずか。

「自分の情報が盗まれた。恐らくあのスポットで、ではないか、という被害届が急増しました。時期的に、あの映像の男が偽ルーターを放棄した直後に当たりました。だから私らも察したわけです。同じ犯人だ。奴がこちらの手口に切り替えたのに違いない、と」

「しかし」炭野さんが言った。「インターネットを使っていても、IDやパスワードを打ち込むとは限らないだろ。普通に調べ物をしたり、情報を手に入れたりの用だけで使っている人も多いだろうから。そうするとせっかく電波を傍受しても、欲しい情報は手に入らないことになる。じっとスポットに佇んだ挙句に、骨折り損になる確率も高いんじゃないのか」

「そう、その通りなんです」私は言った。さすが、鋭い。胸の中で感心していた。「偽ルーターで別のページに引き込めば、欲しい情報を手に入れられる確率はずっと高まる。『打ち込んで下さい』とこちらの方から指示できるんですから。だが単なる傍受では、仰る通りです。情報が入手できずに終わる。むしろそちらの方が多いと考えていい」

「ただそれでも、ということだな」郡司さんが言った。「偽ルーターを仕掛ける手口はバレちまった。もう使えない。そうなったら非効率でも、無駄足も覚悟の上でフリースポット巡りをやるしかねぇ」

「そうなんです」郡司さんに頷いた。「実際、〝バス・フィッシャー〟の行動半径はかなり広範に及びました。それくらいあちこちに足を運んで、無防備に重要情報を打ち込んでくれるカモの多い場所を物色していたんでしょう」

「そんな、カモの多い場所、少ないところという傾向のようなものでもあるのかぃ」

「いや、それは」炭野さんには首を振るしかなかった。「ある日たまたまそのスポットでＩＤやパスワードを打ち込む人が多かったとしても、次もまたそうだとは限りませんものね。ただ、必ずログインする利用、というものもあるんですよ。例えばオンライン対戦ゲームのような。仮想空間で他のプレイヤーと出会って対戦するわけだから当然、自分もアバターなりを使ってその空間に入らなければなりませんよね。自分のアカウントでログインするから当然、ＩＤとパスワードは打ち込むことになるわけです」

　どうやら「アバター」だの何だのの用語はあまり、お二人には馴染みがないようだった。分かったような分からないような表情を浮かべていた。

「と、とにかくそういうわけで」説明を続けた。「〝バス・フィッシャー〟はかなりの広範囲に出没していた。私も時間の自由が利くようになった今では、そのスポット巡りが趣味みたいになってしまいましたよ。空いた時間があればあちこち回ってみる。バスに乗って犯人の動いた痕跡を辿る。皆さんとはちょっと違う趣向の、路線バスの旅というわけです」

「しかし」炭野さんが言った。「〝バス・フィッシャー〟は突然、犯行を止《や》めてしまったというんだろ」

「そうなんです」今度は炭野さんにも頷くことができた。「こないだも言いましたか、ね。僕が定年退職する、半年くらい前のことでした。ぱたっ、と止《や》んで、それっ切り」ちょっと迷ったがやはり、つけ加えることにした。そうでないと今日の意味がない。郡司さんを向いた。

「ほら、先日うちの近くに来てもらったことがあったじゃありせんか」

「あ、あぁ」振り返るような仕種《しぐさ》を見せながら、言った。「鬼平《おにへい》の菩提寺《ぼだいじ》に行った時、な。ばったり出会ったがあそこが、お前の自宅の近くだったんだよな。暫《しばら》くぶらぶら、周囲を一緒に歩き回った」

「あの時、お話ししませんでしたか、ね。うちの近くの公園で人の殺される事件があった、って」

「あぁ」思い出したようだった。「言ってたな。死体は丸焦げで身許《みもと》の分かるようなものは何もなかったが、死因は焼死ではなく別な原因で死んだ後、火をつけられたらしい、って」更に思い出したようでつけ加えた。「お前、言ってたな。ホームレス殺しなのか何だか知らないが。とにかくあの辺りは昔からの寺町で、あの世との入り口。だから他の場所よりはまだ、成仏もし易いのかも知れねぇ、って」

「そうなんですよ」私は言った。何だか重いものを下ろしたような手応えが、確実にあった。「あれが丁度、同じ頃だったんです。だから頭から離れないんですよ。〝バス・フィッシャー〟が犯行を止《や》めたのは僕の定年の半年前。あの事件と丁度、同じ頃だったな、って」

「枝波土、か」その夜だった。炭野さんから電話が掛かって来た。来るだろうな、と思っていたからスムーズに反応ができた。「ちょっといいか。妻が、確認したいことがあるそうなんだ」

「〝バス・フィッシャー〟の件ですね」私は言った。「謎が解けたんですね」

「さぁ、そういうことなんだろうか。とにかくちょっと訊《き》きたいことがあると、まふるが」

いいか、と訊かれたので勿論です、と即答した。胸が高鳴った。いよいよだ。

「枝波土さん、私です」まふるさんが電話に出た。「先日は、どうも。夫から今、お話を伺いまして。ちょっと確認というか、お訊きしたいことが」

こちらこそ先日はどうも。ご馳走様でしたとお礼を述べてから早速、本題に入った。どうぞどうぞ。何でも訊かれて下さい。

「まず一つ、どうしても分からないことがあるんです。犯人は枝波土さんの退職する半年前、ぱったりと犯行を止《や》めた、と仰った。何度も繰り返し、明言された。でも犯人はまた手口を変えて、詐欺行為を続けていた可能性だってありますわよね。その前に偽ルーターの手口が枝波土さんに暴かれたら、さっさとそのやり方は止《や》めて別の手法に移った。だから今回もまたそうだった、との仮説だって考えられる。違いますか」

「ははは、さすがですね」苦笑するしかなかった。「その可能性は確かにあり得ますね」

「それからもう一つ」まふるさんは続けた。「〝バス・フィッシャー〟はフリーWi-Fiスポットを広く巡っていた。その跡を今、枝波土さんはバスに乗って辿っている、と仰った。でも東京は今や、一大フリーWi-Fi都市なんでしょう。スポットは無数にある。なのに何故こことここが〝バス・フィッシャー〟の利用していたスポットだ、とそこまで正確に把握されてるんでしょう。被害届が出ていたにしてもどの場所で情報を盗まれたのか、限定できるようなケースはそう多くはないんじゃないかと思うんですけども」

「ははは、これまたさすがです」見事な名探偵ぶり、と感嘆するしかなかった。彼女に託してよかった、と心から思った。「全て、仰る通りです」

「反論はなさらないのですね」

「だって全て、的を射てますから」私は言った。「反論のし様もありません。また、しても何の意味もありません」

「わざと、なのですね。私に疑問を抱かせるため、わざとそのような言い方をされた」

遠く、電車の走行音が受話口に入り込んで来た。「携帯電話ですからね」話題を換えた。決定的な局面が近づいている。実感が湧いた。「場所を選ばずに掛けることができる。炭野さんのご自宅から電車の走る音なんて聞こえない。こんなところまで足を延ばさせてしまったわけですね。申し訳ありませんでした」

はっ、と息を呑《の》む音も飛び込んで来た。「枝波土さん、待って。聞かせて下さい。お宅の近所で焼かれていたという、死体。いったいどなたなのです。お身内の方、なのですか」

「そこまで、読まれてしまいましたか。もう、さすが、以外の言葉は浮かびません。思いつけません。語彙の乏しさに我ながら、恥入りたい思いですが」

「枝波土さん、待って。答えて下さい」

「時間を引き延ばしたいお気持ちは分かります。炭野さんはもう、この近くまで迫られてるんでしょう。貴女《あなた》の傍にはもうおられないんでしょう」

「ち、違うわ。それは」

「動揺されてますね。まふるさんのそんなところに接するのは初めてだ。では、違うというのなら電話を替わってみて下さい、なんて無粋なこともう言いません。時間がありませんからね。今にももう、炭野さんがこの部屋の前に来てしまうんでしょう。郡司さんも一緒かな。それともあちらは、他の逃げ道を押さえるため別行動を採っている、かな」

「枝波土さん、待って」

「さようなら。先日は本当に楽しい夜でした。本当にお世話になりました。心から感謝しています。まふるさんだけじゃない。皆さん、全員に。それでは」

通話を切ると同時に立ち上がった。今にもドアの向こうに炭野さんがやって来る。同時に逃亡を防ぐべく、郡司さんも別な場所で待機する。分かっていた。だからぐずぐずしてはいられないのだ。

準備は全て整えてある。こうなると分かっていたから。期待していた、と言ってもいい。望んだ通りの展開になってくれたから、こちらも決めていた通りに動くだけだ。

ベランダに出た。柵によじ登るための足台も用意してあった。手摺《てすり》に上り、上の階のベランダに移った。

この部屋は現在、借主がいない。そこも調べてあった。だから事前に鍵の解錠セットを使って、玄関ドアは開けてあった。室内からベランダに出る鍵も。こうなると分かっていたから準備は怠りなく、整えてあったのだ。ベランダから部屋に入り、中を通り抜けて玄関を開け、外の廊下に出た。

下の階でチャイムの鳴らされる音、次いでドアのノックされる音が響いて来た。「枝波土。おぃ、枝波土っ」炭野さんの声も。全て、予想通りだった。郡司さんは多分、表側にいる。外の、ベランダが見上げられる位置に。態勢が整ったから炭野さんは、ノックを始めたのだ。驚いた私が逃げようとベランダに出れば、その姿は郡司さんに目撃される。「もう逃げられんぞ」と声を掛け、逃亡を諦めさせる。

先輩の姿を認めた直接、声を掛けられれば私だって躊躇《ちゅうちょ》する。決意が揺らいでしまう。だから早目に行動する必要があったのだ。まふるさんの時間稼ぎにあまりつき合わなくて、よかった。ついつい合わせていれば今頃、向こうの思惑通りになっていたかも知れない。

このマンションは急坂にへばりつくように立っており、階によっては崖の上端に手が届く。この階がまさにそうだった。廊下の端の窓を開けると視界を覆うのは崖の擁壁《ようへき》で、窓枠に立って手を伸ばせば崖の縁に沿って立てられた、柵の足元を摑むことができる。よじ登ることができる。こんな逃げ方がある、なんてことまで先輩だってさすがに気づきはすまい。

崖の上に登り、予《あらかじ》め停めてあった自転車に跨《またが》った。これでもう、逃亡は成功したも同然だった。

電話しようか。誘惑に駆られた。郡司さんに最後に、電話したい。声を聞きたい。最後に謝って、別れたい。

ただ電波越しとは言え、声を聞けば動揺してしまうと分かっていた。決意が揺らぐ。せっかくここまで逃げたのが、台無しになってしまう。

誘惑を振り払った。スマホに伸ばし掛けた手を引っ込め、自転車のハンドルを握り締めた。ペダルを漕《こ》ぎ、走り始めた。

郡司さん、炭野さん、済みません。まふるさん。それから、他の皆さんも。どうかこんな私をお許し下さい。

胸の中で何度も謝罪しながら、駅へ向かった。

終章

枝波土《しはど》の死体が発見された。群馬・新潟の県境に聳《そび》える谷川《たにがわ》連峰。軽装備で雪の中に踏み込み、凍死した。明らかな覚悟の自殺だった。あの山はロープウェーがあるお陰で、素人《しろうと》でも高い標高まで登ることができる。また日本海からの冷風を受ける位置に立つため、五月になっても山頂は雪に覆われている。

遺体は身許《みもと》の分かるものをちゃんと身につけていた。それどころか、私と郡司《ぐんじ》の連絡先まで。群馬県警から一報があり、二人で死体の引き取りに行った。

火葬は向こうで済ませた。骨壺《こつつぼ》を抱えて二人、東京に戻って来た。行き帰りの車中、殆《ほとん》ど言葉も交わさなかった。交わせなかった。口にできることなど、何もなかった。

骨壺を持って家に帰ると、皆が待っていた。先日、枝波土と共に食事会をした面々――吉住《よしずみ》、須賀田《すかだ》、小寺《こでら》さん。最初からこうする段取りになっていたのだ。我々の、枝波土に対するせめてもの弔《とむら》いだった。先日と違うのは、二つだけ。食事は簡素なものに限られること。そして一人が、変わり果てた姿になっていることだ。

骨壺を上座に置いて、皆で献杯した。妻や小寺さんだけでなく、郡司も小さく洟《はな》を啜《すす》っていた。「可哀想《かわいそう》になぁ」彼にしては珍しいことだった。「思い詰めてたんだなぁ。ちっとも気づかなかった。鈍感で恥ずかしいよ。やっぱり刑事失格だったんだな、昔っから」

そんなに自分を責めるな。気づいてやれなかったのは俺も同じだ。言葉はいくつも浮かんだ。が、口にはしなかった。できなかった。したところで何になる。言った端から虚《むな》しいだけだ。

グラスの中身を一気に呑《の》み干した。改めて骨壺を眺め、ふーっと息をついた。

あの夜。まふるが枝波土の真意を見抜き、制止するべく彼のマンションに駆けつけた、あの夜――

マンションの前に停《と》めた車の中にまふるを残し、私と郡司は外に出た。なるべく話を引き延ばして。彼女に指示してそれぞれの位置についた。

まず私は、枝波土の部屋の前に。同時に郡司は、そのベランダが見上げられる場所に。態勢が整ったら私がドアをノックする。驚いた枝波土がベランダに出て来たら、郡司が声を掛ける。

「もう逃げられないぞ。それより皆《み》んなで、どうすればいいか善後策を考えてみよう」

ところが枝波土は一枚、上手だった。私らの動きはとうに読んでいた。会話を引き延ばそうとしたまふるが言うには、全て悟った上での行動だったらしい。

マンションの管理人に事情を説明し、枝波土の部屋を開けてもらったら、無人だった。こちらの態勢が整う前に逃げ出していたようだった。

机の上にはノート・パソコン。そして一枚の紙が残されていた。「本当に申し訳ありませんでした」と詫《わ》びの言葉が綴《つづ》られ、パソコンを立ち上げるためのパスワードも記されていた。

中の文書はまさに、遺書そのものだった。〝バス・フィッシャー〟事件の真相が全て述べられていた。

「両親を早くに亡くした私ですが、実は一人だけ身内がありました。一つ歳上《としうえ》の兄です。大学を卒業し、会社に入るまでは普通だったのですが、そこで酷《ひど》い虐《いじ》めに遭い精神的にやられました。出勤できなくなってしまいました。退職を余儀なくされ以降、兄は部屋から一歩も出なくなりました。所謂《いわゆる》〝引き籠《こも》り〟です。もう長いこと、通常の社会生活は送れないでいました」

警察に採用される者は、親類について調査される。もし組織犯罪に関わる者などが縁者にいたりすれば、捜査に手心を加えてしまう恐れだって考え得るためだ。身内に誰と誰がいるか、洗いざらい調べられる。たとえ犯罪者ではなくとも、長年の引き籠りであっても採用者の目には触れ、「要注意」のマークがつけられる。

だが枝波土の兄の場合、その時点では普通の勤め人だった。一般的にも名の知れた電機メーカーだった。だから枝波土が採用されることに、何の支障も来すわけはなかった。その後、虐めに遭って引き籠りになったなど、警察としても与《あずか》り知らぬことだった。

「最初は兄を励ましたり叱りつけたり、何とか普通の社会生活が送れるよう仕向けようと努めました」枝波土は書いていた。「でも何をやっても駄目でした。私も匙《さじ》を投げました。おまけに外に対して、何か迷惑を掛けているわけでもない。金を浪費するでもない。家のマンションは両親が残してくれたものだし、警察の安月給でも二人、生活することはできました。私にとっては兄は、最低限の生活費の面倒を見るだけの、もういてもいなくても変わらないような存在になっていたのです」

何と言っても警察の仕事は忙しい。時間も不規則だ。家に帰れない日だって多い。いつまでも引き籠りの兄になど構ってはいられない、というのは本音として私も頷《うなず》けた。同じ屋根の下に住んでいながら接触することは殆どない。奇妙な共同生活が何十年も続いた、という。

そんな中、〝バス・フィッシャー〟事件が発生した。枝波土は捜査に没頭し、家に帰られる頻度はますます減った。

「そんなある日のことでした。ちょっと用が出来て昼間、いったん家に帰った。寄って持って行くものがあったんです。ところがふと兄の様子を見てみると、部屋にいない。家のどこにもいない。外出していたんです。何十年ぶりのことでした」

食材その他、必要なものは自分が買って帰る。兄は自分の食べたい時に部屋から出て来て、インスタント食品などを食する。風呂やトイレも同様だ。だから兄は本当に何十年、家から一歩も出ない生活を続けていたのだ。自室に籠ってやっていることと言えば、ゲームやインターネット。必要なＩＴ機器も通販で、勝手に購入しているらしかった。

「兄が何十年ぶりに外出している。喜ぶべきことかも知れません。でも私にはどうしても、そうじゃないように感じられてならなかった。不審を覚えずにはいられなかった」

だからちょくちょく、機会を見つけては昼間に自宅を覗《のぞ》いてみた。そしていつも、兄は家にいなかった。これはやはり、おかしい。

「とうとう意を決して、彼の部屋に入ってみました。コンピュータを立ち上げてみました。他人に覗き見られないためにパスワードなんかが設定されてましたが、こちとらプロです。ちょっと手間取っただけで中身を覗くことができました」

直《す》ぐに分かった。一目、見れば歴然だった。中には証拠が揃《そろ》っていた。愕然《がくぜん》とした。路線バスを乗り継いで都内を動き回り、無線を傍受して個人情報を盗む。長年、追い掛けて来た犯人の正体は実は、自らの兄だったのだ。

「社会に対する復讐《ふくしゅう》だったのかも知れません。自分を引き籠りにした、社会に対して。彼にとってはせめてもの報復のようなものだったのかも知れません。だって生活費に困ってもおらず、贅沢《ぜいたく》をしたいわけでもないんですから」

だが動機が何であれ、許せるわけがない。自分は警察官だ。なのに引き籠りで面倒を見ていた兄が、よりにもよって犯罪に手を染めていたなんて。冗談にもなりはしない。

だから帰って来るのを待って、問い詰めた。もう止《や》めろ。俺と一緒に警察に自首しろ。強く迫った。

相手は頑として聞き入れなかった。俺の勝手だろう。お前さえ知らん振りをしてくれれば、それでいいじゃないか。

かっ、と頭に血が上った。摑《つか》み掛かった。最近は表に出るようになったとは言え、所詮は長年〝引き籠〟っていたような奴《やつ》だ。身体《からだ》を鍛えた警察官が、負けるわけがない。

組みついて強く押すと、脆《もろ》くも膝ががくりと折れた。共に床に倒れ込んだ。その際テーブルの角で、兄は後頭部を強打した。物凄《ものすご》い衝撃が、腕を介して伝わって来た。二人分の体重が掛かったのだから、後頭部へのダメージは致命的なものにならざるを得ない。

慌てて倒れた身体を確認したが、もう手遅れだった。息をしていない。全身の筋肉を弛緩《しかん》させ、だらりと横たわったまま。死んでいる。俺は身内を、実の兄を殺してしまった……

「呆然《ぼうぜん》としました。過失致死。事情を説明すれば、殺人までは問われないかも知れない。それでも前途は絶望です。定年まであと半年、というのに。これで残りの半生は、真っ暗闇となるしかない」

そこで悪魔が耳元で囁《ささや》いた。兄の存在なんてもう何十年、社会は忘れてしまっているではないか。とうの昔からいないも同然の存在ではないか。そんな死をわざわざ届け出て、何になる。隠せば誰にも分かりはしない。そしてそうすれば、平穏な残りの半生が保証されるではないか。

「気がついたら動いていました。半ば無意識の行動でした。深夜になり、人気《ひとけ》がなくなるのを待って、外に出た。トランクに死体を詰めて近くの公園まで運んだ。丁度いい位置まで来ると死体を出し、ガソリンを掛けて火をつけた。大した時間は掛かりませんでした。また、昼間からあまり人目にもつかないような公園です。火が燃えていることにすら誰も気がつかなかった。死体が見つかったのは朝。それもかなり、日が高くなってからのことだったと聞いています」

事態は思惑通りに運んだ。死体の身許は分からない。分かるようなものは何も身につけていないし、燃えてしまって顔も判然としない。行方不明の付近の住民もいない。兄の存在を知っている者はもう誰もいないのだから、余計な証言など出て来る筈《はず》もない。

十中八九、ホームレス殺しだろうと見なされ、捜査も通り一遍で終わった。まさか現役警官による身内殺しだなんて誰も想像もしない。枝波土は何事もなかったように定年を迎え、民間企業に再就職して現状に至った。

ただし心は、平穏では済まなかった。むしろ時間が経《た》てば経つ程、自責の念ばかりが募った。だが今更、どうしようもない。自首して出ることも不可能ではないが、とてもそのような勇気は絞り出せなかった。

「そんな時、郡司さんに会ったんです。路線バスに乗る趣味を手に入れ、仲間も増えてとても楽しい毎日を過ごしている。晴れ晴れと語る姿が、羨ましくて堪《たま》らなかった。でも自分には、そんなことをする資格はない。ただ、誰かに全てを知って欲しい。そうすれば決着がつけられる」

だから枝波土は、〝バス・フィッシャー〟の話を郡司に打ち明けた。聞いてみるともう一人の先輩、炭野《すみの》さんの奥さんは名探偵だ、という。ならば彼女なら、全てを察してくれるのではないか。面と向かって打ち明ける勇気はとても湧かないが、不審に思うような言葉を敢《あ》えて残して彼女に解いてもらうのなら、できないではない。結局は枝波土の狙った通りの展開になったわけだった。

「そんな資格なんかないことは分かっています。なのに、ついつい甘えてしまいました。本当に美味《おい》しいご馳走《ちそう》を頂き、皆さんと一緒に楽しい一時を過ごすことができた。これでもう思い残すことは何もありません。自分で始末をつける、踏ん切りもつきました。本当に有難うございました」

誉《ほ》められた行為ではない。言うまでもないことだ。だが彼を責めることのできる者が、どれだけいるというのか。私だって彼の立場にあったらついつい、同じことをしてしまったかも知れない。

「これでよかったんだよ」郡司がぽつり、と言った。「勿論《もちろん》、いいことじゃない。だがコトがこうなっちまったら、これが最善の落とし処《どころ》だったのかも知れない。そう思っていればいいじゃないか」

小さなカプセルを取り出した。キーホルダーになっていた。群馬から帰る途中、買い求めて来たものだ。骨粉の一部を骨壺から取り出し、その中に詰めた。

「これで枝波土は、いつも一緒だ。これからも共に、バスの旅ができる」

骨壺は枝波土家の墓に収めることになる。今は無縁墓地に入っている、彼の兄の骨も、だ。引き取って同じく、ちゃんと葬る。最後までお手数を掛けて申し訳ないが、と枝波土の遺書で頼まれていた。勿論、その通りにする所存だった。

ただそれだけでは彼を身近に感じることができなくなる。だからこうして、骨粉を収めるカプセルを買って来たのだった。

「いつも一緒。そうですわね」まふるがぽつり、と口にした。「枝波土さんもきっと、喜んでくれるのではないかしら」

誰もが旅に出る。最期に出るのは、長い旅だ。枝波土もそうだった。

だがまだ生きている者もいる。残された我々は小さな旅を続けるしかない。だから連れが欲しいのだ。いつか長い旅に出る、その日まで。

「献杯」

改めて盃《はい》を掲げた。皆も合わせてくれた。視線は全員、上座の骨壺を向いていた。

「待ってろよ、枝波土」郡司が言った。「それもう、そう長くはならねぇんじゃねぇかな」

小さな笑い声が漏れた。

小さな弔いには何より、相応《ふさわ》しいように思えた。


（了）

初出
「アップルブックス」配信
二〇二二年八月に連載

本作品はフィクションです。実在の個人、団体、事件などとは一切関係ありません。（編集部）

装丁　岡 孝治
写真　西村 健、Shutterstock.com、PIXTA

[著者略歴]

西村 健（にしむら・けん）

1965年、福岡県生まれ。東京大学工学部卒業。労働省（現厚生労働省）勤務後、フリーライターに転身。96年、『ビンゴ BINGO』で小説家デビュー。『劫火』『残火』で2005年と10年に日本冒険小説協会大賞（第24回、29回）、『地の底のヤマ』で11年に第33回吉川英治文学新人賞と第30回日本冒険小説協会大賞を受賞。14年、筑豊ヤクザ抗争を描いた『ヤマの疾風』で第16回大藪春彦賞受賞。他の著書に『光陰の刃』『最果ての街』『目撃』『激震』などがある。本作は『バスを待つ男』『バスへ誘う男』に続く、シリーズ第三弾。

バスに集《つど》う人《ひと》々《びと》

2023年1月30日　初版第1刷発行

著　者／西村 健
発行者／岩野裕一
発行所／株式会社実業之日本社
〒107-0062
東京都港区南青山5-4-30　emergence aoyama complex 3F
電話（編集）03-6809-0473　（販売）03-6809-0495
https://www.j-n.co.jp/
小社のプライバシー・ポリシーは上記ホームページをご覧ください。

ＤＴＰ／ラッシュ
印刷所／大日本印刷株式会社
製本所／大日本印刷株式会社

ISBN978-4-408-53818-1（第二文芸）